# BIANCA™

AF274459

# LYNN RAYE HARRIS

## EXTRAÑOS EN LAS DUNAS

HARLEQUIN™

Editado por Harlequin Ibérica.
Una división de HarperCollins Ibérica, S.A.
Avenida de Burgos, 8B - Planta 18
28036 Madrid

© 2025 Harlequin Ibérica, una división de HarperCollins Ibérica, S.A.
N.º 491 - 17.1.25

© 2011 Lynn Rayé Harris
Extraños en las dunas
Título original: Strangers in the Desert

© 2011 Lynn Rayé Harris
Cautiva y prohibida
Título original: Captive but Forbidden
Publicadas originalmente por Harlequin Enterprises, Ltd.
Estos títulos fueron publicados originalmente en español en 2012

I.S.B.N.: 978-84-1074-465-3
Depósito legal: M-23889-2024
Impreso en España por: BLACK PRINT
Fecha impresión para Argentina: 16.7.25
Distribuidor exclusivo para España: LOGISTA
Distribuidor para México: Distibuidora Intermex, S.A. de C.V.
Distribuidores para Argentina: Interior, DGP, S.A. Alvarado 2118.
Cap. Fed./Buenos Aires y Gran Buenos Aires, VACCARO HNOS.

# Capítulo 1

**E**XISTE la posibilidad de que siga con vida.

Adan apartó la mirada de los documentos que su secretaria le había dado a firmar. Hasta ese momento, apenas había prestado atención a las palabras del funcionario que estaba hablando. Sólo había transcurrido una semana desde el fallecimiento de su tío y tenía tantas cosas que hacer para preparar su propia coronación que intentaba resolver tantas como pudiera al mismo tiempo.

–Repita eso –ordenó, súbitamente interesado.

El hombre, que estaba junto a la puerta, se estremeció bajo la mirada intensa de Adan.

–Discúlpeme, Excelencia. Decía que, si piensa seguir adelante con su boda con Jasmine Shadi, deberíamos investigar todos los informes que nos lleguen sobre su difunta esposa. Como bien sabe, el cadáver no se llegó a encontrar.

Adan habló con voz tranquila, aunque el comentario del hombre lo había irritado.

–No se recuperó porque desapareció en el desierto, Hakim. Isabella está enterrada bajo un mar de arena.

Como siempre, Adan sintió una punzada de dolor por su hijo. Él había perdido a su esposa, pero le dolía más que Rafiq hubiera perdido a su madre. No en vano, el suyo había sido un matrimonio de conveniencia, no de amor. Aunque esperaba que Isabella no hubiera sufrido, su pérdida le preocupaba poco.

Isabella Maro había sido una mujer bella, pero nada excepcional por otra parte. Sosegada, encantadora y perfectamente formada para asumir las responsabilidades de su estatus, había sido lo que su esposa debía ser. Y Adan no era por entonces el heredero al trono, estaba seguro de que también habría sido una buena reina. Una reina bonita y sin carácter.

Pero de eso no la podía culpar.

A pesar de ser medio estadounidense, Isabella había crecido con su padre y había recibido una educación tan tradicional y conservadora como la de la mayoría de las mujeres de Jahfar. Adan no había olvidado que, cuando se conocieron, él le preguntó qué esperaba de la vida y ella respondió que sólo quería lo que él quisiera.

—Existe un informe en el que se afirma que la han visto con vida, Excelencia.

Adan apretó el bolígrafo con el que estaba firmando y puso la mano libre en la mesa. Necesitaba apoyarse en algo sólido, en algo que le recordara que no estaba en mitad de una pesadilla.

Para acceder al trono, necesitaba una esposa. Justine Shadi iba a ser aquella esposa. Y se iba a casar con ella en dos semanas.

En su mundo no había lugar para fantasmas.

—¿Quién la ha visto con vida, Hakim?

Hakim tragó saliva. Su piel cetrina brillaba por el sudor, aunque el palacio se había reformado y el aire acondicionado parecía funcionar bien.

—Sharif Al Omar, un competidor empresarial de Hassan Maro, señor —respondió Hakim—. Al parecer, estuvo hace poco en la isla de Maui. Afirma que vio a una mujer en un club, una cantante que se hacía llamar Bella Tyler... y que se parece mucho a su difunta esposa, Excelencia.

—¿Una cantante de club?

Adan miró a Hakim durante casi un minuto antes de estallar en carcajadas. La idea de que Isabella hubiera sobrevivido al desierto y se dedicara a cantar en un club de Hawai le parecía absolutamente demencial. Además, nadie sobrevivía al desierto de Jahfar sin la preparación y el equipo adecuados.

E Isabela no estaba preparada cuando desapareció. Se internó en el desierto sola, de noche. Al día siguiente se levantó una tormenta de arena que borró totalmente sus huellas, hasta el punto de que la buscaron durante varias semanas y no encontraron el menor rastro.

—Hakim, creo que el señor Al Omar debería ir al médico. Es evidente que el sol de Hawai es aún más brutal que el de nuestro país —bromeó.

—Pero hizo una fotografía, Excelencia.

Adam se quedó rígido.

—¿La tienes contigo?

—Sí, la tengo.

Hakim le ofreció un sobre. Mahmoud, el secretario de Adan, se adelantó, alcanzó el sobre y lo dejó en la mesa.

Adan dudó un momento antes de abrirlo. Y miró la fotografía durante tanto tiempo que, al final, la vista se le nubló.

No era posible. No podía ser ella. Pero efectivamente, cabía la posibilidad de que lo fuera.

—Mahmoud, cancela todos mis compromisos de los

tres próximos días –ordenó–. Y llama al aeropuerto para que preparen mi avión.

El club estaba abarrotado de gente. Los turistas y los residentes llenaban el interior y el exterior del local, hasta la playa cercana. El sol se empezaba a ocultar en el horizonte, pero el cielo aún estaba claro cuando Isabella subió al escenario y ocupó su sitio detrás del micrófono.

Las puestas de sol eran tan rápidas en la isla que, un momento después, la claridad desapareció y las nubes se tiñeron con tonos morados y rojos.

Era una vista preciosa, una vista que siempre la había enamorado y que siempre despertaba su melancolía, aunque no estaba segura del origen de aquella sensación. Era como si hubiera perdido algo que no podía recordar.

De repente, la música llenó el vacío de sus recuerdos.

Isabella se giró hacia la multitud. La estaban esperando. Estaban allí por ella.

Cerró los ojos y empezó a cantar, perdiéndose en el ritmo de la melodía. Cuando subía a un escenario, se convertía en Bella Tyler. Y Bella Tyler era una mujer segura, que controlaba todos los aspectos de su vida.

A diferencia de Isabella Maro.

Cuando terminó la canción, empezó con la siguiente. Las luces del escenario daban mucho calor, pero estaba acostumbrada. Llevaba un bikini y un *sarong* para estar a tono con la isla, aunque no cantaba muchas canciones de Hawai. Se había puesto un collar de conchas blancas y una tobillera a juego.

Su largo y suelto cabello se había vuelto más rubio y más rizado por el efecto del sol y del agua del mar. Isabella sonrió al pensar, brevemente, que su padre se habría horrorizado por su pelo y por el atrevimiento de su indumentaria. Al ver su sonrisa, uno de los espectadores malinterpretó el gesto y se la devolvió, pensando que le sonreía a él. A ella no le importó. Formaba parte del juego, parte de la personalidad de Bella Tyler.

Pero Bella no terminaría la noche con aquel hombre. Ni con ningún otro.

Tenía la sensación de que no habría sido adecuado. La tenía desde que llegó a los Estados Unidos y se liberó de las expectativas y de las responsabilidades que su padre le había impuesto desde niña. Ahora era una mujer libre, pero una mujer libre con la impresión de que se debía a alguien.

−Un aplauso para Bella Tyler −dijo el guitarrista cuando ella interpretó la última canción.

La gente rompió en aplausos.

−Gracias −dijo Isabella−. Ahora nos vamos a tomar un descanso. Volveremos con ustedes dentro de quince minutos.

Isabella bajó del escenario y aceptó el vaso de agua que le ofreció Grant, el dueño del club. Después se dirigió al camerino, que estaba en la parte trasera del local, y se sentó en una silla, apoyando los pies en el arcón de bambú que hacía las veces de mesita.

Las risas y las voces de la playa le llegaban con claridad a través de las paredes, muy finas. Sabía que los músicos de su banda llegarían de un momento a otro, a no ser que hubieran optado por salir a fumarse un cigarrillo.

Echó la cabeza hacia atrás, cerró los ojos y apretó el vaso de agua helada contra su cuello. Una gota se perdió entre sus senos y le provocó un escalofrío de placer.

Entonces oyó un ruido en el pasillo. Un momento después, supo que alguien acababa de entrar en el camerino. Lo supo porque era una habitación pequeña y podía notar su presencia. Pero no abrió los ojos. Al fin y al cabo, la gente siempre estaba entrando y saliendo del Ka Nui.

Sin embargo, Isabella se extrañó cuando los segundos pasaron y el recién llegado se mantuvo en silencio. Evidentemente, no se trataba de ninguna de las camareras del local, que a veces entraban a buscar algo, ni de ninguno de los músicos.

Abrió los ojos y vio a un hombre alto, de aspecto amenazador, que se encontraba de pie junto a la puerta. Isabella sintió tanto pánico que no fue capaz de emitir ningún sonido. Al principio, sólo notó su gran altura y su anchura de hombros, pero poco a poco empezó a distinguir sus facciones.

Se estremeció al comprender que era un hombre de Jahfar. De cabello y ojos oscuros, su piel mostraba el tono inconfundiblemente moreno de una piel sometida a los rigores del desierto. Aunque llevaba una camiseta de color azul marino y unos pantalones caqui en lugar del *dishdasha* tradicional, tenía la mirada de un hombre del desierto, con la intensidad de los que vivían en el límite de la civilización.

El temor la dominó hasta el extremo de no poder mover un solo músculo.

—Dímelo. Dime por qué —declaró el desconocido.

Ella parpadeó sin entender nada.

—¿Por qué? —repitió.

El hombre era tan alto que tuvo que mantener la cabeza hacia atrás para poder mirarlo a los ojos. Y los latidos de su corazón se aceleraron cuando comprendió que, por algún motivo, estaba muy enfadado con ella.

—Mírate. Pareces una prostituta —la acusó.

El terror de Isabella se empezó a difuminar bajo el peso de la rabia. Le pareció un comentario muy típico de los hombres de Jahfar, hombres que se creían con derecho a juzgarla simplemente porque era una mujer.

Se levantó de la silla, apoyó las manos en las caderas y le lanzó una mirada desafiante y llena de frialdad.

—No sé quién diablos es usted, pero será mejor que se largue ahora mismo de mi camerino y que se guarde sus opiniones.

La expresión de hombre se volvió más tensa.

—No juegues conmigo, Isabella —le advirtió.

Ella dio un paso atrás. Sorprendentemente, la había llamado por su nombre. Eso sólo podía significar que era amigo de su padre o que se habían conocido en algún sitio, quizás en una fiesta o en una cena.

Pero no se acordaba de él. Y estaba segura de que no habría sido capaz de olvidar a ese hombre si se hubieran encontrado antes. Era demasiado alto, demasiado magnífico, demasiado seguro, demasiado atractivo.

—¿Jugar con usted? ¡Si ni siquiera lo conozco! —se defendió.

Él entrecerró los ojos.

–Quiero saber cómo has terminado aquí. Y quiero saberlo ahora.

Isabella respiró hondo.

–¿Quiere saberlo? Adivínelo –se burló.

Él dio un paso adelante. Isabella deseó retroceder, pero el camerino era tan pequeño que no habría podido. Además, no quería dejarse acobardar por aquel hombre. No supo por qué, pero supo que habría sido un error.

–No pudiste escapar sola. No es posible –dijo él–. ¿Quién te ayudó?

Isabella tragó saliva.

–Yo...

–¿Estás bien, Bella?

Los ojos de Isabella se clavaron en Grant, que acababa de entrar en el camerino. El desconocido se giró hacia el dueño del establecimiento, cuyos ojos azules adquirieron una expresión mortalmente dura.

Isabella pensó que Grant se podía haber ahorrado el truco de mirarlo de esa forma, porque no funcionaría; de hecho, el desconocido lo miró del mismo modo, sin titubear. Y lo último que ella quería era una pelea. Sabía que Grant se sentiría obligado a defenderla y sabía que terminaría mal.

En aquel hombre había algo frío, feroz, salvaje.

–Estoy bien, Grant –afirmó–. Este caballero estaba a punto de irse.

–No me voy a ninguna parte.

El desconocido habló con un acento inglés tan perfecto que Isabella supo que era un miembro de la élite de Jahfar. Las familias importantes tenían la costumbre de enviar a sus hijos a colegios del Reino Unido.

–Será mejor que se vaya –intervino Grant–. Bella tiene que descansar un poco para volver al escenario.

–¿Ah, sí? Pues es una pena, porque Isabella no va a volver al escenario.

–¿Cómo que no voy a volver a...?

El desconocido dio otro paso adelante y la agarró del brazo.

Isabella se estremeció. Pero no se estremeció de terror ni de aversión por él, sino de una sensación que no esperaba.

Familiaridad.

Fue como si se conocieran, como si ya hubiera sentido antes su contacto. Fue una sensación cálida y sensual, pero también triste.

Y no supo qué hacer.

–¡Eh! ¡Suéltela! –bramó Grant.

Isabella miró al desconocido con confusión y preguntó:

–¿Quién es usted?

Él le dedicó una mirada intensa.

–¿Pretendes que crea que no me conoces?

Ella sintió rabia y desesperación al mismo tiempo. Aquel hombre la odiaba y ni siquiera sabía por qué. Pero sacó fuerzas de flaqueza y se soltó.

Cuando miró de nuevo hacia la puerta, vio que Grant había desaparecido. Evidentemente, había ido a buscar ayuda para sacar a aquel hombre del club y darle una buena lección.

Isabella pensó que lo iba a disfrutar.

–¡Por supuesto que no lo conozco!

–¿Que no me conoces? Yo diría que me conoces muy bien.

Su voz sonó tan segura que el corazón de Isabella

se aceleró. Aquel hombre debía de estar loco. No había otra explicación.

—Sinceramente, no sé por qué dice eso.

—Porque eres mi esposa, Isabella.

# Capítulo 2

ISABELLA se quedó boquiabierta como un pez. Adan la miró y torció el gesto. Si no la hubiera conocido bien, habría pensado que su asombro era sincero. Como la conocía bien, le sorprendió que Isabella Maro hubiera resultado ser una actriz consumada.

Jamás lo habría imaginado. Por lo visto, lo había engañado a él y había engañado a todo el mundo con su supuesta ingenuidad.

Pero iba a descubrir el motivo.

Porque estaba convencido de que Isabella no había actuado sola, de que había huido con ayuda de alguien. Quizás, de un amante.

La idea de que su esposa lo hubiera traicionado con otro le pareció tan inadmisible que sintió un vacío en el estómago. Además, debía de ser una mujer tan fría como cruel; porque sólo una mujer fría y cruel habría sido capaz de abandonar a su hijo y dejarlo sin madre, de preocuparse más por ella que por el pobre Rafiq.

Adan la odió con toda su alma.

Y odió la emoción que subyacía bajo su odio. Odió el deseo que sintió al verla medio desnuda, con aquel bikini rojo bajo el que se veían claramente sus pezones, endurecidos.

Sin poder evitarlo, recordó la clara belleza de sus

senos, de areolas grandes. Se acordó de la timidez que demostró la primera vez que hicieron el amor y de lo rápidamente que se adaptó a él, hasta el punto de que estuvieron un mes entero sin casi salir de la cama.

Pero sus noches de amor terminaron poco después de que se quedara encinta. Y no terminaron porque Adan lo deseara, sino porque Isabella no se encontraba bien.

–¿Su esposa? –preguntó ella al fin–. No puede ser... tiene que haber un error.

Adan oyó pasos a su espalda. Unos momentos más tarde, reapareció el hombre al que ella había llamado Grant. Y no estaba solo. Lo acompañaba un samoano gigantesco.

–Le he pedido que se marche de aquí y no se lo voy a repetir –declaró Grant–. Makuna lo acompañará a la salida.

Adan le dedicó su mirada más disuasiva. Seis hombres de su equipo de seguridad esperaban en el exterior del local. No porque esperara tener problemas, sino porque era un Jefe de Estado y nunca viajaba sin sus guardaespaldas.

Una orden suya y entrarían en el club armados hasta los dientes.

No deseaba dar esa orden, pero no se iría sin Isabella, sin su esposa.

–No te preocupes, Grant –dijo ella en ese momento–. Me gustaría hablar con él unos minutos.

Grant pareció confundido, pero asintió y se marchó con Makuna.

–Una decisión sabia –dijo Adan cuando se quedaron a solas.

Ella se volvió a sentar en la silla donde estaba

cuando Adan entró en el camerino. Después, se apartó el cabello de la cara y lo miró a los ojos.

–¿Por qué cree que soy su esposa? No he estado nunca casada.

–Niégalo tanto como quieras –dijo él, irritado–, pero no cambiará nada.

Ella frunció el ceño.

–No sé por qué me dice eso ni por qué cree que soy su esposa. No lo conozco. Ni siquiera sé cómo se llama.

Él seguía sin creer a Isabella, pero le dijo su nombre de todas formas.

–Adan.

–Adan –repitió ella–. Mire... me marché de Jahfar hace mucho tiempo. Sin embargo, creo que recordaría a mi esposo si hubiera estado casada.

–Estoy harto de este juego, Isabella. ¿Esperas que crea que no te acuerdas? ¿Lo esperas de verdad? ¿Es que me has tomado por un idiota?

–Yo no he dicho que me parezca un idiota; sólo he dicho que no lo conozco. Es evidente que me confunde con otra persona. En mi trabajo es relativamente habitual que los hombres intenten acercarse a mí con intenciones amorosas. Me ven en el escenario, cantando, y creen que soy fácil. Pero no lo soy.

Adan sintió deseos de agarrarla de los brazos y sacudirla.

–Tú eres Isabella Maro, hija de Hassan Maro y de Beth Tyler, una ciudadana estadounidense. Tú y yo nos casamos hace tres años... pero hace dos, te internaste en el desierto y no volvimos a saber nada de ti.

Adan prefirió no mencionar a Rafiq. Seguía convencido de que se estaba burlando de él y lo encontró demasiado doloroso.

—No, no —dijo ella, sacudiendo la cabeza—. Yo no...

—¿No qué? —la urgió.

—Es verdad que sufrí un accidente, pero me he recuperado —declaró con debilidad—. Hay cosas que todavía no recuerdo, pero... No, no es posible. Si lo que afirma fuera cierto, alguien me lo habría dicho.

—¿Alguien? ¿Quién te lo habría dicho, Isabella? ¿Quién sabe que estás aquí? —preguntó él, atónito.

—Mis padres, por supuesto. Mi padre quiso que me fuera a vivir con mi madre para que me recuperara del accidente. El médico dijo que necesitaba alejarme de Jahfar, de todo aquel calor y todo aquel estrés.

Adan sintió furia e incredulidad a partes iguales. No podía creer que sus padres supieran que estaba viva.

Pero, por otra parte, casi no había visto a Hassan Maro desde la desaparición de Isabella. De hecho, Hassan pasaba más tiempo fuera del país que en él. Adan se había convencido de que sus ausencias se debían a los negocios y al dolor por la pérdida de su hija, pero quizá se había equivocado. Quizá le ocultara algo.

Sacudió la cabeza y pensó que Hassan no era capaz de hacer una cosa así. No tenía sentido; se había alegrado mucho al saber que su hija se iba a casar con él. Isabella tenía que estar mintiendo.

Sin embargo, alguien la había ayudado a huir de Jahfar.

—Si fuera cierto que tienes amnesia, la tuya sería una amnesia verdaderamente selectiva, Isabella —ironizó Adan—. ¿Cómo es posible que te acuerdes de Jahfar y de tus padres y no te acuerdes de mí?

–¡Yo no he dicho que tenga amnesia! ¡Eso lo ha dicho usted!

–Y si no es amnesia, ¿cómo lo llamarías? ¿Cómo definirías el hecho de que recuerdes quién eres y de dónde vienes pero no recuerdes a tu marido?

–¿Mi marido? ¡Yo no estoy casada!

Adan notó que, a pesar de la vehemencia de Isabella, su labio inferior había temblado un poco. Lo tomó como un signo de debilidad y decidió presionarla un poco más. No escaparía de allí sin responder a sus preguntas, sin darle una explicación.

Justo entonces, ella juntó las manos por delante de su cuerpo. Al hacerlo, sus brazos le apretaron el pecho y enfatizaron las suaves y redondeadas curvas.

Adan se excitó a su pesar. No quería sentirse atraído por una mujer que lo había traicionado, por una mujer a quien debía despreciar.

–Veámoslo desde el punto de vista contrario –continuó ella–. Si lo que dice fuera verdad, si fuera cierto que estamos casados... ¿dónde ha estado todo este tiempo? ¿Por qué no ha venido a buscarme?

–Porque estaba en Jahfar y, como bien sabes, te creía muerta.

Ella palideció.

–¿Muerta?

Adan empezaba a estar cansado de aquel juego. Llevaba muchas horas sin dormir y había cruzado medio mundo para ver si la mujer de aquella fotografía, la mujer medio desnuda que cantaba en un local de las islas Hawai, era verdaderamente su esposa.

A decir verdad, nunca había creído que lo fuera. Pero cuando entró en el club y la vio en el escenario, su opinión cambió.

Era ella.

—Te internaste en el desierto, Isabella. Nadie sabe lo que hiciste después. Sólo sabemos que te buscamos durante semanas y que no apareciste.

Isabella sacudió la cabeza.

—Eso es imposible. Es una locura...

—¿En serio?

Adan le puso una mano bajo el codo, instándola a levantarse de la silla. Ella se levantó con una facilidad asombrosa, como si actuara de forma inconsciente. Él sintió una descarga de electricidad.

—No me acuerdo de nada... —dijo ella.

Él no se dejó ablandar por la emoción de sus ojos.

—Recoge tus cosas. Nos vamos.


Casada.

Isabella no lo podía creer. Era imposible. Incluso siendo consciente de que su memoria tenía lagunas, le parecía absurdo que aquel hombre pudiera formar parte de su pasado; casi tan absurdo como que pudiera ser su esposo.

No tenía ni pies ni cabeza. Además, estaba segura de que sus padres jamás le habrían ocultado un detalle tan trascendental.

A no ser que lo hubieran creído necesario. A no ser que intentaran evitarle algún tipo de dolor.

Como sólo tenía una forma de comprobarlo, alcanzó el bolso y empezó a buscar su teléfono móvil.

—¿Qué estás haciendo? —preguntó él.

Ella sacó el teléfono con expresión triunfante. Tenía el pelo revuelto y le caía sobre los ojos, dándole cierto aspecto de locura.

Pero no le importó. Al fin y al cabo, todo aquello era una locura.

El desconocido afirmaba que en Jahfar la creían muerta. Y sin embargo, su padre no le había dicho nada al respecto.

Cuando le preguntó sobre el accidente, él dijo que era mejor que desconociera los detalles. Le contó que había estado en coma y que su confusión mental era normal, un simple efecto de la medicación; pero añadió que se recuperaría y que no tenía motivos para preocuparse.

En cuanto a su madre, no sabía gran cosa sobre su vida en Jahfar. Beth Tyler llevaba diez años fuera del país y, aunque se alegró cuando Isabella apareció en su casa y se quedó a vivir temporalmente con ella, las dos se sintieron aliviadas cuando se separaron más tarde.

Aun así, Isabella no podía creer que Beth no supiera nada de su matrimonio. Si efectivamente se había casado, tenía que saberlo. Incluso era posible que hubiera asistido a la boda.

Alzó la cabeza y miró al alto y atractivo hombre que la observaba con detenimiento. No tenía ningún recuerdo de él. Ninguno en absoluto.

–Voy a llamar a mi padre –respondió–. Él me dirá la verdad.

Adan se puso tan tenso como si le hubiera dado una bofetada.

–¿Insinúas que tu padre sabe que estás aquí?

Isabella frunció el ceño.

–Por supuesto. Ya se lo he dicho antes.

Él soltó una maldición en árabe que la impresionó. Isabella llevaba mucho tiempo en los Estados Unidos y estaba acostumbrada al lenguaje subido de tono en inglés, pero no en árabe. A fin de cuentas, en Jahfar la habían mimado y protegido de la realidad para convertirla en una dama que algún día se casaría con un jeque poderoso.

Luego, el accidente lo había cambiado todo.

—No llamarás a tu padre.

De repente, Adan le quitó el móvil y se apartó. Ella se cruzó de brazos y le lanzó una mirada desafiante.

—Ah, así que no quiere que llame a mi padre... eso demuestra que todo lo que ha dicho es mentira. Tiene miedo de que mi padre lo deje por mentiroso.

—Por mí, puedes pensar lo que quieras.

Él apretó el teléfono contra el pecho y ella admiró la fuerza de sus músculos, visibles bajo la camiseta que llevaba. Si se hubiera cruzado con él en la playa, habría pensado que tenía un cuerpo maravilloso.

Pero no se había cruzado con él en la playa. Era un hombre frío y duro que, además, afirmaba ser su esposo.

—Si no le preocupa que mi padre lo deje por mentiroso, ¿por qué no permite que lo llame? —preguntó.

—Porque quiero hablar con él personalmente, cuando volvamos a Jahfar.

A Isabella se le heló la sangre en las venas.

Jahfar. El desierto. El duro, primitivo y terrible paisaje del país de su padre, que también era el suyo. La idea de volver le daba pánico.

—No pienso volver a Jahfar. No con usted.

—¿Y cómo me lo vas a impedir? —la retó.

—Gritaré —amenazó ella.

—¿Ah, sí? ¿Gritarás? —se burló Adan.

—Mis amigos no permitirán que me saque de aquí.

Vendrán a ayudarme –declaró con tanta valentía como pudo.

Él soltó una carcajada sin humor.

–Pueden intentarlo, por supuesto; pero debes saber que he venido con un equipo de seguridad. Si alguien se atreve a ponerme las manos encima, darán por sentado que quieren asesinarme y actuarán en consecuencia.

Isabella se estremeció.

–Ahora comprendo que no me acuerde de usted... Es un maldito tirano. Puestos a elegir, cualquier mujer preferiría internarse en el desierto y morir de sed antes que seguir a su lado –dijo ella con amargura.

–Es una pena que no murieras de sed en ese desierto que tanto te agrada –bramó Adan–. Si hubieras muerto, me habrías ahorrado este disgusto.

Ella sintió una punzada de dolor por el comentario. Y ni siquiera supo por qué. No conocía a aquel hombre. Ni siquiera le caía bien.

–Si estamos realmente cansados, ¿por qué no se ahorra el problema y se divorcia de mí? Usted es un hombre. Y en su país, los hombres pueden hacer lo que quieran.

–En otras circunstancias, lo haría. Pero las cosas se han complicado y debemos volver juntos a Jahfar.

–No esperará que me marche con usted sin tener prueba alguna de lo que afirma... Hasta donde yo sé, estoy hablando con un desconocido. No lo conozco de nada y no me voy a ir con usted a ninguna parte.

Él la miró con dureza.

–¿Qué pruebas quieres que te dé? ¿Debo recordarte que nos conocimos apenas una semana antes de que nos casáramos y que estabas tan asustada como un corderito? ¿Que nuestra boda duró tres días y que costó el equivalente a medio millón de dólares? ¿Que tu padre estaba encantado de que te casaras con un príncipe?

Isabella se llevó una sorpresa enorme.

—¿Un príncipe? ¿Usted es príncipe?

—Lo era.

A Isabella le pareció una respuesta enormemente críptica, pero prefirió no preguntar.

Se secó el sudor de las manos en el *sarong* y, una vez más, pensó que aquello no podía ser posible.

En Jahfar, el estatus social lo era todo. Si su padre había conseguido que se casara con un miembro de la Familia Real, habría estado orgulloso. No se lo habría ocultado ni le habría mentido al respecto.

—Dígame algo sobre mí. Algo que nadie más sepa.

—Que eras virgen cuando te casaste conmigo.

Isabella se ruborizó. Pero desgraciadamente, tampoco recordaba cuándo había perdido la virginidad.

—Seguro que eso no era un secreto. Dígame algo que yo le contara... algo personal —insistió.

Él hizo un gesto de desesperación.

—¿Algo personal? Me temo que no eras muy habladora, Isabella. En cierta ocasión me dijiste que tu único objetivo en la vida era satisfacerme.

—Eso es ridículo... —declaró en voz baja.

A pesar de su afirmación, Isabella no las tuvo todas consigo. Efectivamente, su padre la había educado para satisfacer a los hombres, para convertirse algún día en la esposa perfecta. Pero le parecía asombroso que ella hubiera dicho algo así. Y sobre todo, que se lo hubiera dicho a ese hombre.

—Ya basta. Nos tenemos que ir —dijo él.

Adan sacó un teléfono móvil del bolsillo. Isabella se acercó y lo agarró de la muñeca.

–Maldita sea... ¡Espere un momento! –protestó, enfadada.

Él la miró con toda la intensidad de sus ojos oscuros.

Isabella admiró su boca sensual, que en aquel momento tenía una expresión dura, y se preguntó cómo sería cuando sonriera.

Durante unos segundos, sintió el impulso de acercar una mano a su cara y acariciarle la mejilla. Entonces, él contempló sus labios y ella tuvo el recuerdo fugaz de haberlo besado en algún momento.

Fue una imagen desconcertante. Pero no podía estar segura de que realmente fuera un recuerdo y no un simple deseo.

Él volvió a soltar una maldición en árabe. Después, llevó las manos a su cabello y se lo acarició.

Algo cayó al suelo y rebotó en la alfombra.

Adan se acercó un poco más y el corazón de Isabella se aceleró de inmediato. Siempre había odiado a los hombres dominantes, pero fue incapaz de rebelarse. Quiso apartarse y, sin embargo, no pudo.

Él le apartó el cabello y se inclinó sobre su cuello desnudo.

–Veamos si recuerdas esto –dijo.

Ella cerró los ojos y tuvo la seguridad absoluta de que la iba a besar. Pero eso no le sorprendió tanto como el hecho de que deseaba que la besara.

Aquello era absurdo; no tenía el menor sentido.

Deseaba que la besara un hombre que ni siquiera le caía bien.

Y lo deseaba con todas sus fuerzas.

Cuando sintió que su boca se acercaba, pensó que la besaría en los labios y de forma brusca. Pero en lugar de eso, sintió su contacto en el cuello y fue tan dulce y erótico que se estremeció de placer.

La lengua de Adan la acarició. Luego, le echó la cabeza hacia atrás de tal modo que ella no tuvo más remedio que arquearse y apretar los senos contra su duro pecho. Los pezones se le pusieron duros al instante.

Le besó el cuello un poco más, mientras ella se aferraba a él con deseo. Y entonces, reclamó su boca.

Isabella respondió a su pasión con una pasión equivalente. Se sentía dominada por un anhelo que le parecía nuevo y viejo a la vez, como si ya lo hubiera vivido antes y sencillamente no pudiera recordarlo.

Por su forma de besarla, cualquiera habría pensado que ella era la única mujer del mundo. Isabella sentía un calor tan intenso que, de repente, sintió la necesidad de despojarse de sus escasas prendas, liberarlo de las suyas, y fundirse con él para saciar su hambre y el fuego que ardía en su interior.

Se preguntó cuántas veces se habrían besado y cuántas habrían hecho el amor si lo que aquel hombre decía era cierto.

La mente de Isabella no recordaba haber estado con él. Pero su cuerpo lo recordaba. Lo recordaba perfectamente.

Adan apartó una mano de su cabello y la llevó a sus pechos. Ella dejó escapar un gemido cuando él introdujo la mano por debajo del sostén del bikini y le acarició un pezón. La descarga eléctrica, tan familiar y tan extraña al mismo tiempo, bastó para que el sexo de Isabella se humedeciera.

Entonces, fue consciente de algo más; de algo ancho y duro que se apretaba contra su abdomen y que causó su primera reacción de inquietud.

No debía seguir adelante.

Había cometido un error al tocarlo.

Y él debió de pensar algo parecido, porque en ese momento dio un paso atrás y rompió el contacto, confuso.

Isabella casi sintió dolor al verse alejado de su boca. Quiso alcanzarlo, instarlo a seguir, pero permaneció inmóvil.

Adan se inclinó y recogió el teléfono que se le había caído.

–¿Por qué ha hecho eso? –preguntó Isabella.

Él la miró y ella se preguntó cuántas mujeres se habrían derretido bajo la fuerza de aquella mirada, cuántas habrían admirado aquel rostro y habrían ardido de deseo y de necesidad.

Seguramente, cientos. O quizás, miles.

Incluida ella.

–Porque tú lo querías –respondió.

Ella empezó a sacudir la cabeza, pero detuvo el movimiento en seco porque tenía razón. Efectivamente, había deseado que la besara.

–Pues ya tiene lo que quería. Por favor, márchese de una vez.

–Los dos sabemos que no me voy a ir sin ti.

Isabella respiró hondo.

–No me puede obligar a volver a Jahfar. Soy ciudadana de los Estados Unidos y las leyes de este país impiden ese tipo de cosas.

–Lo sé, pero vendrás de todos modos.

–Eso es absurdo. No hay ningún motivo para...

—¡Hay montones de motivos! —la interrumpió—. Deja de ser tan egoísta, Isabella. Si no vuelves por mí, vuelve al menos por Rafiq.

Isabella sintió un escalofrío, pero no supo por qué.

—Siento parecerle egoísta, pero he dicho la verdad. No lo conozco de nada. Y no sé quién es ese Rafiq.

Adan la miró con una frialdad inmensa, llena de desprecio.

Las palabras que pronunció a continuación surgieron de su boca lentamente y golpearon a Isabella con tanta fuerza como una tormenta de arena en el desierto de Jahfar.

—Rafiq es nuestro hijo.

# Capítulo 3

EL INTERIOR del avión privado de Adan era lujoso, pero Isabella no le prestó atención. Había estado aturdida desde que él le contó que tenían un hijo. Fue como si le hubieran atravesado el corazón con un cuchillo oxidado. Le parecía imperdonable que hubiera dado a luz a un niño y no lo recordara.

Era surrealista.

Pero por mucho que su mente se empeñara en negarlo, su corazón albergaba dudas; le decía que en su recuerdo del pasado faltaba algo importante, que un simple accidente de coche no explicaba lo sucedido.

Al final, decidió marcharse con él y dejar que la acompañara a su piso, donde hizo la maleta y llamó al casero para informarle de que estaría fuera durante un par de semanas. Adan se limitó a esperar y no dijo una sola palabra. Miró el pequeño piso como si le pareciera espantoso que viviera en aquel lugar.

Y a Isabella no le sorprendió. A fin de cuentas era un príncipe. Los príncipes no vivían en pisos no mucho mayores que una caja de zapatos.

Viajaron al aeropuerto en silencio y subieron al avión privado, que despegó poco después. Ahora estaban en algún lugar sobre el Pacífico, con Isabella sentada en un enorme sillón de cuero y contemplando la oscuridad de la noche a través de la ventanilla.

Frente a ella, en una mesita, descansaba un vaso de zumo de papaya que ni siquiera había probado. Se había puesto unos vaqueros, una camiseta y una chaqueta de verano; pero aun así, tenía frío.

–¿Quiere que le traiga una manta, señora? –preguntó una de las auxiliares de vuelo.

–Sí, gracias –respondió.

Su voz sonó distante y rasgada, como si no estuviera acostumbrada a utilizarla. La auxiliar de vuelo regresó poco después con un cojín y una manta, que Isabella se puso sobre el cuerpo. No era una de esas mantas baratas que prestaban en los vuelos regulares; era grande, suave y olía bien.

Momentos después, Adan reapareció y se sentó frente a ella.

Isabella no lo había visto desde que el avión despegó. Adan dijo que tenía negocios que atender y desapareció en el interior de su despacho privado.

Su mirada le pareció inquietante, pero no supo si era por el beso que se habían dado en el Ka Nui, por el hecho de que se estremecía de deseo cada vez que le veía o porque, evidentemente, la despreciaba.

–No has tocado tu zumo.

–Es que no tengo sed.

Isabella bajó la cabeza, repentinamente consciente de que no se había quitado el maquillaje que usaba para cantar en el club. Podía haberse lavado la cara cuando fueron a recoger sus cosas, pero sabía que él tenía prisa y no se atrevió.

–He pensado que te gustaría ver esto –dijo Adan.

Ella alcanzó las hojas que él le dio. No estaba segura de querer verlas, pero tenía que hacerlo. Por su propia salud mental. Porque necesitaba saber.

Su corazón se aceleró cuando echó un vistazo a la primera. Era una fotocopia de un artículo del periódico *Al Arab Jahfar*. Hablaba de su matrimonio y, como cobertura gráfica, mostraba una fotografía en la que Adan aparecía con un traje de gala de estilo tradicional y ella, con un vestido de novia de color azafrán.

Alzó la mirada un momento y vio que Adan la observaba con detenimiento, mientras se pasaba el índice por el labio superior.

Isabella apartó el artículo del diario y pasó a la hoja siguiente, que la dejó sin aire.

Era un certificado de nacimiento. El certificado de Rafiq Ibn Adan Al Dhakir, con fecha de cuatro de abril.

Los ojos de Isabella se llenaron de lágrimas, pero se mordió el labio en un intento por refrenarse. Quiso arrojarle los papeles a la cara y gritarle que se marchara y que la dejara en paz, pero mantuvo la calma y siguió leyendo.

Todo en lo que había creído hasta entonces, se derrumbaba.

Ya no sabía quién era.

Sólo sabía que era aquella mujer, la princesa Isabella Al Dhakir, casada y con un hijo. Una mujer que debería haber tenido una vida perfecta y que, sin embargo, estaba destrozada y confusa.

El tercer documento era una columna periodística sobre su desaparición. Al parecer, había ido a visitar a su padre tras el nacimiento de Rafiq y había desaparecido poco después en el desierto. El periodista añadía que una tormenta de arena había dificultado las tareas de rescate y que las autoridades dejaron de buscar tres días después.

Isabella pensó en la casa de su padre, situada en pleno desierto de Jahfar. Hassan Maro adoraba aquel sitio. Tenía fuentes, una piscina y jardines llenos de plantas en mitad de uno de los lugares más áridos de la Tierra.

Se preguntó si sería verdad que se había internado en el desierto, si habría sido capaz de hacer una cosa así.

Pero las dos últimas hojas la dejaron sumida en un vacío profundo. La primera de ellas era una nota de prensa donde se afirmaba que se la había declarado oficialmente muerta. La segunda era su contrato matrimonial, que no quiso leer.

Cerró los ojos, dejó los papeles en la mesa y juntó las manos sobre el regazo para disimular su temblor.

Era la esposa de Adan; la madre de su hijo.

De un hijo del que ni siquiera tenía un recuerdo.

—¿Aún te empeñas en negar la verdad? —preguntó él.

Ella sacudió la cabeza en silencio.

—¿Por qué lo hiciste, Isabella? ¿Por qué abandonaste a nuestro hijo? ¿Es que no has pensado en él ni una sola vez?

Isabella tardó unos segundos en hablar.

—No recuerdo nada... no me acuerdo de nada —declaró en un susurro—. Y desde luego, no recuerdo haberme internado en el desierto.

Él suspiró.

—Entonces, dime lo que recuerdas. Dime cómo llegaste a Hawai.

Isabella quiso sonar desafiante, pero estaba tan mentalmente agotada que no encontró las fuerzas necesarias.

–Sólo sé que estaba en Jahfar y que de repente me encontré en la casa de mi madre, en Carolina del Sur –dijo ella, arropándose un poco más con la manta–. No recuerdo cuándo me marché ni cómo llegué a los Estados Unidos.

–¿Que no lo recuerdas? ¿Cómo es posible?

–Mi padre dice que es por el accidente... porque me di un golpe en la cabeza y estuve cinco semanas en coma. El médico afirma que es relativamente habitual en esos casos.

–Comprendo.

–Luego, pasé una temporada en casa de mi madre y me marché a Hawai.

–¿No sentiste el deseo de volver a Jahfar?

–No. Pensaba en Jahfar de vez en cuando, pero mi padre me pidió que me quedara en los Estados Unidos. Dijo que él había empezado a viajar con mucha frecuencia y que, como pasaba poco tiempo en Jahfar, no tenía sentido que volviera.

–¿Y por qué Hawai? Está muy lejos de Carolina del Sur...

–Porque echaba de menos el mar y las palmeras. Fui con intención de tomarme unas vacaciones, pero al final me quedé.

Adan asintió.

–¿Por qué te cambiaste el nombre?

–No me lo cambié. Bella Tyler sólo es mi nombre artístico –puntualizó ella.

Isabella no quiso confesar que era algo más que su nombre artístico. En realidad, se lo había puesto porque le ofrecía la posibilidad de creerse distinta, de sentirse una mujer más segura y menos sola.

–¿Y por qué cantabas en un club? ¿Es que necesitabas dinero?

Ella sacudió la cabeza.

–No, no necesito dinero; mi padre me da más del que puedo gastar... un día me puse a cantar en un karaoke por pura diversión y al día siguiente me encontré en un escenario. Ni siquiera sabía que tuviera talento como cantante.

Adan frunció el ceño y dijo, con tono de recriminación:

–Como cantante de club nocturno.

–¿Y qué? Me gusta cantar. Siempre me ha gustado –se defendió.

–Qué curioso. Hasta esta noche, nunca te había oído cantar –ironizó él.

–He cantado toda la vida, pero en la intimidad. Si no canté para usted, sería porque tenía miedo. Miedo de que lo desaprobara.

–Quizás me habría gustado...

–Quizás, pero supongo que no lo creí posible.

–No, supongo que no.

Isabella agarró la manta con fuerza. Aquella conversación era absurda. Estaba casada con él y, sin embargo, le parecía un absoluto desconocido.

–Puede que no estuviéramos mucho tiempo juntos... –se aventuró a decir.

–Pasamos el tiempo suficiente –declaró él con mirada intensa.

Ella bajó la cabeza, deseando no haberse ruborizado. No recordaba haber perdido la virginidad con él. No recordaba haber mantenido ninguna relación sexual con él.

–¿Cuánto tiempo estuvimos casados antes de que... antes de que naciera el niño?

–Te quedaste embarazada durante el primer mes de nuestro matrimonio. Y desapareciste un mes después de que Rafiq naciera.

Isabella se llevó una mano al estómago. Le resultaba difícil de creer que hubiera estado embarazada.

–Entonces, no estuvimos juntos ni un año...

Él sacudió la cabeza.

–No, no llegamos a un año.

La situación resultaba extremadamente difícil para ella. Ahora sabía que estaban casados. Los artículos de prensa y los documentos que le había mostrado unos minutos antes no parecían falsificaciones.

Pero eso significaba que sus padres le habían mentido.

Y era muy duro.

Lo pensó durante unos segundos y llegó a la conclusión de que su madre debía de ser inocente. No la creía con la capacidad necesaria para inventarse una historia y vivir después con ella. Seguro que había sido cosa de su padre.

Se preguntó por qué.

Cabía la posibilidad de que Adan fuera un maltratador y de que Hassan le hubiera mentido para mantenerla alejada de él y protegerla.

Sin embargo, no lo creyó posible. Adan se había enfadado mucho con ella y se había portado de forma arrogante y presuntuosa; pero a pesar de las circunstancias, a pesar de que evidentemente la consideraba una mentirosa, no se había sentido amenazada por él en ningún momento.

Si la hubiera amenazado físicamente, no se habría marchado con él; al menos, por voluntad propia.

Se llevó una mano a la frente, confusa, y él preguntó:

–¿Te duele la cabeza?

–Sí.

Isabella se sorprendió con su propia respuesta. Estaba tan concentrada en la conversación que no había notado el dolor. Pero lo que empezó como una simple punzada en la sien se transformó enseguida en una migraña. Y se había dejado la medicina para las migrañas en la encimera de la cocina.

Adan pulsó un botón de su asiento y pidió un vaso de agua y un analgésico a la auxiliar de vuelo que apareció a continuación.

Isabella se tomó la pastilla de inmediato, aunque pensó que no serviría de nada. No tenía migrañas con frecuencia; pero cuando las sufría, eran terribles.

–Tal vez deberías dormir. En la parte trasera del avión hay un dormitorio con una cama y cuarto de baño donde te puedes refrescar.

Ella pensó que tenía razón. Debía dormir un poco. Pero más tarde.

–¿Tienes una fotografía de él?

–¿De Rafiq?

–Sí.

Adan sacó su teléfono móvil, pulsó un par de botones y se lo pasó.

Isabella se quedó sin aliento.

El niño de la imagen era sencillamente adorable. Pero era algo más que adorable. De su padre había heredado el cabello y los ojos oscuros; de ella, la barbilla y la forma de la nariz.

Ya no había ninguna duda. Rafiq era hijo suyo.

Una lágrima solitaria descendió por su mejilla.

—¿Ya tiene dos años?

Él asintió, le quitó el teléfono y se lo guardó.

De repente, Isabella se sintió mareada. No supo si fue por el dolor de cabeza o por el impacto de ver a su hijo, pero se encontró tan mal que se puso en pie para salir de allí.

Adan frunció el ceño.

—¿Qué ocurre?

—Tengo que ir... al servicio.

Adan se lo señaló e Isabella se fue a toda prisa.

Llegó justo a tiempo de vomitar en el lavabo.

Cuando se sintió mejor, se miró en el espejo y pensó que tenía un aspecto terrible. Parecía una niña que le hubiera robado el neceser a su madre y se hubiera maquillado más de la cuenta para disfrazarse de mayor.

Abrió el grifo y se lavó la cara con agua y jabón.

Mientras se la frotaba, empezó a llorar. Al principio intentó refrenarse, pero luego se dejó llevar. Con el grifo abierto, Adan no podría oír sus sollozos.

Se frotó con fuerza, como si así pudiera borrar los dos años anteriores y apartar de su memoria el velo negro que los ocultaba. Aún le dolía la cabeza, pero lloró y se frotó hasta que las lágrimas y el maquillaje desaparecieron.

Esperaba que Adan se hubiera marchado a su despacho o quizás a descansar un poco cuando ella volviera al asiento, pero no tuvo tanta suerte.

Seguía allí. Y con la misma expresión.

—¿Estás enferma? —preguntó.

—No, es por la migraña —se justificó, encogiéndose

de hombros–. Si tuviera mi medicamento no sería tan terrible; pero sin él...

–¿Te la has dejado en casa?

–Eso me temo.

–Dame el nombre y me encargaré de que el medicamento te esté esperando cuando aterricemos en Jahfar –afirmó.

Ella le dio el nombre y se sentó.

–Deberías acostarte en la cama y descansar.

Isabella hizo un gesto de desdén.

–Prefiero quedarme aquí. No tengo fuerzas ni para caminar hasta el fondo del avión.

Adan se levantó y, antes de que Isabella cayera en la cuenta de lo que pretendía, se inclinó y la alzó en brazos.

Ella empezó a protestar, pero la cabeza le dolía tanto que enseguida guardó silencio y se apretó contra su cálido, duro y sólido pecho.

Por primera vez en mucho tiempo, se sentía a salvo.

Sin embargo, se dijo que la sensación de seguridad era una fantasía y que tenía más motivos que nunca para mantenerse en guardia. A fin de cuentas, se sentía vulnerable. Sentía mucho. Sentía demasiado.

Mientras él la llevaba hacia el dormitorio de la parte trasera del avión, Isabella notó los latidos del corazón de Adan bajo la palma de su mano y captó su delicioso, especiado y masculino aroma.

El dormitorio tenía una cama grande, de matrimonio, y la luz estaba tan baja que ella lo agradeció en silencio. Con su dolor de cabeza, no habría soportado una luz intensa.

Adan la tumbó, le quitó los zapatos y la tapó con una manta. Isabella cerró los ojos porque no quería mirar. Teóricamente, aquel hombre no sentía nada por ella; pero en la práctica, se estaba tomando muchas molestias por cuidarla.

–Que duermas bien, Isabella.

Él ya había llegado a la puerta cuando ella lo llamó y le tuteó por primera vez.

–Espera, Adan...

–¿Qué quieres?

Ella tragó saliva. Le dolía la garganta de tanto llorar.

–Pedirte disculpas –contestó–. Lo siento mucho.

Adan se limitó a inclinar la cabeza.

Después, salió del dormitorio y cerró la puerta con suavidad.

Adan no durmió bien. Estuvo dando vueltas y más vueltas en el dormitorio contiguo, porque no dejaba de pensar en Isabella, a quien imaginaba acurrucada en la cama y durmiendo plácidamente.

Se había quedado atónito cuando ella salió del cuarto de baño y volvió al sillón. Por su aspecto, era evidente que había estado llorando; tenía la piel enrojecida por el agua caliente, pero su nariz y sus ojos estaban bastante más rojos.

Supuso que todo aquello debía de ser difícil para ella. Si no había mentido, si era verdad que había perdido la memoria, la noticia de su matrimonio y de la existencia de Rafiq habría sido un golpe muy duro.

Se llevó una mano a la frente y se dijo que no debía sentir simpatía por Isabella. Tenía que hacer lo que tenía que hacer. Su país dependía de ello. Su hijo dependía de ello.

No podía arriesgar la felicidad de Rafiq. Ella lo había abandonado. La hipotética amnesia de Isabella no la justificaba en absoluto; aunque fuera real, la había sufrido después de internarse en el desierto y desaparecer; después de abandonar a Rafiq.

Y Hassan Maro la había ayudado a huir.

Pero ya se encargaría más tarde de él. De momento, Isabella era su principal preocupación.

Se levantó de la cama, se duchó, se afeitó y se vistió con el tradicional *dishdasha* de color blanco y el no menos tradicional *keffiyeh* rojo. Acto seguido, salió del dormitorio y se dirigió a la cocina del avión, donde sus empleados estaban preparando el desayuno.

Cuando vieron a Adan, todos dejaron lo que estaban haciendo y se deshicieron en reverencias. A él le pareció tan desconcertante como de costumbre. El trato especial que había recibido durante sus años como príncipe era poca cosa en comparación con el que recibía como rey de Jahfar.

Si hubiera sido por él, habría puesto punto final a esos excesos protocolarios; pero Mahmoud le había hecho entender que formaban parte de las tradiciones del país.

—¿Le apetece un café, Excelencia? —preguntó un joven.

—Sí, gracias. Llévalo a mi despacho.

Adan se dirigió a su despacho y se sentó detrás de la mesa. Luego, encendió el ordenador y comprobó el correo electrónico antes de abrir el navegador para buscar información en Internet sobre la amnesia selectiva.

Su café llegó poco después. Adan se lo tomó mientras leía varios documentos sobre los distintos tipos de amnesia. Por lo visto, la amnesia selectiva no era una invención de Isabella, sino una dolencia real. Desgraciadamente, eso no explicaba nada. Al fin y al cabo, cabía la posibilidad de que su esposa hubiera investigado al respecto para utilizar la amnesia como excusa.

Frunció el ceño y se dijo que, en cualquier caso, se encargaría de que la examinara un médico cuando aterrizaran. A continuación, alcanzó el teléfono y llamó a su secretario en Jahfar. Le pidió que buscara un especialista en psicología, que localizara a Hassan Maro y que lo citara en palacio para el día siguiente.

Mientras terminaba de hablar con su secretario, recibió un mensaje de correo de Jasmine. Adan lo abrió y leyó sus comentarios sobre los preparativos de la boda con un fuerte sentimiento de culpabilidad.

No le había dicho que iba a los Estados Unidos. Y por supuesto, tampoco le había dicho por qué.

Adan conocía a Jasmine desde la infancia. No se deseaban, pero se caían bien. Jasmine era una mujer encantadora que sería una buena madre para Rafiq y para los hijos que pudieran tener en el futuro.

Jasmine era una apuesta segura. La decisión correcta.

Al cabo de unos minutos, salió del despacho. Isabella se había levantado y se había sentado en el mismo sillón del día anterior, con las piernas estiradas.

Ella lo miró, pero no le dedicó ni una sonrisa débil. Adan pensó que no se parecía nada a la joven inocente e ingenua con la que se había casado, una joven tan gris que no llamaba la atención a nadie. Había cambiado mucho. Se había convertido en una mujer sensual, misteriosa y profundamente deseable en cuyo in-

terior ardía un fuego que él no había notado durante
sus meses de matrimonio.

Aquella mañana tenía un aspecto despreocupado y
algo bohemio. Se había puesto un vestido de color
azul, muy corto, y unas sandalias. Llevaba el pelo
suelto y la cara completamente libre de maquillaje.

Adan pensó que estaba preciosa. Parecía un ángel.

–¿Has dormido bien? –le preguntó.

Los ojos verdes de Isabella habían recuperado
parte de su brillo, pero seguían mostrando las huellas
del cansancio y de la tensión.

–Tan bien como cabría esperar en estas circunstancias.

Él asintió.

–Llegaremos a Jahfar dentro de tres horas.

–¿Y qué pasará entonces, Adan?

–Muchas cosas –respondió de forma vaga.

–¿Cuándo podré ver a Rafiq?

Adan notó que Isabella tragó saliva antes de for-
mular la pregunta.

Rafiq había dejado de ser el hijo de aquella mujer.
Había renunciado a él dos años antes, cuando desapareció. Y Adan no iba a someter al pequeño a una situación que podía resultar extremadamente dolorosa
y confusa para él; sobre todo, cuando su padre estaba
a punto de casarse con Jasmine.

–No lo verás, Isabella. Me temo que eso es imposible.

# Capítulo 4

ISABELLA lo miró fijamente mientras se preguntaba si habría conseguido disimular sus sentimientos. Su dolor era enorme, pero se negó a llorar. Ya había llorado de sobra; había llorado en el cuarto de baño y había llorado de noche, en la cama, con el zumbido constante de los reactores del avión como trasfondo.

Sin embargo, aunque no quisiera llorar, tampoco iba a admitir que Adan se convirtiera en una especie de dictador de su vida.

—Creo que no me has entendido bien. No preguntaba si puedo ver a Rafiq, sino cuándo podré verle.

Él la miró con una dureza inmensa, frunciendo el ceño. Pero Isabella lo encontró atractivo incluso entonces.

—No vas a ver a Rafiq. Sería una situación muy confusa para él.

—¿Confusa? Sólo tiene dos años, Adan —le recordó, molesta—. Dudo que le pueda confundir.

Adan suspiró.

—No sabes nada de él. No puedes decir lo que es mejor para mi hijo.

—Nuestro hijo —puntualizó.

Él se levantó con un revuelo de la túnica que llevaba. Uno de sus ayudantes, que estaba cerca, se apartó enseguida. Isabella pensó que lo trataban como si fuera un dios, como si controlara sus destinos, como si fuera responsable de que el sol brillara en el cielo o la lluvia golpeara los tejados de sus casas.

Pero ella no era como sus empleados.

Isabella se puso en pie y lo miró a los ojos. No iba a aceptar que la mantuviera al margen. No con su hijo.

–Soy su madre –declaró.

–Le diste a luz, sí, pero ser madre es mucho más que eso –le recriminó.

Ella apretó los puños.

–Lo sé.

–¿Lo sabes? ¿En serio? –dijo Adan con sarcasmo y amargura–. Y dime, ¿cuándo has tenido esa revelación?

–Adan...

–¿No pensaste en ello antes de tomar la decisión de abandonarlo? –la interrumpió–. ¿No lo pensaste ni una vez antes de dejarlo complemente solo en la casa de tu padre?

Isabella recibió las palabras de Adan como un puñetazo en la boca del estómago. Pero no se podía rendir. Debía mantenerse firme ante la furia de aquel hombre.

–¿Seguro que lo dejé solo? ¿No había nadie más en la casa?

Él bufó.

–Había criados, pero no es lo mismo que una madre.

–No, claro que no es lo mismo. Pero dime.. ahora que has encontrado a su madre, ¿estás dispuesto a negársela?

–Él no te necesita.

–¿Cómo lo sabes? –contraatacó–. ¿Lo dices porque sabes lo que piensa y lo que siente? ¿O sólo lo dices porque es lo que a ti te parece?

–No abuses de mi paciencia, Isabella –advirtió.

Isabella no se dejó avasallar. Dio un paso adelante, puso los brazos en jarras y clavó la mirada en sus ojos oscuros.

–Entonces, ¿qué demonios estoy haciendo aquí, Adan? ¿Qué quieres de mí?

–Ya sabes lo que quiero. Tú misma lo dijiste en ese club de Hawai.

Isabella se sintió desfallecer, pero sacó fuerzas de flaqueza. No se iba a desmayar simplemente porque Adan quisiera divorciarse de ella.

No estaba enamorada de él. Ni siquiera se acordaba de él.

No importaba.

Pero el niño, su niño, importaba mucho. Y aunque tampoco lo recordara, Rafiq era carne de su carne. Llevaba su código genético. Formaba parte de ella. No podía renunciar a él cuando acababa de recuperarlo.

–No me voy a divorciar de ti.

Él sacudió la cabeza.

–No tienes elección, Isabella. ¿Has olvidado que soy de Jahfar?

Ella alzó la barbilla, orgullosa.

–Y como eres de Jahfar, tienes todo el poder en tus manos... No, no lo he olvidado. Pero no te lo pondré fácil.

Adan parpadeó, aparentemente sorprendido.

–¿Que tú... ? ¿Que tú no me lo vas a poner fácil?

De repente, él rompió a reír. E Isabella supo que tenía buenos motivos para reír, porque su amenaza no podría haber sido más patética. Ella no tenía ningún poder. No podía hacer nada en absoluto.

Y a pesar de ello, estaba decidida a plantar batalla.

–Lucharé contra ti. Cueste lo que cueste –insistió–. No permitiré que me robes a mi hijo sin darme siquiera la oportunidad de conocerlo.

Él se acercó y se plantó ante ella, alto como una torre.

–Tomaste tu decisión hace dos años, cuando lo abandonaste. Ya no tienes ningún derecho sobre Rafiq.

Los dos se miraron durante unos segundos.

Entonces, él alzó una mano y ella se encogió un poco, aunque se mantuvo en el sitio.

Pero Adan no había alzado la mano para abofetearla, sino para acariciarle la mejilla y el cuello con tanta suavidad que Isabella se estremeció de placer y entreabrió los labios, que se humedeció.

–Lo tenías todo, Isabella –declaró él con voz dulce–. Tenías un marido rico, un hijo y todo lo que pudieras desear. Pero no era suficiente para ti. Ni Rafiq ni yo éramos suficiente para ti... Dime por qué tendría que concederte una segunda oportunidad.

Isabella tragó saliva y él le dedicó una mirada extraña, con una emoción que ella no pudo interpretar.

En ese preciso momento, se le ocurrió algo que no había pensado antes; algo que podía explicarlo todo.

–Adan...

–¿Sí?

–¿Estabas enamorado de mí? ¿Por eso me odias tanto?

Él la miró con sorpresa, pero se recuperó enseguida. Después, sacudió la cabeza lentamente y respondió:

–No, no estaba enamorado de ti. Eras tú quien lo estaba de mí.

Isabella se puso tensa.

–¿Cómo lo sabes?

–Lo sé porque tú me lo dijiste.

–No te creo –dijo con rapidez.

Isabella no lo podía creer. Seguía pensando que, si hubiera estado enamorada de Adan, habría recordado algo, aunque fuera un simple eco de su relación anterior.

–Cree lo que quieras, Isabella. Eso no va a cambiar nada.

Ella se mantuvo en silencio.

–Además, mentiste –continuó él–. Porque si hubieras estado enamorada de mí, no me habrías abandonado.

–Qué conveniente es todo esto, ¿verdad? –ironizó ella–. Si protesto o me muestro en desacuerdo contigo, tú dirás que no tengo derecho a protestar ni a mostrarme en desacuerdo porque te abandoné a ti y a nuestro hijo. Pero sabes perfectamente que no recuerdo nada de lo que pasó... ¿Cómo puedo saber que no fue culpa tuya? ¿Cómo puedo estar segura de que no eres tú quien miente?

–En los viejos tiempos, llamar mentiroso a un príncipe de Jahfar se habría pagado con la muerte –le recordó él.

–Pero afortunadamente, ya no estamos en los viejos tiempos –observó ella.

Detrás de Alan, otra de las auxiliares de vuelo se detuvo en seco, dio media vuelta y se alejó a toda prisa.

–Por todos los diablos... –estalló Isabella–. ¿Por

qué se comportan todos como si tuvieran miedo de que los envíes a la guillotina?

Pasó por delante de Alan, alcanzó a la auxiliar y le dijo:

—Si quiere hablar con él, hágalo.

La joven bajó la cabeza.

—Su Alteza está ocupado. Volveré en otro momento.

Isabella se sintió como si la sangre le hirviera en las venas. Le daba lo mismo que Adan fuera príncipe, rey o emperador del universo. La gente tenía que hacer su trabajo y no podía porque él actuaba como un león herido.

—¿Nos quería preguntar si queremos beber o comer algo?

—Beber, Excelencia.

Isabella se quedó asombrada ante el tratamiento que le había dedicado la auxiliar. Pero por otra parte, era lógico; mientras estuviera casada con Adan, pertenecería a la Familia Real.

—Me gustaría tomar un poco de agua con limón. ¿Y vos, Majestad? —ironizó, girándose hacia Adan—. ¿Os place algo de beber?

Él apretó los dientes.

—No.

—Muy bien. En tal caso, traiga sólo el agua.

—Sí, Excelencia.

La joven hizo una reverencia y se marchó.

—No sé cómo te soportas, Adan. Aterrorizas a las mujeres, exiges obediencia y lanzas miradas terribles a todo el mundo. ¿No te gustaría, para variar, que la gente hablara contigo sin miedo a lo que puedas hacer o decir?

–Quizás te sorprenda, pero yo no aterrorizo a nadie –se defendió–. Me obedecen por el cargo que ocupo.

Isabella volvió al sillón y se sentó.

–Te engañas a ti mismo, Adan –afirmó–. Por lo que he visto en el avión, tus empleados te tienen miedo.

–Pues tú no pareces tenerlo...

–Intento no tenerlo. Lo intento con todas mis fuerzas.

La auxiliar de vuelo regresó entonces con un vaso de agua mineral y un platillo con un limón cortado en dos, que dejó en la mesa.

–¿Necesita algo más, Excelencia?

–No, gracias.

Tras una nueva reverencia, la joven se marchó otra vez.

Isabella exprimió el zumo de limón en el vaso y echó un trago. Le sentó bien porque la garganta le dolía un poco después de la actuación en el club y las lágrimas posteriores.

Después, miró por la ventanilla y contempló el mar de nubes iluminadas por el sol.

–Has cambiado, Isabella.

Ella se giró hacia él.

–Todo cambia. Hay que adaptarse o morir... y yo prefiero adaptarme.

–Pues no te adaptes demasiado. Volverás pronto a Hawai.

–No conseguirás asustarme. Hagas lo que hagas, no me asustarás.

–Está bien, pero te recomiendo que no te hagas ilusiones sobre tu futuro en Jahfar. Sólo permanecerás el tiempo necesario para solventar el embrollo legal que has creado al reaparecer con vida.

–No me voy a callar, Adan. Y no me voy a ocultar como si fuera un fantasma, por mucho que lo desees –le advirtió.

Él la miró detenidamente y dijo:

–Eso tampoco está en tu mano.

Al salir del avión y pisar el suelo de Jahfar, Isabella se sintió como si hubiera salido de un frigorífico y entrado en un horno. La abrasadora luz se reflejaba en las líneas blancas del asfalto y le cegaban los ojos. Llevaba gafas de sol, pero no servían de nada.

Había olvidado lo brillante, tórrido y desolado que Jahfar podía ser. Sobre todo, en comparación con el verdor de Hawai.

En la distancia, una línea de palmeras ocultaba una autopista. Más allá, se alcanzaba a distinguir el desierto y las dunas.

Había vuelto a su hogar. Pero le parecía un lugar extraño.

De las tres limusinas negras que habían aparcado en la pista, salieron un grupo de guardaespaldas con trajes oscuros que se situaron a un lado. Un segundo grupo, éste de hombres vestidos con las tradicionales *dishdashas* de color blanco, esperaban al pie de la escalerilla, junto a la alfombra roja.

Adan empezó a bajar. Los hombres de blanco se pusieron de rodillas y dieron con sus frentes en el suelo.

Isabella se detuvo en seco al ver la escena. El recibimiento que le estaban otorgando no era el que se daba a un príncipe, sino al rey.

Adan intercambió unas palabras con los hombres, que se pusieron en pie. A continuación, se dirigió hacia uno de los coches. Isabella, que todavía no había salido de su asombro, lo siguió a cierta distancia; de haber podido, habría dado media vuelta y habría regresado al avión. Su parte más débil y asustadiza la hizo retroceder en el tiempo y regresar a la vida que había llevado antes de saber nada de Adan y de Rafiq.

Al llegar al coche, él se giró y la miró.

Algo se rompió en ese momento en el interior de Isabella, que corrió para llegar junto a su marido.

No iba a permitir que la dejara atrás. No iba a huir ni de Adan ni de su hijo ni de las duras verdades que indudablemente tendría que afrontar cuando hablara con su padre.

Él se apartó para que entrara en el vehículo. Isabella se acomodó en el asiento trasero y, poco después, se pusieron en marcha.

Estaba muy nerviosa. Y tan acalorada que sintió unas gotas de sudor entre los senos.

Había cometido un error al correr hacia Adan. Llevaba mucho tiempo fuera de Jahfar y ya no estaba acostumbrada al calor del país.

—Será mejor que bebas algo —dijo él.

Adan abrió la neverita del coche y le dio una botella de agua. Isabella la abrió y echó un trago largo.

—Había olvidado el calor que hace aquí... —confesó.

—Por lo visto, has olvidado muchas cosas —declaró él con frialdad.

Isabella hizo caso omiso del comentario.

—Te han ofrecido un recibimiento de rey... —dijo.

Él asintió.

—Por supuesto.

—¿Eres el rey? ¿Desde cuándo? Creo recordar que le rey de Jahfar era Al Nasri.

Isabella habló con naturalidad, pero su corazón se había acelerado. Empezaba a comprender que se había metido en un buen lío.

—Mi primo y su familia se ahogaron el año pasado tras el naufragio de su barco —explicó Adan—. Yo me convertí automáticamente en el heredero de mi tío, puesto que soy el mayor de mis hermanos... y por desgracia, mi tío murió hace poco más de una semana.

—Pero entonces... yo soy... no, no puede ser...

—¿La reina de Jahfar? No, no lo eres —dijo con firmeza—. Ni lo serás.

—Pero si tú eres el rey...

—Todavía no lo soy. Es decir, lo soy de facto; pero no lo seré formalmente hasta que me case. Es la ley.

Isabella sintió el deseo de apretar la helada botella de agua contra su pecho. Pero sabía que nada habría aliviado su calor; sobre todo cuando su corazón latía desbocado y su piel ansiaba el contacto de aquel hombre.

—No lo entiendo, Adan.

—¿Qué es lo que no entiendes?

—Tú ya estás casado. Conmigo.

Él la miró con frialdad.

—Hasta hace veinticuatro horas, yo era viudo —le recordó—. Tu aparición ha complicado un poco las cosas, pero cuando solventemos ese problema, seguiré adelante con la boda que has interrumpido.

—¿La boda? ¿Te vas a casar otra vez?

—Es justo lo que he dicho.

Ella se sintió dolida, aunque sabía que no tenía derecho a estarlo. Había desaparecido de repente y todos la habían dado por muerta; era perfectamente normal que Adan hubiera seguido adelante con su vida.

–¿La amas?

Isabella no lo preguntó por curiosidad, sino porque necesitaba saberlo. Si estaba enamorado de aquella mujer, no se interpondría en su camino.

–Eso no es asunto tuyo –respondió, brusco.

–Tal vez no, pero tu respuesta no deja lugar a dudas. Es evidente que no estás enamorado de ella. Si la quisieras, no te importaría admitirlo.

Adan dio unos golpecitos nerviosos en el asiento de cuero.

–¿Estás segura de eso?

–Lo estoy –insistió–. Ningún enamorado niega el amor que siente. A menos que su relación esté mal vista por algún motivo.

Adan la miró con más intensidad.

–¿Te has enamorado últimamente, Isabella? ¿Hablas por experiencia propia?

Ella bajó la cabeza. Se había sentido muy sola durante los dos años anteriores y no quería que su mirada la delatara.

–No.

Él le puso una mano debajo de la barbilla y la obligó a alzarla. Después, escudriñó sus ojos y declaró:

–Me perteneces, *habibti*. Me enfadaría si supiera que has tenido un amante.

–No veo por qué. Ardes en deseos de librarte de mí.

Adan la soltó, molesto.

–Sí, eso es verdad. Cuanto antes acabemos con esto, mejor. Ya es hora de que Rafiq tenga una madre.

Isabella se sintió como si le hubiera clavado una daga. Tuvo que hacer un esfuerzo para no dejarse llevar por el deseo de darle una bofetada. Pero no se contuvo por el miedo a que la encerraran en una mazmorra sino porque, de repente, pensó en su hijo.

–Eres el mayor de los canallas que conozco. ¿Por qué me has traído a Jahfar? ¿Por qué fuiste a buscarme si lo único que querías era partirme el corazón? Mentiste al decir que yo estuve enamorada de ti. Jamás me habría enamorado de un hombre como tú.

–Bonito discurso –ironizó él–, pero sabes por qué te he traído. Cometería un delito muy grave si me casara con otra mujer sin haberme divorciado de ti.

–Ah, claro... aquí sólo importas tú; sólo importan tus necesidades y tus sentimientos –protestó con amargura–. Los míos te importan poco menos que nada. Y por lo que veo, tampoco te preocupas por los de nuestro hijo.

–Ten cuidado con lo que dices, Isabella. Jahfar no es un país tan moderno como tal vez crees... y si insistes en presionarme, aprenderás que puedo ser un hombre despiadado.

–Eso ya lo sé –contraatacó.

–No, ni te lo imaginas.

–¿Que no me lo imagino? ¿Es que hay algo más despiadado que separar a una madre de su hijo? –alegó.

Él entrecerró los ojos y la miró con furia. Isabella reconoció la dureza del desierto en sus rasgos, la lucha por la supervivencia en un lugar verdaderamente inhóspito.

Aunque fuera rey de Jahfar, Adan no estaba domesticado. Tenía la energía de un animal salvaje; una energía tan abrumadora que ella se estremeció.

–Sí, hay algo mucho más despiadado –dijo él.

–¿Ah, sí? –le desafió.

–Sí. Abandonar a un niño y dejarlo sin madre, como hiciste tú.

# Capítulo 5

ADAN, que estaba sentado tras la enorme mesa de su despacho, miró a su abogado con frialdad y preguntó:

–¿Qué quieres decir con eso de que el divorcio llevará algún tiempo?

El abogado carraspeó.

–El contrato de matrimonio con Isabella Maro es concluyente, Excelencia. Sólo se puede divorciar si ella da su consentimiento o si es estéril... pero evidentemente, no es estéril –añadió con incomodidad.

Adan se puso a jugar con un bolígrafo en un esfuerzo por mantener la calma.

–Sin embargo... –continuó el abogado.

–¿Sin embargo?

–En este caso hay circunstancias atenuantes; factores que intentaremos aprovechar para obtener la disolución del matrimonio aunque ella se oponga.

Adan lanzó el bolígrafo contra la mesa, irritado.

Aquella mujer se había convertido en un problema. Naturalmente, había leído el contrato matrimonial antes de firmarlo; pero nunca habría imaginado que se pudiera volver en su contra. Aunque las mujeres de Jahfar no tenían los mismos derechos que los hombres, tampoco estaban completamente indefensas.

Se puso en pie y caminó hasta la ventana.

–¿Qué pasará con la coronación?

El abogado volvió a carraspear.

–La coronación puede seguir adelante. A fin de cuentas, está casado –respondió–. Pero ningún rey de Jahfar se ha divorciado de su reina. Sería la primera vez.

Adan se giró y lo miró.

–Pero se puede hacer, ¿no?

Adan no iba a permitir que Isabella se saliera con la suya. No quería esa clase de madre para su hijo. El bienestar de Rafiq era lo más importante para él.

–No estoy seguro, Excelencia. Como ya he dicho, no hay precedentes.

–Está bien. Mantenme informado.

El abogado asintió y Mahmoud, el secretario, lo acompañó hasta la puerta.

Adan estaba enfadado por la situación en la que se encontraba; pero entre sus emociones había algo más, un sentimiento de anticipación. Echaba de menos a Isabella.

Desesperado, intentó borrar la idea de su mente.

Aquello no tenía sentido. Su esposa era una mujer desesperante, que lo enfurecía. Cada vez que estaban juntos, sentía el deseo de agarrarla por los hombros y hacer algo de lo que se arrepentiría después.

Sentía el deseo de besarla.

No lo podía negar.

Por mucho que le molestara, no quería sacudirla y quitársela de encima. Quería besarla apasionadamente.

Pero no podía permitir que formara parte de la vida de su hijo. Aunque fuera verdad que padecía amnesia, también lo era que había abandonado a Rafiq. E indudablemente, se sentía culpable por ello.

Además, Adan no sabía si Isabella tenía algún motivo oculto para querer ver a Rafiq; algo al margen de su sentimiento de culpabilidad. Y tampoco sabía lo que pasaría cuando ella se diera cuenta de que los niños pequeños eran caóticos y necesitaban la disciplina y el amor de unos padres que pusieran su bienestar por encima de cualquier consideración.

No podía correr el riesgo. Al fin y al cabo, Adan sabía por experiencia propia lo que significaba tener una madre que no amaba a su hijo, que se despreocupaba de él y que sólo lo quería para enseñárselo a sus amigos cuando estaba perfectamente limpio y vestido.

No había olvidado su infancia. Los amigos de su madre se dedicaban a pellizcarle las mejillas y luego, cuando ya se habían cansado de jugar con él, lo enviaban de vuelta con la niñera, con la mujer que le curaba las heridas, le secaba las lágrimas e intervenía para que no se peleara con sus hermanos. Con la única madre que había tenido, con la única que lo quería. Porque su verdadera madre decía que los niños la sacaban de quicio.

Y Adan no quería eso para su hijo.

Adan quería una mujer que adorara a Rafiq, que lo quisiera con todo su corazón y que jamás lo viera como un inconveniente.

Una mujer como Jasmine; no como Isabella.

Una mujer en quien pudiera confiar; no una mujer dudosa y despreciable.

Pero desgraciadamente, la deseaba.

Y ni siquiera sabía por qué.

Le parecía increíble que deseara a una persona como Isabella Maro y que, sin embargo, no pudiera sentir lo mismo por Jasmine. Le parecía asombroso

que deseara arrancarle la ropa y acariciar su entre-
pierna con los dedos y la lengua antes de penetrarla
hasta el fondo para saciar su hambre.

Nunca se había dejado gobernar por el deseo. Nunca
había permitido que una mujer le nublara el juicio.

Se intentó convencer de que el deseo que había
sentido por ella, durante los primeros días de su relación, no era más que un encaprichamiento lógico por
la novedad.

Pero no pudo.

Sabía que había sido mucho más que eso.

La había deseado entonces y la deseaba ahora. A
pesar de su falta de personalidad en el pasado y de su
exceso de personalidad en el presente.

En cualquier caso, no podía actuar de forma impulsiva. El riesgo era demasiado elevado. Había cometido un error al besarla en Hawai, pero ese error no se
volvería a repetir.

Tenía que ser fuerte.

Por el bien de su hijo.

Isabella no recordaba haber estado antes en palacio, aunque era evidente que había estado. Las paredes
de la fachada, de piedra blanca y detalles dorados, bri-
llaban bajo la luz del sol. Pero eso no era lo más llamativo del precioso edificio.

Lo más llamativo eran los alrededores, los jardines
llenos de fuentes, estatuas y varias hectáreas de plantas tropicales. A pesar de estar en la costa del Mar de
Omán, Port Jahfar no tenía agua. Todo la que se usaba
para consumo humano y para el riego procedía de las
plantas desalinizadoras. Y para mantener plantas tro-

picales en un clima como aquél, se necesitaba una cantidad ingente de agua.

Cuando llegaron a palacio, la llevaron a una suite y la dejaron sola durante horas. Luego, apareció un médico que le hizo preguntas sobre su memoria. Isabella respondió con tanta sinceridad como pudo y, aunque el médico no llegó a conclusiones definitivas sobre su estado, pareció satisfecho con sus respuestas y se marchó.

Isabella intentó salir después, pero no se lo permitieron. Le habían asignado un criado que, al parecer, no tenía más obligación que impedirle salir.

Por fin, tras explorar la suite, se sentó junto a un balcón desde el que podía ver los jardines y, al fondo, el mar. Estaba llena de energía y se sentía frustrada por no poder hacer nada con ella. No tenía ordenador ni libros ni televisor, nada con lo que matar el tiempo. En el salón de la suite había una mesa, papel para escribir y una zona con sillones y sofás de aspecto cómodo, pero nada más.

Como se aburría, se puso a cantar; primero, una canción tradicional de Jahfar que su padre le había enseñado y, después, algunas de las canciones que interpretaba en el Ka Nui.

Cantó con emoción y tristeza. No en vano, era la primera vez que cantaba desde que había sabido que era madre y esposa; que el vacío que siempre había sentido en su interior, tenía un origen.

Quería a su hijo. Quería verlo y abrazarlo.

Isabella no se llevaba muy bien con los niños; le incomodaban un poco y no sabía qué decir ni qué hacer en su presencia. Sin embargo, eso también había cambiado. Ardía en deseos de estar con Rafiq. No podía pensar en otra cosa. Y si tenía que aprender a ser una buena madre, aprendería.

Pero Adan quería robarle esa oportunidad.

La rabia y la desesperación la dominaron. Enfrentarse a un rey eran palabras mayores. La había llevado a Jahfar sin más intención que divorciarse de ella, y la devolvería a Hawai en cuanto fuera posible.

Quizás, aquella misma noche.

Se levantó y caminó hasta la puerta de la suite. Suponía que el criado seguiría afuera y que le impediría salir, pero cabía la posibilidad de que se hubiera ido. Y si se había ido, tendría la ocasión de huir.

Entreabrió la puerta y miró.

El criado seguía sentado en una silla, delante de la puerta. Pero Isabella no se fijó en él, sino en la anciana que estaba a su lado, sosteniendo a un niño pequeño.

El niño la miró y ella lo reconoció al instante.

Tenía el cabello y los ojos negros de su padre, pero había heredado su nariz y su mandíbula. Y era la criatura más bella que había visto en su vida.

Sin poder evitarlo, rompió a llorar.

—Oh, no... lo siento —se disculpó a toda prisa.

Era demasiado tarde. Rafiq reaccionó del mismo modo y empezó a sollozar contra el pecho de la anciana, que intentó animarlo.

—No se preocupe, señora —dijo la mujer—. Llora porque quiere que siga cantando. Nos hemos detenido al oírla cantar.

Isabella soltó un gemido a medio camino del lamento y de la risa.

—Por supuesto... pero, ¿por qué no pasan a la suite? Estarán más cómodos. Y le prometo que cantaré tanto como él quiera.

La mujer entrecerró los ojos y la observó como si la mirara por primera vez. Después, bajó la cabeza, pasó una mano por la espalda del pequeño y volvió a mirar a Isabella. Parecía estar considerando algo.

–Sí –dijo al cabo de unos segundos–. Entraremos.

Adan se levantó del sillón de su despacho. Había llegado el momento de dar el día por terminado.

Poco después de que el abogado se marchara, habló por teléfono con Jasmine y le dijo la verdad de lo que estaba pasando. Tras unos segundos de silencio, ella declaró:

–Tal vez sea lo mejor.

–No es lo que quiero –afirmó él–. Ella no es lo que quiero.

La voz de Jasmine sonó suave como la miel.

–Pero ella sigue siendo tu esposa y la madre de tu hijo. Quizás haya reaparecido por una buena razón.

Charlaron un poco más. Hablaron de la boda, de la coronación y de la necesidad de suspender los planes que habían hecho, al menos temporalmente. Y a medida que hablaban, Adan se iba enfadando más. Pero no se enfadaba con Jasmine, sino con la mujer que lo había puesto en esa posición.

Quería que Jasmine fuera la madre de Rafiq y quería que lo fuera de inmediato. Ni siquiera sabía por qué no le había ofrecido el matrimonio antes; simplemente, no se le había ocurrido hasta que se vio en la obligación de casarse para convertirse en rey.

Quería que Rafiq tuviera una madre, pero no cualquier madre. Había convencido a su antigua niñera, que ya se había jubilado, para que cuidara de su hijo;

y sabía que el pequeño estaba en buenas manos. Pero Kalila se estaba haciendo vieja y se sentía culpable por alejarla de su más que merecida jubilación.

Sin embargo, Adan veía al niño todas las noches y jugaba con él o le leía cuentos siempre que podía. Estaba decidido a que Rafiq recibiera el cariño que él no había recibido. Su padre era un gran hombre y lo quería con toda su alma, pero también era un hombre orgulloso que no sabía mostrar sus sentimientos; a fin de cuentas, lo habían criado para que fuera tan duro como el desierto, no para cuidar niños.

En eso, Adan no podía ser más diferente. No creía que cuidar de un niño lo hiciera menos hombre en ningún sentido. Y no tenía alegría mayor que entrar cada noche en su dormitorio y contemplar la alegría que se encendía en sus ojos al verlo otra vez.

Rafiq lo adoraba.

Como Isabella lo había adorado.

Al pensar en ella, frunció el ceño. Cuando se quedó embarazada, empezó a sufrir náuseas matutinas y se encontraba mal con frecuencia, así que él decidió mantener las distancias y dejar de visitarla de noche.

Sólo quería que descansara y que durmiera todas las horas que debía dormir.

Pero se preguntó si Isabella habría entendido que lo hacía por su bien, que no había dejado de verla porque ya no le gustara, sino porque estaba preocupado por su estado físico.

Quizás había cometido un error al no decirle nada. El motivo era tan evidente que no le pareció necesario. Y ahora se arrepentía de haber guardado silencio.

Sin embargo, se dijo que, a esas alturas, carecía de importancia.

El psicólogo que había enviado a examinarla no le había dicho nada que Adan no supiera ya. Sin hacer más pruebas, no podía estar seguro de que la amnesia de Isabella fuera real; pero comentó que era perfectamente posible y que, tras echar un vistazo a su historial médico, había descubierto síntomas posibles de depresión posparto.

Cuando Adan le preguntó por la relación que había entre la depresión posparto y los acontecimientos posteriores, el psicólogo respondió que, en algunos casos, la depresión podía empeorar y provocar alucinaciones o deseos de hacerse daño o de hacérselo a otra persona.

Adan se quedó asombrado. En su día, ni siquiera se le había pasado por la cabeza que su esposa se encontrara mal.

Entonces, el psicólogo insinuó la posibilidad de que se hubiera internado en el desierto en un intento por suicidarse. Además, dijo que en el historial de Isabella no se mencionaba que el médico que la trató después del parto fuera verdaderamente consciente de que sufría una depresión; pero añadió que, si se había dado cuenta, le habría parecido poco importante y había optado por no recetarle antidepresivos.

Adan no supo qué pensar.

Y tampoco lo sabía ahora, mientras se dirigía al dormitorio de su hijo. Sólo sabía que quería abrazar a Rafiq y dedicarse a mirarlo mientras él jugaba.

Entró en la habitación y, al ver que no había nadie, llamó a la niñera.

—¡Kalila!

Como no estaban por ninguna parte, echó un vistazo al reloj, extrañado. Kalila y el niño siempre estaban allí a esas horas.

Se preguntó dónde se habrían metido y, de repente, tuvo una sospecha terrible.

Una sospecha que lo dejó helado.

Se había encargado de que alojaran a Isabella tan lejos como fuera posible; pero de todas formas, se alojaba en la zona donde estaban las habitaciones de la familia y la distancia no era tan grande.

Adan se intentó tranquilizar. Fuera cual fuera la distancia, también había ordenado a un criado que vigilara su suite y le impidiera deambular por palacio. Sin embargo, estaba completamente seguro de que Isabella había encontrado la forma de acceder a Rafiq.

Oyó su voz antes de llegar a la puerta. Su esposa estaba cantando. Y cantaba de un modo tan cálido y puro que su voz lo arropó como una manta ancha en una fría noche del desierto.

Llevó la mano al pomo y abrió.

Isabella se había sentado en uno de los sillones del salón. Kalila descansaba enfrente de ella, en otro sofá. Y a los pies de Isabella, contemplándola con verdadera admiración, estaba el pequeño Rafiq.

Adan se enfureció.

Se enfureció y tuvo un extraño sentimiento de pérdida; un sentimiento para el que no encontró explicación, porque Rafiq era suyo y porque, en la práctica, carecía de importancia que Isabella lo hubiera encontrado. No sabía cómo lo había conseguido, pero sabía que no se volvería a repetir.

En ese momento, Isabella terminó de cantar, se inclinó sobre el niño y lo sentó en su regazo. Rafiq parecía feliz.

–¿Qué está pasando aquí? –preguntó Adan.

A pesar de su rabia, se las arregló para hablar con tranquilidad.

Todas las miradas se volvieron hacia él.

La anciana Kalila se puso en pie de inmediato, seguida por Isabella, que apretó al niño contra su pecho.

—¡Papá! ¡Canta, papá! —exclamó el pequeño, encantado de verlo.

—¿Tu papá canta? —preguntó Isabella, extrañada.

Rafiq asintió.

—Sí.

—Suelta a mi hijo —gruñó Adan.

Isabella quiso dejarlo en el suelo, pero Rafiq protestó.

—*¡No bajar! ¡No bajar!*

Adan conocía a su hijo y sabía que, cuando se emperraba con algo, era difícil de convencer; de modo que se acercó al pequeño y extendió los brazos.

—Anda, ven con papá...

Isabella soltó al niño, que se giró hacia su padre.

Adan tuvo que acercarse a ella para alcanzar al pequeño y, cuando lo hizo, su aroma lo estremeció. Isabella se había duchado y se había cambiado de ropa en algún momento. Su cabello seguía tan suelto y rebelde como en Hawai, y olía a flores tropicales.

Sintió el deseo de dar otro paso adelante y respirar hondo, pero se contuvo y se dirigió a su antigua niñera.

—Vamos, Kalila. Es hora de que bañemos a Rafiq y lo acostemos.


Isabella no quería que se marcharan, pero era consciente de que no podía hacer nada por impedirlo.

Se había dedicado a cantar al niño durante una hora entera, encantada con su sonrisa de felicidad. La experiencia no había servido para que recobrara la memoria, pero se sentía mejor que en mucho tiempo.

Había descubierto que, cuando estaba cerca de él, se sentía completa. Y era una sensación a la que no estaba acostumbrada.

Por desgracia, también se había sentido perdida. Ser su madre no implicaba que supiera inmediatamente, por puro instinto, lo que debía hacer o decir con él. Lo había olvidado todo y ya no conocía a Rafiq. Pero ardía en deseos de volver a ser su madre; lo necesitaba y estaba dispuesta a aprender.

Sin embargo, Adan no le iba a conceder esa oportunidad. Había decidido que Rafiq estaría mejor lejos de ella, que su presencia no le haría ningún bien.

E Isabella lo comprendía.

Entendía que fuera cauteloso.

A fin de cuentas, ella había abandonado al pequeño y ni siquiera se acordaba de él. Adan sólo quería protegerlo.

Pero aquella situación era terriblemente injusta.

—Adan...

—¡Que cante, papá! —exclamó el pequeño.

Adan se detuvo junto a la puerta.

—Ahora no, Rafi. Isabella tiene que descansar —dijo su padre.

—¡Que cante! —insistió.

Adan no le hizo caso. Salió con Kalila y Rafiq y cerró la puerta.

Isabella se sintió derrotada. Con la marcha de su hijo desaparecía el amor y el calor que había sentido brevemente.

Apretó los puños e intentó recordar por qué había abandonado a Rafiq.

Pero por mucho que se esforzaba, no recordaba nada en absoluto. En su memoria de aquellos días había una oscuridad densa que no lograba traspasar. Sólo recordaba lo que le habían dicho después del accidente.

El psicólogo con el que había hablado en Jahfar se había limitado a encogerse de hombros cuando le preguntó al respecto. Según dijo, la amnesia era una dolencia poco habitual pero en modo alguno extraña. Cabía la posibilidad de que lo recordara todo en algún momento. Y también cabía la posibilidad de que no recordara nunca.

Al cabo de un rato, un criado entró en la suite y le sirvió la cena.

Isabella comió sola y salió al balcón para tomarse el café. El sol se estaba ocultando en el horizonte y ya empezaba a refrescar. Los cielos habían adquirido un tono rojizo, muy parecido al de Hawai, y las aguas del Mar de Omán parecían de color morado oscuro a la luz del crepúsculo.

Port Jahfar, la capital del Reino, brillaba como una joya.

Los grandes barcos mercantes entraban y salían del puerto, cargados de productos de importación o exportación. Mientras los contemplaba, pensó en la casa de su padre; también estaba en la costa, pero en pleno desierto, a mucha distancia de la capital.

Isabella siempre había adorado la casa de su padre. Había crecido en ella y se había acostumbrado tanto a la cercanía del mar que no podía vivir sin él. Por eso se había mudado a Hawai después de pasar una temporada con su madre.

Ya había terminado el café cuando notó que no estaba sola. Y reconoció a su visita incluso antes de darse la vuelta.

—¿Has venido para arrojarme por el balcón y poner fin a tus problemas, Adan? —preguntó con sarcasmo.

Él se acercó.

—No.

Adan se había cambiado de ropa. Se había quitado el *keffiyeh* de la cabeza y se había puesto un polo negro y unos vaqueros.

Isabella no supo qué le desconcertó más, si su atractiva cara sin el marco habitual de la oscura prenda tradicional o la distracción añadida de su cabello, que aumentaba la belleza de sus rasgos.

Le pareció increíble que hubiera olvidado a un hombre como Adan. Que no recordara haber hecho el amor con él. Que no recordara haber dormido con él, paseado con él, comido con él y hablado con él.

—Ha estado llorando todo el tiempo —dijo Adan.

Isabella captó el fondo de desesperación en su voz. Era obvio que quería a su hijo con locura y que no pensaba en otra cosa que en su bienestar.

—Lo siento mucho —se disculpó ella.

—Estaba tan triste que no ha querido cenar... por suerte, Kalila ha conseguido que se quede dormido. Esa mujer tiene verdadero talento con los niños. Sinceramente, no sé cómo lo ha hecho.

Adan se apoyó en la barandilla del balcón. Estaba tenso.

—Criar a un niño es un trabajo difícil —continuó—. Son exigentes, quisquillosos, rebeldes, desordenados y un millón de cosas más que casi sorprenden en unas criaturas tan pequeñas. Es una responsabilidad enorme.

Ella asintió.

—Lo sé, Adan.

Él se pasó una mano por el pelo e Isabella sintió el deseo de acariciar sus rizos; deseo que, por supuesto, refrenó.

—Rafiq no te conoce. Si te empeñas en formar parte de su vida y después decides que no soportas la responsabilidad, le harás mucho daño.

Isabella se intentó defender.

—No ha sido cosa mía, Adan. Yo no sabía que estaban en el pasillo cuando abrí la puerta y salí a ver si...

—Lo sé, lo sé —la interrumpió—. Kalila me lo ha contado. Dice que estaban dando un paseo cuando te oyeron cantar y se detuvieron.

—Entonces, ¿qué haces aquí? Si no has venido a reprobar mi actitud, ¿a qué se debe tu presencia? Sé que serías más feliz si yo no existiera... Pero existo, Adan, existo. Y quiero conocer a mi hijo.

Él apretó los labios y la miró. Sus ojos brillaron con intensidad, reflejando el tono rojizo de las nubes.

Isabella estaba muy enfadada con él; pero a pesar de ello, lo deseó.

Y no entendía aquel deseo.

Paradójicamente, se sentía atraída por un hombre que la sacaba de quicio y que la enfurecía más que nadie.

Quizás, porque la memoria de su cuerpo era más fuerte que la memoria de su mente. Quizás, porque su piel no había olvidado sus noches de amor.

Adan dio un paso hacia ella e hizo ademán de dar otro.

Sin embargo, se detuvo como si se hubiera dado cuenta de que se acercaba a Isabella contra su voluntad, de forma puramente inconsciente, y dijo:

—Estoy aquí porque he tomado una decisión.

# Capítulo 6

ADAN se estaba arriesgando. Lo sabía de sobra, pero se había convencido de que era la única solución.

Cuando Kalila y él llevaron al niño a su dormitorio, Rafiq no había dejado de llorar; estaba empeñado en que Isabella le cantara otra vez. En ese momento, Adan comprendió que ya no podía deshacer lo hecho. E incluso pensó que quizás se había equivocado al alejar a Isabella de Rafiq.

No había cambiado de opinión sobre ella; no era que, de repente, la creyera capaz de convertirse en una madre ejemplar. Simplemente había llegado a la conclusión de que había exagerado al calcular las consecuencias de que Isabella se interesara por el niño y se marchara más tarde.

A fin de cuentas, la vida de los niños pequeños estaba llena de personas que aparecían y desaparecían. Profesores, amigos y hasta la propia Kalila, que era una mujer anciana y que más tarde o más temprano tendría que dejarlo porque padecía artritis y no se podría ocupar de él cuando creciera.

Eran cosas de la vida. Cosas naturales.

–¿Qué ocurre, Adan? –preguntó ella con nerviosismo.

Adan carraspeó y dijo:

–Voy a permitir que permanezcas dos semanas con nosotros.

–¿Dos semanas?

–Sí –declaró con firmeza–, pero no dirás a Rafiq que eres su madre. Sería una situación demasiado confusa para él.

–Pero soy su madre...

–Ése es el trato, Isabella. Lo tomas o lo dejas.

–Y si no soy su madre, ¿qué quieres que sea?

Adan se encogió de hombros.

–Lo que mejor te parezca. Una niñera, una profesora, una amiga... alguien que no se quedará mucho tiempo.

Isabella entró en la suite y dejó la taza de café, ya vacía, en la mesa. La propuesta de Adan le había irritado tanto que el tintineo de la porcelana le pareció insoportable.

–¿Y qué pasará después?

–¿Después de qué?

–De las dos semanas que me concedes.

–Ya lo veremos.

Adan no podía decir nada más. Le iba a conceder dos semanas porque esperaba haberse divorciado de ella para entonces; pero si se lo confesaba, Isabella se enfrentaría directamente a él.

Además, albergaba la esperanza de que esas dos semanas bastaran para que se diera cuenta de que no quería ser madre y para que diera su conformidad al divorcio, si es que su abogado no encontraba antes otra vía legal. Por suerte, su coronación se retrasaría al menos medio mes porque las leyes de Jahfar exigían un periodo mínimo de veintiún días de luto después del fallecimiento del rey anterior.

Isabella ladeó la cabeza como si estuviera pensando. Cruzó los brazos sobre el pecho y él sintió un acceso de calor al mirar sus senos.

–Sabes que voy a aceptar. No tengo otra elección. Haría cualquier cosa por estar con mi hijo –dijo ella.

Adan asintió.

–Y lo creas o no –continuó Isabella–, su bienestar me importa tanto como a ti. No le diré que soy su madre.

–Gracias.

–No lo hago por ti, Adan. Lo hago por Rafiq... en eso tienes razón. Sería una situación demasiado confusa para él. Es demasiado pequeño para entenderlo, y yo no lo voy a utilizar como peón en nuestra disputa. Hasta que la resolvamos, mantendré mi identidad en secreto –le prometió.

Adan pensó que no se parecía nada a la persona que había conocido. Se había convertido en una mujer independiente, apasionada y perfectamente capaz de defenderse a sí misma. Ya no era la joven obediente con quien se había casado.

Ya no era como Jasmine.

Sin embargo, Jasmine era perfecta en todo lo demás. Lo que le faltaba en pasión, le sobraba en seguridad. Ella no se enfrentaría a él. Ella no lo desafiaría. Y aunque no la deseara, contaba con su amistad y con su cariño.

–Muy bien. Mañana nos marcharemos al interior, al Palacio de las Mariposas. Allí hay menos gente y, en consecuencia, también se harán menos preguntas.

Isabella asintió porque entendía bien la situación. Adan no quería que los últimos capítulos de su matrimonio se desarrollaran a la vista de todos y sometidos al escrutinio de la opinión pública.

–Adan...

Él, que se alejaba hacia la puerta, se detuvo.

–¿Sí?

–Me gustaría hablar con mi padre.

Isabella se mordió el labio inferior y él se estremeció sin poder evitarlo. Su libido le estaba jugando una mala pasada.

–¿Por qué?

–Porque es el único que sabe la verdad sobre lo ocurrido.

Adan suspiró, frustrado.

–Tu padre no está en Jahfar.

Ella le lanzó una mirada de debilidad y hundió los hombros. Él pensó que le faltaba poco para desmayarse.

–Lástima... –alcanzó a decir.

Adan deseó acercarse y tomarla entre sus brazos para animarla, pero no lo hizo. No podía correr el riesgo de sentir su calor y de que el deseo le nublara el juicio hasta el punto de hacerle creer que su relación aún tenía algún futuro.

La llevaría al Palacio de las Mariposas y permitiría que estuviera con Rafiq porque esperaba convencerla para que se divorciara de él y porque quería solventar el asunto en secreto, lejos de la gente. Además, allí estaría tan ocupado como en Port Jahfar. Tenía que dirigir un país. No iba a estar a solas con ella. Dormirían en habitaciones separadas y les acompañarían Kalila, Mahmoud y un pequeño séquito.

Parecía un buen plan. Un plan seguro.

–He ordenado que Hassan Maro se presente ante mí en cuanto regrese a Jahfar –le informó–. Es todo lo que puedo hacer.

Ella suspiró.

—Bueno, si no te importa, creo que voy a descansar un poco. Ha sido un día muy largo.

—Por supuesto.

Adan hizo un gesto con la mano, indicándole que se podía retirar cuando le pareciera oportuno. Sin embargo, ella no se retiró; en lugar de eso, caminó tranquilamente hasta la puerta principal y se la abrió.

Él ya había salido de la suite cuando se dio cuenta de que Isabella lo acababa de echar con toda educación.

A primera hora de la mañana siguiente, cuando Isabella ya había terminado de desayunar, alguien llamó a la puerta. Segundos después, apareció un grupo de personas que resultaron ser varias modistas y sus ayudantes.

—Su Excelencia nos ha informado de que necesita un vestuario nuevo, *milady* —declaró la modista jefe.

La mañana transcurrió entre tomas de medidas, pruebas de telas y arreglos varios. Isabella era tan consciente de sí misma que le incomodó bastante. Quería protestar y decir que no necesitaba tanta ropa, pero en realidad no sabía si la necesitaba. Aunque Adan sólo le hubiera ofrecido dos semanas, ella pretendía que fueran más. Y había dejado casi todas sus cosas en Hawai.

Extrañaba su vida en Hawai. Pero la extrañaba como se extraña algo que pertenece al pasado, sin desear que volviera.

Todo había cambiado. Había conocido a su hijo y no se imaginaba sin él.

Por otra parte, tenía la sospecha de que las dos semanas de Adan no eran otra cosa que una especie de prueba, como si él quisiera asegurarse de que efectivamente podía ser una buena madre. Y aunque eso le molestaba, estaba dispuesta a aceptar el reto.

Aquella tarde, cuando Adan fue a buscarla a la suite, ella ya tenía una maleta llena de ropa nueva. Se había puesto un *abaya* de color verde claro para estar cómoda durante el viaje en coche y la delicada prenda, que insinuaba sus curvas sin marcarlas, le quedaba muy bien.

Adan la miró de arriba abajo, evidentemente encantado con lo que veía. Pero lo disimuló tan bien como de costumbre.

–Veo que estás preparada.

–Sí.

El viaje al Palacio de las Mariposas sólo duró dos horas. La caravana de todoterrenos avanzó rápidamente entre las gigantescas dunas de arena roja, que Isabella se dedicó a admirar por la ventanilla.

El desierto era tan bello que casi estaba emocionada. Aunque, a decir verdad, no estaba segura de que su emoción se debiera a la belleza de las vistas. Adan estaba tan cerca que la ponía nerviosa.

–¿Por qué se llama Palacio de las Mariposas? –preguntó ella en determinado momento.

Adan la miró y respondió:

–Se construyó hace quinientos años, para la esposa favorita de un rey. Las mariposas le gustaban tanto que se creó un jardín específico para ellas. Según se dice, había tantas que, en primavera, llenaban el palacio y se posaban en los brazos y en el cabello de la reina hasta cuando dormía... La leyenda dice que murió de tristeza tras el fallecimiento de su esposo y que las mariposas la llevaron al Cielo.

—¿Y todavía hay mariposas?

—Si las hay, nunca he visto ninguna.

—¿Cómo es posible?

—Creo que es por el clima. El desierto ha avanzado mucho desde aquella época y el clima es mucho más cálido.

De repente, Isabella sintió náuseas. Adan se dio cuenta y frunció el ceño, evidentemente preocupado.

—¿Te encuentras bien, *habibti*? ¿Necesitas tu medicamento para el dolor de cabeza? —le preguntó.

Isabella tragó saliva.

—No, no me duele la cabeza. Es que hace tanto calor...

Adan frunció el ceño un poco más. Después, pulsó un botón y ordenó al conductor que subiera la intensidad del aire acondicionado; pero no contento, alcanzó los documentos que llevaba consigo y la abanicó con ellos.

Isabella cerró los ojos.

—Gracias —susurró.

—¿Qué te pasa de verdad, Isabella?

Su voz sonó tan dulce que tuvo la súbita necesidad de compartir sus emociones con él, para sentirse mejor.

—Es por el desierto. Me siento como si...

—¿Como si?

—Como si me fuera a enterrar viva.

Él sacudió la cabeza sin dejar de abanicarla.

—No te preocupes, Isabella. Conmigo estás a salvo. Te lo prometo.

Poco a poco, con el sonido del motor del coche y

la suave brisa del aire acondicionado y de los documentos de Adan, Isabella se tranquilizó tanto que se quedó dormida.

Soñó con la casa de su infancia, soñó con el desierto y soñó con sus padres que, como siempre, estaban discutiendo.

Y entonces, vio a un hombre.

Un hombre alto y de aspecto peligroso.

Adan.

En el sueño, la tomaba de la mano y la besaba con pasión. Ella llevaba joyas, un velo que le cubría la cabeza y un *abaya* de color naranja intenso. Estaba nerviosa, pero él la tranquilizaba con palabras suaves mientras la iba desnudando lentamente. Luego, la tumbaba en una cama y se tendía a su lado.

Isabella supo lo que iba a pasar después. Le acarició y le besó todo el cuerpo, sin prisas. Hundió la cabeza entre sus piernas y lamió dulcemente mientras ella gemía y gritaba su nombre. Más tarde, la imagen cambió y Adan apareció sobre ella, penetrándola.

Isabella parpadeó, sobresaltada y abrió los ojos.

Había sido un sueño. El sol brillaba en el exterior y el coche seguía avanzando entre las dunas rojas.

–¿Estás bien? –preguntó Adan.

Isabella no estaba bien. Acababa de tener un sueño erótico con él y ni siquiera sabía si era un sueño o un recuerdo del pasado.

–Yo... creo que acabo de recordar algo.

–¿Algo?

–Sí, algo contigo.

Él la miró con más intensidad.

–¿En serio?

Ella se ruborizó y se preguntó por qué le habría di-

cho eso. Ahora querría saber lo que había soñado.
Pero por otra parte, Isabella pensó que no tenía importancia; la necesidad de saber si había sido un recuerdo
de verdad era más importante para ella que la ver-
güenza que pudiera sentir al respecto.

−Creo que he soñado con nuestra noche de bodas.
Yo llevaba un vestido de color naranja y tú me des-
vestías antes de que... tu boca... y luego...

Isabella bajó la cabeza, nerviosa. Cuando se atrevió
a mirarlo de nuevo, vio que la observaba con expresión distante.

−Esto no va a salir bien −dijo él.

−¿Esto? ¿De qué estás hablando?

Él sacudió la cabeza y guardó silencio.

−Adan...

Isabella sintió pánico y se arrepintió de haber men-
cionado el sueño. Tuvo miedo de que Adan ordenara
volver a Port Jahfar y reconsiderara su decisión de
concederle dos semanas con su hijo, en el Palacio de las
Mariposas.

Jamás habría imaginado lo que sucedió después.

Adan se inclinó sobre ella y la besó.

Fue tan sorprendente que Isabella tardó unos segundos en ser consciente de un detalle más sorprendente todavía, que sus labios y su cuerpo parecían estar acostumbrados a sus caricias, que las reconocían y
que reaccionaban en consecuencia, sin temores, sin
dudas, dejándose llevar.

Se aferró a su cuello, excitada. Él le pasó un brazo
por debajo de las piernas, le puso una mano en la espalda y la sentó en su regazo.

Al sentir el roce del cuerpo de Isabella contra su
sexo, ya endúrecido, Adan soltó un gemido de placer.

A ella le gustó tanto que movió la cadera un poco más por el simple placer de volver a oírlo.

Entonces, él le acarició un seno y jugueteó con el pezón de un modo tan experto que Isabella tuvo que hacer un verdadero esfuerzo por no gritar.

—Te deseo —susurró él contra sus labios.

Isabella suspiró. En los dos años transcurridos desde su accidente, sólo había besado a un hombre. Y le había parecido tan incorrecto que se apartó de él de inmediato.

Pero aquello era distinto. Radicalmente distinto.

Aquello era increíble y maravillosamente correcto. Lo cual la desconcertó, porque no se hacía ilusiones con Adan. Quizás la deseara, pero también la despreciaba. Incluso cabía la posibilidad de que siempre la hubiera despreciado y de que, por eso, habría huido de él.

Se sintió más confundida que nunca.

Estaba feliz y triste al mismo tiempo. Ahora sabía, sin la menor sombra de duda, que había sido su amante y que lo había amado; pero también sabía que Adan no había estado enamorado de ella.

Y no lo pudo soportar.

Puso las manos contra su pecho y empujó para apartarlo.

Él dejó de besarla y la miró sin entender.

—¿Qué ocurre?

—Es que... no estoy preparada. Es demasiado pronto.

La expresión de Adan cambió lentamente y se volvió más fría.

—Sí, tienes razón, perdóname.

—No me malinterpretes. No es que no quiera...

Isabella dejó la frase sin terminar y permaneció en silencio durante algunos segundos. No quería confesarle que lo deseaba. Si se lo confesaba, tendría más poder sobre ella. Y ya tenía demasiado poder.

—Es que no te conozco lo suficiente —continuó al fin—. Sé que tuvimos un hijo, pero no sé qué tipo de persona eres y qué tipo de matrimonio tuvimos. En realidad, ni siquiera sé si nos gustábamos.

Él se recostó en el asiento y suspiró.

—En la cama nos llevábamos bien. Pero no pasamos mucho tiempo juntos.

—¿Por qué? ¿Porque estabas muy ocupado? ¿O porque me quedé embarazada enseguida? —quiso saber.

—Por las dos cosas, supongo; pero fundamentalmente, porque tuviste molestias durante el embarazo. Sólo tuvimos un mes para nosotros, Isabella. Luego, las circunstancias nos convirtieron en compañeros de habitación y dejamos de ser amantes.

—Ah. Entonces fue un embarazo difícil...

Él negó con la cabeza.

—No, no se puede decir que lo fuera. Tenías náuseas, pero todo lo demás fue normal.

—Me gustaría poder recordarlo. Me siento... no sé, me siento estafada.

Isabella fue sincera con él.

Se sentía estafada porque había llevado a un niño en su vientre durante nueve meses y no recordaba nada en absoluto. Se sentía estafada porque era obvio que había compartido su vida y su cuerpo con aquel hombre y, sin embargo, le parecía un desconocido.

Adan suspiró.

—Estabas preciosa a pesar de tus molestias. Y el estómago se te puso enorme... Rafiq pesó más de tres kilos y medio al nacer.

Isabella se quedó boquiabierta.

–¿De verdad? Oh, Dios mío.

De repente, soltó una risita y añadió:

–Quizás sea mejor que no lo recuerde...

Él también sonrió. Y el corazón de Isabella se detuvo durante una milésima de segundo.

La sonrisa de Adan era maravillosa. Su atractivo rostro se volvió más cálido y más abierto, más inocente en cierto sentido.

Parecía increíble que a un hombre tan duro como él se le pudiera asociar con una palabra como *inocente*, pero era la que mejor lo describía.

–Estabas como si te hubieras tragado tres balones de fútbol –explicó él con humor–. El médico me aseguró que sólo esperabas un hijo, pero yo te veía tan grande que no terminaba de creerlo... pensé que tendrías gemelos.

–¿Estuviste presente durante el parto?

Él sacudió la cabeza.

–Estaba fuera del país, en viaje de negocios. Se suponía que faltaban dos semanas para que dieras a luz, pero te adelantaste.

–Siento que te lo perdieras...

Él la tomó de la mano y se la besó.

–Yo también lo siento. Me habría encantado –le confesó–. El parto fue más complicado de lo previsto, pero Rafiq nació perfectamente sano y tú...

Adan no terminó la frase.

–¿Qué, Adan?

–Nada. No es nada.

–Quiero recordar –insistió–. Quiero recordarlo todo, hasta las cosas desagradables, si las hubo. Quiero recordar hasta el último de los momentos que compartimos. La amnesia me está volviendo loca.

–Puede que recuperes la memoria algún día. De momento, ya has recordado nuestra noche de bodas...

–¿En serio? ¿No ha sido solamente un sueño?

Él sonrió con picardía.

–No, no ha sido solamente un sueño. Nuestra noche de bodas fue larga y muy placentera, debo añadir.

Isabella se estremeció. Adan le parecía más tentador que nunca. Y no deseaba otra cosa que dejarse llevar y entregarse a él.

–Cuidado, Isabella...

–¿Que tenga cuidado? ¿Por qué lo dices? –preguntó, desconcertada.

Adan alzó una mano, le acarició la mejilla y la besó dulcemente en la boca antes de apartarse otra vez.

–Porque soy un hombre, *habibti*, no un santo –respondió–. Si insistes en mirarme de esa forma, con tanta intensidad, te aseguro que me conocerás mucho mejor que ahora cuando bajemos del coche.

E L PALACIO de las Mariposas no era el edificio recargado que Isabella había imaginado durante el trayecto en coche. Ni siquiera era tan grande como el palacio de Port Jahfar. Y como comprobó enseguida, no había más criados que el ama de llaves y el encargado de mantenimiento.

En cuanto a su séquito, era igualmente pequeño: un cocinero; el ayudante de Adan; dos funcionarios del Estado; dos criadas para ayudar al ama de llaves y al cocinero y un par más de personas cuyas funciones desconocía.

Adan tomó en brazos a Rafiq, que se había quedado dormido, y lo llevó a su dormitorio, que ya estaba preparado. Entre tanto, el ama de llaves acompañó a Isabella a su alojamiento.

De haber podido, habría acompañado a Adan y al niño, pero se dijo que debía ser paciente. A fin de cuentas, acababan de llegar. Además, Rafiq estaba dormido y ni siquiera habría notado su presencia.

El alojamiento de Isabella resultó ser una habitación, no una suite; pero era grande, luminosa y de techos altos. Tenía un armario, un tocador y una cama enorme con un edredón de color crema y muchos cojines.

Isabella sintió la tentación de abrir el balcón y

echar un vistazo al exterior. Sin embargo, prefirió guardar sus cosas y explorar más tarde.

Mientras las estaba guardando, apareció una criada con una bandeja con té y fruta fresca. Y se marchó tan deprisa que no tuvo ocasión ni de darle las gracias.

Pero un momento después, se oyó una voz.

—Espero que te guste.

Isabella se giró. A pesar de que sólo había pasado media hora desde que Adan se fue con el niño, ya lo estaba echando de menos.

—Es maravillosa.

Adan se acercó al balcón y lo abrió.

—Ven, quiero enseñarte algo.

Él le ofreció una mano, que ella aceptó sin dudarlo un momento. Isabella sintió un escalofrío de placer y Adan debió de sentir lo mismo, porque la miró a los ojos con intensidad antes de abrir el balcón y salir al porche.

El porche estaba lleno de plantas. Y tras la barandilla, se veían filas y más filas de setos que flanqueaban caminos.

—Es un laberinto —explicó Adan—. Se creó por orden de la reina de las Mariposas. Como es obvio, no es el original; pero sigue fielmente su trazado.

Adan la llevó a la entrada.

—¿Un laberinto? —preguntó ella—. No puede ser un laberinto... desde aquí se ve el centro.

Él sonrió por segunda vez en el día.

—Claro que se ve. Es que hay muchos tipos de laberintos. Los que tú conoces, se trazan como un juego para encontrar la salida; pero éste es un lugar de meditación —explicó Adan—. Se supone que tienes que pasear por él y perderte para ver qué te ofrece cada camino. Es una especie de viaje y es distinto para cada persona.

Ella asintió.

—¿Tú has paseado por él?

—Por supuesto.

—¿Y qué descubriste en tu viaje?

Adan volvió a sonreír.

—La primera vez no descubrí nada. Estaba impaciente por verlo y no me sirvió... pero más tarde, llegué a la conclusión de que me había equivocado. La impaciencia es uno de mis peores defectos, así que se podría afirmar que el laberinto me sirvió para recordarlo.

—Oh, no... no me digas que tienes defectos —dijo ella con ironía—. No es posible. No me lo puedo creer.

Adan rió.

—Bueno, puede que tenga uno o dos.

Isabella sonrió.

—Ten cuidado, Adan. Si sigues así, terminarás por gustarme.

—Entonces, tendré que hacer algo malo para evitarlo.

Ella contempló el laberinto y suspiró. El sol estaba bajando y bañaba los jardines con la luz dorada de la tarde. Todo estaba muy tranquilo; mucho más tranquilo que Port Jahfar e incluso que Maui, la isla de Hawai, cuyas playas se llenaban de turistas a esas horas.

—En los viejos tiempos, ¿hablábamos de este modo? —preguntó ella—. Quiero decir... ¿hablábamos con esta naturalidad? ¿O yo me limitaba a inclinar la cabeza y a decir lo que tú quisieras escuchar?

Él le acarició la mejilla y le apartó un mechón de

pelo de la cara. El corazón de Isabella se aceleró al sentir su contacto y pensó que debía hacer un esfuerzo por mantener las distancias. Cada vez que la tocaba o le dedicaba una sonrisa, su corazón se habría un poco más.

—Ya conoces la respuesta a esa pregunta, Isabella. Aunque no lo recuerdes.

Ella alzó la cabeza y lo miró. En los ojos de Adan había deseo y un destello de aprobación que no había estado presente durante los primeros días de su matrimonio. Por motivos evidentes, no podía saber si aquel destello era efectivamente nuevo. No lo podía saber porque no lo recordaba. Pero lo sabía.

—Sí, claro que la conozco. Me educaron para ser obediente; era lo que mi padre esperaba de mí y supongo que lo que tú también esperabas —declaró ella—. Con toda seguridad, intentaría ser una buena esposa según los patrones de Jahfar.

—¿Y qué harías ahora?

—¿Ahora? No te entiendo...

—¿Qué harías si pudieras volver atrás en el tiempo y casarte conmigo tal como eres en este momento, no tal como fuiste?

Ella abrió la boca para responder lo que Adan quería escuchar.

Y se detuvo.

No podía hacerlo. No podía dar una respuesta adecuada, desde un punto de vista social, porque habría sido mentira.

Se preguntó si todavía era la jovencita que intentaba agradar a sus padres. Se preguntó si aún era capaz de decir ciertas cosas sólo para agradar a otras personas.

La respuesta era tajante.

Ya no lo era. Y no lo volvería a ser.

Respiró hondo, deleitándose en el aroma de las buganvillas de los jardines y del olor salado del mar y dijo:

–Si pudiera volver atrás, sería yo misma. Tanto si te gusta como si no.

Adan le dedicó una sonrisa que a Isabella le pareció tan dulce como maravillosamente sorprendente.

–Me alegra saberlo.

Los criados les sirvieron la cena en el jardín, bajo las estrellas, sobre una esterilla grande que iluminaron con farolillos. Había ensalada, *hummus* fresco, cordero asado con ajo y limón, arroz, higos, distintos tipos de queso y de aceitunas y un pan caliente que resultó estar bueno con todos los manjares.

Isabella suspiró y se llevó otro pedazo de pan a la boca. Rafiq, que se había sentado a su lado, ladeó la cabeza y la miró.

–Está buenísimo –dijo ella–. Puede que Rafiq quiera un poco...

–Sí, es posible.

Isabella sonrió y le dio un pedazo de pan al pequeño, que lo mascó con mucha seriedad y se dirigió hacia su padre.

Kalila estaba con ellos, aunque sentada en una silla. La mujer había querido acomodarse en el suelo, pero Adan se negó. Al principio, Isabella pensó que se había negado porque no quería cenar con la niñera, pero se equivocó; Adan sólo pretendía que estuviera más cómoda. Evidentemente, la apreciaba mucho.

Justo entonces, Rafiq se encaramó a las piernas de su padre y se sentó en su regazo. El niño murmuró algo, Adan lo escuchó con atención y, acto seguido, lo abrazó con fuerza entre las risas del pequeño.

Isabella se mordió el labio.

Estaba contenta y triste a la vez; esperanzada, frustrada y confusa. Dividida entre un sinfín de emociones contrarias.

—¡Canta, papá!

—¿No prefieres que cante Isabella? ¿Por qué no se lo pides?

Rafiq se giró hacia Isabella, se chupó un dedo y la miró con toda la intensidad de sus ojos oscuros, tan parecidos a los de Adan.

—Venga, pídeselo —insistió su padre.

—¡Canta, Bell!

Isabella sintió una punzada en el corazón. Era la primera vez que la llamaba por su nombre y le había emocionado.

—Por supuesto que cantaré, cariño.

—Ve a sentarte con ella...

Rafiq bajó al suelo, avanzó hacia Isabella y se sentó delante, sin dejar de mirarla.

Isabella cantó una canción dulce y lenta que había aprendido en Maui antes de interpretar un par de canciones tradicionales de Jahfar. Rafiq la observaba con fascinación y ella sonreía, pero sin dejar de cantar.

Al cabo de un rato, lo tomó en sus brazos y lo sentó sobre las piernas. Cuando miró a Adan, vio que la observaba con detenimiento. Sus ojos eran tan oscuros y cálidos como siempre; pero Isabella no pensó en el supuesto desprecio que sentía hacia ella, sino en lo que había sentido cuando se besaron en el coche.

Por primera vez, pensó que su relación podía tener algún futuro. Y le pareció extraño, porque se había prometido que no malgastaría su vida con un hombre que no la quisiera.

Pero se lo había prometido antes de saber que estaba casada y que tenía un hijo.

Cantó un poco más, acariciando los rizos de Rafiq, y se detuvo cuando Adan hizo un gesto con la cabeza hacia Kalila.

Isabella cayó en la cuenta de que llevaban sentados mucho tiempo y de que la anciana debía de estar incómoda.

–Deberíamos llevar a Rafiq a la cama –dijo a Kalila.

–Sí, creo que tienes razón –se sumó Adan.

Él se levantó y tomó en brazos al niño. Después, entraron en el palacio y se dirigieron al dormitorio del pequeño.

La habitación, decorada en tonos azules y blancos, estaba llena de juguetes. Tenía una puerta que daba a un cuarto contiguo, donde se alojaba Kalila. Adan metió en la cama a su hijo, le acarició el cabello y le dio un beso de buenas noches.

Los ojos de Isabella se llenaron de lágrimas. Todos los hombres tenían alguna debilidad, por duros que fueran. Y su debilidad era, sin duda alguna, Rafiq.

Adan se volvió hacia ella y dijo:

–Si quieres...

Isabella sacudió la cabeza. Ardía en deseos de darle un beso de buenas noches, pero no quería confundir al pequeño. De hecho, había muchas cosas que quería hacer con él y que no se atrevía a hacer por miedo.

Sin embargo, estaba decidida a ser paciente.

Adan la tomó de la mano y la sacó de la habitación. Acto seguido, la llevó de vuelta al porche, donde habían instalado una mesa para servirles el café.

Cuando ya se habían sentado, él giró la cabeza y contempló los jardines.

—Es un lugar muy tranquilo. Si fuera posible, me quedaría varias semanas —le confesó.

—Supongo que habrás estado muy ocupado desde el fallecimiento de tu tío...

—Ha pasado más de un año desde que me nombraron heredero al trono, pero sí, ha sido complicado. A fin de cuentas, soy responsable de toda una nación.

—Pero ahora tenemos Parlamento... supongo que será de ayuda.

—Por supuesto. Aunque siempre hay mucho que hacer —comentó Adan—. Menos mal que existe la tecnología... no quiero ni pensar cómo sería en el pasado, cuando todavía no se habían inventado los ordenadores y los teléfonos móviles.

—En aquellos tiempos, visitar el Palacio de las Mariposas habría supuesto un viaje muy largo —observó ella.

—Sí. Pero en la actualidad, sólo se tarda un par de horas.

De repente, Isabella cayó en la cuenta de que sabía muy pocas cosas de su marido. Y decidió dar rienda suelta a su curiosidad.

—Supongo que lo habré sabido en algún momento, pero... ¿cuántos hermanos tienes?

—Cuatro. Tres hermanos y una hermana. Mi hermana es la menor de los cuatro; sólo tiene diez años —contestó.

—Yo siempre quise tener una hermana. O un hermano —le confesó.

Adan no preguntó por qué. Obviamente, imaginaba el motivo.

—A mí me encantaría que Rafiq tuviera hermanos. Así podría jugar con ellos.

Isabella bajó la cabeza, miró su taza de café y dijo:

—Me sorprende que no te volvieras a casar después de mi... desaparición.

Él se encogió de hombros.

—Bueno, es que el tiempo pasa muy deprisa. Hasta hace poco, no me había dado cuenta de que ya habían transcurrido dos años.

—¿Tus hermanos tienen hijos?

—Aún no. Uno de ellos se ha casado, pero los otros andan de aventuras por Europa, disfrutando de su soltería.

Adan entrecerró los ojos y añadió:

—¿Y tú, Isabella? ¿También has disfrutado de tu *soltería*?

Ella sintió un escalofrío. Y no precisamente porque la temperatura hubiera bajado al caer la noche.

—No he salido con nadie. Si es que te refieres a eso.

—¿Por qué no? Eres una mujer preciosa. Y estoy seguro de que te habrás sentido muy sola —afirmó.

—¿Como tú?

Él la miró con humor.

—Ah, tu antigua costumbre de responder una pregunta con otra... buen truco para no contestar. Y sí, me he sentido solo.

Isabella suspiró.

—Yo también, pero no he salido con nadie. No sé... por algún motivo, no me parecía correcto. Aunque una vez besé a un hombre.

Él le lanzó una mirada tan dura que ella se molestó.

–Yo no sabía nada de ti, Adan. Y por otra parte, sólo fue un beso. Estoy segura de que tú no puedes decir eso.

–No, por supuesto que no puedo. Porque tú eres la única mujer a la que he besado desde que nos casamos.

Ella se quedó boquiabierta.

–No te creo.

Él dejó el café en la mesa y dijo:

–Pues créelo, Isabella. Tenía un niño al que criar y un país que dirigir. Y de repente, por si eso fuera poco, me convirtieron en heredero al trono de Jahfar –se quejó–. Tú eres la única mujer de mi vida.

Ella parpadeó.

–Pero si quieres casarte otra vez...

–Jasmine sólo es una vieja amiga.

–Yo... no sé qué decir.

Isabella fue sincera. No podía creer que un hombre como Adan se hubiera mantenido célibe durante dos años.

–No hay nada que decir –afirmó, levantándose de repente–. Pero supongo que ya es hora de que nos acostemos, ¿no te parece? Hemos hecho un viaje largo y se está haciendo tarde.

Ella también se levantó.

–¿Por qué te enfadas conmigo? No es culpa mía.

–No, nada es culpa tuya, Isabella –ironizó.

Isabella apretó los puños.

–¿Qué quieres de mí, Adan? Hago lo que puedo. Me estoy esforzando.

–¿Y crees que yo no? –preguntó con frialdad.

Ella soltó un suspiro.

–No he pretendido insinuar que tú no te esfuerces.

Sólo digo que es duro para los dos y que no podemos hacer nada por cambiar el pasado.

–Empiezo a pensar que esto es una mala idea.

–Por Dios, Adan... acabamos de llegar. Recuerda que me prometiste dos semanas.

–Pero las promesas, como tú bien sabes, se las puede llevar el viento.

Adan dio media vuelta y desapareció en el interior del palacio, dejándola sola.

# Capítulo 8

ADAN no podía creer que se lo hubiera dicho. Le había confesado que no se había acostado con nadie desde su desaparición.

Sin embargo, no había sido una decisión consciente. Cuando la declararon oficialmente muerta, la lloró. No se podía afirmar que le hubiera partido el corazón, pero la echaba de menos como esposa y como madre de Rafiq.

En cualquier caso, sus motivos para mantenerse célibe no habían guardado relación alguna con la tristeza. Quiso tener una amante. O incluso casarse otra vez. Pero era cierto que había estado muy ocupado.

Primero había sido la crianza de Rafiq y la búsqueda de una niñera; contrató a tres, las echó a las tres y terminó por rogarle a Kalila que cuidara de su hijo. Luego habían sido sus obligaciones como príncipe. Y por último, tras el fallecimiento de su tío, se encontró ante la responsabilidad de convertirse en rey.

No había tenido tiempo para relaciones sexuales. Echaba de menos el sexo y echaba de menos a las mujeres; pero afortunadamente, tampoco había tenido tiempo para pensar en ello.

Y ahora que estaba con Isabella, no podía pensar en otra cosa.

Tenía intención de mantenerse ocupado y de permanecer tan lejos de ella como le fuera posible; pero cuando Isabella le dijo en el coche que había soñado con su noche de bodas, Adan supo que su intención estaba condenada al fracaso.

La deseaba. La deseaba tanto que, al verla cantando a su hijo, se dio cuenta de que pretendía acostarse con ella al final del día. Sin embargo, Isabella le confesó que había besado a otro hombre y él se sintió tan celoso que cambió de opinión.

Sabía que su reacción había sido ridícula. Un beso no era nada.

Pero le pareció terriblemente injusto. Él se había mantenido lejos de las mujeres y ella, mientras tanto, besaba a un hombre.

Un beso no era nada.

Y lo era todo.

Además, acostarse con Isabella habría sido un error monumental. Su confesión le había servido al menos para recordar que dos semanas después, tras conseguir el divorcio, se casaría con Jasmine.

Ya era tarde cuando Adan apartó la sábana y se levantó de la cama, cansado de dar vueltas sin poder dormir.

Estaba inquieto, como un león enjaulado.

Entró desnudo en el cuarto de baño, se duchó y se puso unos pantalones cortos, sin saber lo que iba a hacer cuando saliera de la suite.

Justo entonces, notó un movimiento en los jardines. Y cuando se asomó al balcón, vio de quién se trataba.

Era Isabella. Estaba paseando por el laberinto, a la luz de la luna.

Los setos eran tan altos que la luz de la luna apenas bastaba para vislumbrar el camino. Isabella quería llegar al centro del laberinto, pero debió de equivocarse en alguna parte, porque de repente se encontró en el exterior del gran círculo.

Ni siquiera sabía por qué estaba allí. Alzó la cabeza y miró las paredes del palacio. No había más luz que la procedente de una de las ventanas superiores del edificio. Los criados habían apagado las antorchas horas antes y los jardines estaban oscuros y en silencioso.

Se había acostado y había dormido poco y mal. Soñó con Adan y con Rafiq, pero sobre todo con Adan. Soñó que estaban tumbados en la cama y que le decía que se había enamorado de él; y luego soñó que él se levantaba y que ella rompía a llorar cuando se daba cuenta de que no iba a volver.

Los sueños la habían perturbado mucho. Quería saber lo que significaban.

Por supuesto, sabía que dar un paseo a la luz de la luna no serviría para encontrar un sentido a los sueños. Pero pensó que la calmaría. Y se equivocó.

Ahora se sentía más frustrada que antes.

—Esto es ridículo —se dijo en voz baja.

Tomó otro de los senderos, intentando llegar al centro del laberinto. Al ver que no lo conseguía, decidió dar media vuelta y volver a palacio.

Fue entonces cuando vio que un hombre la observaba en la distancia.

Era Adan.

—No podía dormir —se explicó.

—Ni yo.

Él dio un paso hacia ella y añadió:

—¿Intentas llegar al centro del laberinto?

Adan ni siquiera se había puesto una camisa. Su

torso brillaba bajo la luz de la luna, tan perfecto que ella tragó saliva.

–Sí, pero no lo consigo.

El cuerpo de Isabella reaccionó de forma rotunda ante la presencia de Adan. Se había humedecido, pero no la sorprendió. Adan le hacía imaginar cosas que no había imaginado con ningún otro hombre. Cosas ardientes, apasionadas.

Necesitaba acostarse con él, sentir el contacto de aquel cuerpo magnífico, descubrir si lo que soñaba eran simples sueños o recuerdos de su experiencia anterior.

–Ten paciencia, Isabella.

Adan dio otro paso hacia ella.

–Ya la he tenido y no consigo nada.

Él siguió avanzando y se detuvo tan cerca que Isabella podía sentir su calor.

–A veces, las complicaciones hacen que las cosas sepan más dulces –observó él con voz profunda–. Sigue el sendero, Isabella.

–¿Lo seguirás conmigo?

Adan sacudió la cabeza.

–No, tienes que hacerlo sola. Pero te esperaré en el centro.

Adan desapareció detrás de los setos. Isabella suspiró e intentó encontrar el camino para llegar al centro del laberinto. Lo encontraba tan frustrante que estuvo a punto de rendirse otra vez, pero no podía rendirse.

No quería que Adan la creyera poco perseverante. Ella no dejaba las cosas por la mitad. No sabía por qué había salido de la casa de su padre en mitad de la noche y se había internado en el desierto, pero no iba permitir que Adan siguiera pensando que se había ido porque no tenía fuerza de voluntad.

Giró una, dos, tres veces. Y justo cuando creía que había fracasado otra vez y que volvería a salir del laberinto, se encontró en la explanada de hierba del centro.

Fue como si le hubieran quitado un peso de encima.

Fue una sensación tan intensa como desconcertante. Se había limitado a pasear un poco y a encontrar el camino hasta el centro del laberinto. No tenía importancia. No era un asunto de vida o muerte. Pero no obstante, le pareció un éxito mayúsculo.

Adan se acercó a ella, la tomó de la mano y tiró.

Isabella se encontró apretada contra su duro cuerpo; contra el cuerpo de un hombre que no había hecho el amor en varios años.

Él inclinó la cabeza y le susurró al oído.

—Ahora te sientes mejor, ¿verdad?

Ella sólo pudo asentir.

Adan le puso las manos en la cintura y la atrajo un poco más hacia él, de tal manera que Isabella sintió su erección.

De repente, ella supo por qué estaba allí. Por qué estaban allí.

—Adan, quiero que...

Estaba tan emocionada que no pudo terminar la frase.

—Lo sé... Es inevitable. Ha sido inevitable desde el momento en que te vi en aquel club de Hawai.

Ella ladeó la cabeza y lo miró con intensidad.

Sentía deseo, lujuria, necesidad. Una necesidad absoluta, que no había sentido nunca. O más bien, una necesidad que no había sentido desde que perdió a Adan.

Él la abrazó y la besó en la boca.

Ella suspiró de placer y se entregó con tanta naturalidad y tan instintivamente como si se hubieran besado mil veces. Incluso se atrevió a bajar una mano y a acariciar su pecho desnudo, arrancándole un gemido.

–Tenemos que entrar en palacio. No estoy preparado –dijo él.

Isabella tardó unos segundos en comprender que se refería a los preservativos.

–No te preocupes por eso. Estoy tomando la píldora...

–¿No decías que no te acuestas con nadie? –preguntó él, súbitamente tenso.

–La tomo por motivos de salud. Mis ciclos son algo irregulares. El ginecólogo me dijo que la píldora me vendría bien.

Adan dudó un momento, pero inclinó la cabeza y la volvió a besar.

Después, llevó una mano al dobladillo de su top y tiró hacia arriba. Isabella no se había puesto sostén al salir a pasear y, cuando él vio sus pechos desnudos, gimió, dejó de besarla y le quitó el top por encima de la cabeza.

Sus anchas manos se cerraron sobre las suaves protuberancias de Isabella y sus dedos le acariciaron los pezones.

Isabella sintió una cascada de emociones tan intensas que se tuvo que apoyar en él para mantener el equilibrio.

–Eres preciosa, Isabella. Tal como recordaba.

Al oír su voz, ella supo que estaba preparada para él. Preparada para cualquier cosa que le pidiera.

–Adan...

Él bajó la cabeza y se introdujo un pezón en la boca. Luego, se lo succionó y se lo mordió y lamió con suavidad. Sabía exactamente lo que debía hacer para darle placer y para aumentar su excitación.

De repente, Adan se detuvo y ella gritó. No quería que rompiera el contacto.

Él rió con satisfacción y dijo:

–No temas, Isabella. Estoy muy lejos de haber terminado contigo.

Rápidamente, le desabrochó los vaqueros y se los bajó. Después, se quitó los pantalones cortos y los dejó junto a la ropa de su esposa.

Isabella contuvo la respiración al verlo desnudo a la luz de la luna.

Su cuerpo era perfecto en todos los sentidos y su erección se alzaba tan orgullosa que ardió en deseos de tocarlo.

Pero no tuvo la oportunidad. Adan la tomó en brazos y la tumbó en la hierba a la sombra de los setos, que los protegían de cualquier mirada. Sobre ellos, las estrellas llenaban el cielo y la luna acariciaba sus cuerpos con su luz plateada.

Adan la besó de nuevo, antes de introducir una mano entre sus piernas.

Ella soltó un gemido y él le empezó a acariciar el clítoris una y otra vez, tensándola tanto como la cuerda de un arco.

Cuando se volvió a detener, ella volvió a protestar.

–Paciencia, Isabella...

La besó en el cuello y descendió nuevamente hasta sus pechos, a los que dedicó un buen rato de caricias y atenciones. Luego, cuando Isabella ya estaba gritando su nombre entre jadeos, bajó la cabeza hasta su pubis, separó los suaves pliegues de su sexo y la empezó a lamer.

–Adan...

Adan lamió, succionó y acarició, incansable. Y de repente, ella llegó al clímax con un grito seco.

Isabella no podía creer que tal grado de intensidad fuera posible; no podía creer que se pudiera sentir un placer tan puro. Se preguntó si siempre habría sido así entre ellos, pero no podía recordar.

Entonces, él se situó entre sus piernas y ella cerró las suyas alrededor de su cintura, esperando la penetración.

–Si te hago daño, dímelo.

Isabella tuvo un acceso de miedo. Lo deseaba con todas sus fuerzas, pero también estaba asustada. Asustada por lo que aquello pudiera significar.

–No sé qué hacer, Adan –le confesó.

Él la besó otra vez.

–Lo estás haciendo muy bien, *habibti*. Todo lo haces muy bien.

Adan apretó y, durante un momento, Isabella pensó que era demasiado grande para ella. Pero justo entonces, su cuerpo se abrió a él como si estuviera muy acostumbrado y Adan la penetró hasta el fondo.

Lo tenía tan dentro que creía sentir sus latidos.

Adan no se movió. Ella lo miró con asombro, intentando recordar si siempre había sido tan maravilloso. Ni siquiera sabía cómo era posible que sintiera un placer tan absoluto cuando no había hecho otra cosa que penetrarla.

Curiosamente, él parecía estar tan sorprendido como ella. Y se miraron a los ojos como si el tiempo se hubiera detenido, el mundo hubiera dejado de girar y no existieran más seres humanos que ellos.

—Isabella...

Presa de la emoción, Isabella derramó una lágrima solitaria.

Adan alzó una mano y se la secó con un dedo.

—Si te duele, nos pararemos —insistió él—. El dolor no tiene que formar parte de esto. Ni ahora ni nunca.

Ella sacudió la cabeza.

—No, no... no te preocupes por mí. Sigue, Adan. Sigue, te lo ruego.

Él asintió y se empezó a mover.

Al principio se lo tomó con calma. El cuerpo de Isabella parecía conocerlo bien y se ajustó a sus ritmos mientras él entraba y salía cada vez con más fuerza.

Tardaron muy poco tiempo en llegar a la zona peligrosa, donde ambos estaban tan excitados que ya no podían mantener el control. En algún momento, él le estiró los brazos por encima de la cabeza y se los agarró. Aunque el césped del jardín estaba frío, sus cuerpos se llenaron de sudor en mitad del laberinto.

Pero todo tenía un final. Isabella se encontró súbitamente en el principio de una ola que creció y creció hasta romper y que Adan intentó alargar todo lo posible.

Cuando se tranquilizó, se dio cuenta de que nunca volvería a ser la misma de antes.

—Mírame, Isabella.

Ella abrió los ojos.

—Quiero que me mires mientras llegas al orgasmo.

—¿Otra vez? No sé si podré...

—Créeme. Puedes.

Adan se empezó a mover una vez más. Durante

unos segundos, ella estuvo a punto de rogarle que se detuviera. Las sensaciones eran tan arrebatadoras e intensas que no sabía si podría sobrevivir a otro orgasmo.

Pero sobrevivió. Y esta vez, Adan la acompañó en el placer.

Al cabo de un rato, él se tumbó a su lado y ella apoyó la cabeza en su pecho, empapado de sudor.

Isabella cerró los ojos y Adan la empezó a acariciar tan suavemente que creyó que se quedaría dormida. Pero el fresco de la noche le causó un escalofrío.

–Deberíamos ir dentro –dijo él.

Ella se sentó y bostezó.

–Antes, tengo que vestirme...

Adan se puso en pie y la ayudó a levantarse.

–No, no tienes que vestirte. Olvida la ropa.

Entonces, la alzó en brazos y la llevó al interior del palacio.

# Capítulo 9

ADAN despertó en algún momento antes del alba y automáticamente se giró hacia la mujer que estaba en la cama con él. Isabella se entregó de inmediato y, tras las caricias iniciales, la penetró con más fuerza y más pasión que antes.

No había planeado seducirla; ni mucho menos, llevarla a su cama. La había seguido a los jardines por curiosidad, por saber lo que estaba haciendo. No imaginaba que terminarían desnudos en mitad del laberinto, haciendo el amor.

Pero lo habían hecho. Y al final, la había llevado a su cama.

La experiencia matinal fue tan intensa que Adan se quedó dormido otra vez. Cuando volvió a despertar, descubrió que el sol ya estaba alto y que Isabella se había ido. De hecho, hasta llegó a pensar que todo había sido un sueño. Pero su cuerpo, agotado, le dijo que había sido absolutamente real.

Se duchó, se vistió y bajó a desayunar y a buscar a su amante.

La encontró en la cocina con Rafiq y Kalila. Isabella llevaba en brazos al niño mientras ella sacaba cosas del frigorífico y de los armarios.

Estaba radiante, preciosa. Brillaba como una mujer satisfecha.

–Mira, Rafi... tu papá. Dile hola.

–¡Papá!

A Adan se le hizo un nudo en la garganta. Adoraba a su hijo.

Se acercó a él, le dio un beso en la mejilla y deseó dejar al pequeño en manos de Kalila para llevarse a su esposa y pasar en la cama el resto del día.

Sin embargo, se contuvo.

–¿Su Majestad ha dormido bien? –bromeó ella.

–No tanto como me habría gustado.

–Oh, cuánto lo lamento. Tal vez deberías cambiar de colchón.

–Al colchón no le pasa nada. A decir verdad, estoy pensando que debería ablandarlo un poco... quizás baste con unos cuantos revolcones.

Isabella miró a Kalila con horror, pero afortunadamente, la anciana no había oído el comentario de Adan.

–Bueno, si estás cansado, deberías volver a la cama y dormir un poco.

–No, no estoy tan cansado –dijo él con una sonrisa maliciosa–. Sólo necesito desayunar. ¿Quién está hoy a cargo de la comida?

Isabella sonrió.

–El cocinero ha salido a comprar unas cosas que necesitaba, de modo que yo me encargo del desayuno.

–¿Sabes cocinar? –preguntó con sorpresa.

Ella lo miró con humor.

–He aprendido un par de cosas durante los últimos años.

Adan no pareció muy convencido; pero pocos minutos después, Isabella les sirvió dos platos con huevos revueltos.

Kalila miró su plato con tanta desconfianza que Adan dijo:

—Los estadounidenses tienen la costumbre de desayunar cosas así.

Kalila lo probó, aunque a regañadientes. Adan se llevó un poco a la boca y tuvo que hacer un esfuerzo para tragar, porque Isabella se había pasado y los huevos revueltos se habían quedado tan secos como la arena.

—¿Qué tal está?

—Bien, bien... —mintió.

—Las tostadas se me han quemado un poco, pero les quitaré el quemado y quedarán perfectamente comestibles.

La opinión de Rafiq sobre la comida de su madre no fue distinta. De hecho, empezó a protestar ruidosamente.

—Quiere tomar su desayuno de siempre, Alteza —explicó Kalila.

—En tal caso, se lo prepararé. ¿Qué suele tomar?

Kalila se levantó y alcanzó los cereales del niño.

—No se preocupe. Ya me encargo yo.

Adan siguió comiendo. Isabella sonrió y se sentó a su lado. En cuanto probó los huevos, se dio cuenta de lo que ocurría.

—Oh, vaya... están demasiado hechos.

—No es tan terrible —dijo él.

—No sigas comiendo, por favor. Si sigues, te dolerá el estómago —declaró ella, avergonzada—. Además, me arriesgo a que tu guardia imperial me detenga y me meta en la cárcel por intento de asesinato.

Adan dejó el tenedor en el plato.

–Parece que no estás muy acostumbrada a cocinar...

–Bueno, es verdad que no cocino muy a menudo –le confesó–. Normalmente, salgo a comer fuera.

Adan se levantó.

–Anda, ven conmigo. Kalila nos preparará algo en un santiamén.

Isabella suspiró, decepcionada.

–¿Puedo ayudarte, Kalila? –preguntó a la anciana.

Kalila sacudió la cabeza.

–No, gracias, Alteza. Sólo tardaré diez minutos. Haré algo sencillo –contestó–. Pero si quiere, le enseñaré a cocinar algo más tarde.

–Gracias, Kalila.

Isabella y Adan salieron al porche, donde se sentaron.

–Por lo visto, no hago nada bien...

Adan sonrió.

–Yo no estaría tan seguro. Se me ocurren unas cuantas cosas que haces maravillosamente bien –ironizó.

El comentario de Adan no sirvió para animarla.

–Me molesta que Kalila tenga que preparar el desayuno. Ya está bastante ocupada con el niño –dijo.

–Sí, lo está. Pero no es para tanto.

Isabella clavó en él sus ojos verdes.

–La aprecias mucho, ¿verdad? –preguntó–. Cuando la conocí, me pareció demasiado mayor para cuidar de Rafiq... pero después se me ocurrió que seguramente era la niñera con la que te criaste.

Adan asintió.

–Sí. Kalila es la madre que nunca tuve.

–¿La madre que nunca tuviste? ¿Es que falleció?

Adan soltó una carcajada sin humor alguno.

–Oh, no...

–¿Entonces?

–Mi madre sigue viva y sigue presumiendo en su magnífica mansión y con sus magníficos amigos de lo orgullosa que se siente de tener un rey como hijo. Si pudiera presentarme ante ellos y pellizcarme las mejillas, sería completamente feliz.

–Lo siento mucho, Adan.

Él se encogió de hombros.

–Sus hijos siempre han sido posesiones para ella –explicó–. Posesiones que sirven para presumir ante los demás.... Los niños la ponían nerviosa. Sólo quería estar con nosotros cuando estábamos perfectamente arreglados; pero se cansaba enseguida y nos enviaba de vuelta a nuestras habitaciones.

–De modo que creciste con Kalila...

–En efecto. Ella fue nuestra verdadera madre, la que nos tomaba de la mano, nos curaba las heridas y nos abrazaba cuando lo necesitábamos –dijo él con un suspiro–. Debería estar disfrutando de su jubilación, pero...

Adan no terminó la frase. Isabella apartó la mirada, súbitamente triste.

–Ya te he dicho que no hago nada bien, Adan... Tal vez habría sido mejor que no me encontraras.

Él la miró. Había estado muy enfadado con ella, pero estaba cansado de estar enfadado.

–¿Por qué no nos preocupamos por el presente, *habibti*? A fin de cuentas, no podemos cambiar el pasado.

–¿Es que estás dispuesto a perdonarme? –preguntó ella, arqueando una ceja–. ¿O sólo quieres disfrutar de los beneficios sexuales del matrimonio?

Las palabras de Isabella irritaron a Adan. Tal vez, porque estaba disfrutando enormemente con ella.

Quizás, demasiado.

–Sólo hemos pasado una noche juntos, Isabella –le recordó–. No empieces a redecorar el palacio para ponerlo a tu gusto.

Isabella no supo por qué lo había presionado; por qué se había empeñado en molestar a Adan en lugar de disfrutar de la mañana y del eco de su noche de amor.

Cuando lo pensó, llegó a la conclusión de que lo había hecho porque estaba asustada. Tenía miedo de lo que pudiera ocurrir entre ellos. Miedo de sus sentimientos hacia Rafiq y hacia su marido.

Además, Isabella sabía que una noche de amor no significaba nada. Sólo era sexo. Adan no se iba a enamorar perdidamente de ella y, desde luego, no le iba a rogar que permaneciera a su lado. Hacerse ilusiones, habría sido un error.

–No tengo intención de redecorar nada –se defendió–. Yo sólo quiero...

Kalila apareció entonces con una bandeja y la interrumpió. Adan se levantó de inmediato para ayudar a la anciana.

–No deberías trabajar tanto, Kalila. ¿Por qué no has pedido ayuda a una de las criadas? –preguntó él.

–Porque estaban ocupadas, Majestad.

–Te he dicho mil veces que me llames Adan.

La anciana lanzó una mirada a Isabella, se giró nuevamente hacia Adan y asintió.

–Es verdad... Ahora, sé un buen marido y sirve a tu esposa.

Kalila regresó al interior del edificio y ellos se dedicaron a disfrutar del café y de las tostadas que les había preparado.

Desayunaron en silencio. En determinado momento, Isabella miró el laberinto y recordó que su ropa debía de seguir allí, en algún lugar. No quería pensar en lo sucedido. Pero no lograba pensar en otra cosa.

De repente, la voz de Adan interrumpió sus pensamientos.

–Dijiste que viviste una temporada con tu madre cuando saliste del hospital, pero que te marchaste enseguida. ¿Por qué?

Ella untó un poco de mermelada en una de las tostadas y contestó:

–Mis padres se divorciaron cuando yo tenía once años. A partir de entonces, vi muy poco a mi madre... él no quería que viajara a Estados Unidos y ella no quería ir a Jahfar. Al principio, ella me llamaba por teléfono con frecuencia; pero luego, con el tiempo, se volvieron más ocasionales. Al final, terminó siendo algo más parecido a una amiga que a una madre.

–Y supongo que no te sentirías muy cómoda en su casa.

Ella sacudió la cabeza.

–No, no mucho. Creo que yo la incomodaba.

–¿Por qué?

–Porque es muy independiente y yo seguía siendo una típica mujer de Jahfar, tradicional y conservadora. Era obvio que no le gustaba lo que mi padre había hecho de mí –respondió ella con incomodidad.

Adan se dio cuenta y dijo:

–Si prefieres que hablemos de otra cosa...

Isabella volvió a sacudir la cabeza.

–No, ni mucho menos. Creo que necesito hablar. Incluso es posible que recobre parte de la memoria si afronto los aspectos más desagradables de mi vida.

Él arqueó las cejas.

–¿Desagradables? ¿A qué te refieres?

Isabella se encogió de hombros.

–Yo fui hija única, como sabes. Y siempre pensé que mis padres se habían llevado una decepción conmigo. Hassan quería un hijo y mi madre quería satisfacer a Hassan. De hecho, se divorciaron por mi culpa.

–Nadie se divorcia por culpa de un niño, Isabella. No fue culpa tuya.

Ella lo miró con incredulidad.

–¿Ah, no? Entonces, ¿por qué te quieres divorciar de mí?

La expresión de Adan se volvió sombría.

–Eso es diferente.

–Pero aún quieres divorciarte de mí, ¿verdad? Eso no ha cambiado.

Él dejó la servilleta en la mesa.

–Hablar de nuestro futuro después de una sola noche, resulta un poco prematuro, ¿no te parece? –alegó.

–Has tenido mucho tiempo para pensar en nuestro futuro. Me siento atrapada. Como si fuera un perro encadenado a un árbol y sólo pudiera caminar hasta que la cadena se tensa y me obliga a volver adonde estaba.

–¿Qué quieres de mí, Isabella? Te estoy dando tiempo. Y es todo lo que te puedo prometer por ahora.

–¿Todo?

–Sí. Porque Rafiq es lo más importante y no voy a hacer nada que pueda poner en peligro su felicidad.

Como en otras ocasiones, Isabella se preguntó por qué lo estaba presionando. Adan se sentía físicamente atraído por ella, pero no estaba allí para curar su alma herida.

De repente, Isabella apartó el plato. Se le había hecho un nudo en la garganta y supo que no podría comer más.

–No me agrada que me sometas a pruebas para saber si encajo o no encajo en tu vida –declaró, mientras se levantaba–. De hecho, yo he venido al Palacio de las Mariposas para someterme a tus pruebas... Pero en lo de Rafiq tienes razón. Él es lo único importante. Y si no te importa, me gustaría que nos concentráramos en eso.

–¿Qué quieres decir?

Ella alzó la barbilla, orgullosa.

–Quiero decir que lo de anoche fue un error que no voy a repetir. Si me quieres otra vez en tu cama, tendrás que aceptarme en tu vida.

–¿Me estás amenazando, *habibti*?

Isabella soltó una risotada.

–Como si yo pudiera amenazarte –ironizó–. No, sólo estoy diciendo que no me voy a acostar con un hombre que se niega a darme algo más que promesas vagas sobre mi papel en la vida de mi propio hijo. Tú y yo no estamos obligados a estar juntos, Adan. Pero seré la madre de Rafiq hasta el día de mi muerte.

La semana siguiente habría sido idílica si la tensión que había entre ellos no la hubiera estropeado. Adan pasaba mucho tiempo en su despacho, hablando por teléfono, atendiendo los asuntos del país; pero de vez en cuando se tomaba un descanso y lo dedicaba a jugar con el pequeño.

Cuando su mirada se cruzaba con la de ella, adoptaba una expresión impasible. No había intentado tocarla ni mucho menos besarla desde la orgullosa declaración de Isabella.

En cuanto a ella, echaba de menos su contacto físico; al fin y al cabo, había sido una experiencia intensa, apasionante y terrorífica a la vez. Intentaba convencerse de que era mejor que volvieran a la situación anterior y se comportaran como dos desconocidos, pero sabía que se estaba engañando.

Lo deseaba.

Ansiaba su calor, su olor y su pasión.

Acostarse con él podía haber sido un error, pero sólo porque ya no se lo podía quitar de la cabeza. Pensaba constantemente en él y casi no podía dormir.

Cuando aquella mañana se vistió y se preparó para pasar el día con Rafiq y con Kalila, tuvo que hacer un esfuerzo para sacar a Adan de sus pensamientos. Iban a ir a la ciudad, a visitar el zoco. Sería la primera vez que salían juntos, y lo estaba deseando.

Se encontró con Kalila y Rafiq en la entrada del palacio y se dirigieron directamente al coche. Pocos minutos después, se encontraron en el zoco. Kalila se empeñó en llevar el carrito del niño, pero Isabella se negó y decidió llevarlo ella misma para que la anciana pudiera echar un vistazo a las tiendas.

Naturalmente, no estaban solas. Llevaban un grupo de guardaespaldas que abrían y cerraban la marcha. Al principio, Isabella lo encontró desconcertante; pero poco a poco se olvidó de su presencia y se dedicó a disfrutar de la mañana.

El zoco era un lugar colorido, lleno de puestos que formaban un pequeño laberinto en la ciudad. Vendían de todo, desde especias, telas y joyas hasta alfombras, vajillas, ropa y un sinfín de productos diferentes.

Isabella suspiró, encantada. Echaba de menos los zocos, aunque había estado pocas veces en ellos porque, cuando era más joven, a su padre no le parecía bien. Decía que eran sitios demasiado peligrosos.

Isabella se detuvo delante de uno de los puestos y compró un dulce de miel al niño.

—A su padre también le encantaban los dulces de miel cuando tenía su edad —comentó Kalila—. Yo le preparaba uno especial el día de su cumpleaños.

Isabella sonrió. Durante los pocos días que llevaba en palacio, la anciana siempre se había mostrado formal y reservada. Aquélla era la primera vez que hacía un comentario de carácter personal.

—¿Era un niño muy revoltoso? —Kalila soltó una carcajada y contestó:

—Sí, desde luego que sí; pero también era adorable. En realidad, se metía en muchos líos porque quería llamar la atención.

—¿La atención de su madre?

Kalila frunció el ceño.

—Y de su padre —puntualizó—. De hecho, creo que lo hacía sobre todo por su padre... No en vano, tardó muy poco en darse cuenta de que su madre no estaba interesada en él.

—¿La ve con frecuencia?

Kalila sacudió la cabeza.

—No, muy de vez en cuando. Él no se molesta en contestar sus llamadas. Supongo que es su forma de vengarse.

Isabella miró a Rafiq con amor y tristeza y se prometió que a su hijo no le faltaría nunca su cariño.

—Adan es un gran hombre –continuó Kalila–. Sólo tiene que tener paciencia con él, Alteza. Al final, hará lo que sea mejor.

Isabella respiró hondo.

—Espero que estés en lo cierto...

La anciana le dio una palmadita cariñosa en la mano y las dos mujeres siguieron paseando por el zoco.

Al cabo de una hora, decidió poner fin a la aventura matinal. El sol estaba a punto de alcanzar el mediodía y la temperatura había subido tanto que su *abaya* se le pegaba al cuerpo y el pañuelo que llevaba en la cabeza ya no servía de mucho.

—Deberíamos volver –dijo.

Miró a Kalila, que estaba más colorada de la cuenta. La anciana iba de negro de los pies a la cabeza. Isabella se dijo que debía de tener mucho calor; pero no estaba sudando.

—Sí, deberíamos volver.

—¿Te encuentras bien?

Kalila hizo un gesto de desdén con la mano y la acompañó de vuelta al coche. Su paso era lento pero firme.

—Estoy bien, Alteza –aseguró.

Isabella sacó la botella de agua que llevaba en el bolso.

—Toma, bebe un poco.

—Beba usted. Yo puedo esperar.

—No, insisto.

Isabella quitó el tapón, se la dio y añadió:

—Además, tengo otra botella.

Diez minutos más tarde, cuando ya estaban senta-das en el coche y el conductor había encendido el aire acondicionado, Kalila se desmayó.

# Capítulo 10

HABÍA sufrido un infarto.

Fue lo que Isabella le dijo cuando lo llamó por teléfono y le informó de que habían llevado a Kalila al hospital.

Adan salió corriendo, se subió a uno de los todoterreno y se puso en marcha sin esperar al chófer ni a los miembros de su equipo de seguridad. Llegó al hospital en un tiempo récord y tiró las llaves del vehículo a uno de los médicos, que se quedó atónito, mientras él caminaba a toda prisa hacia el mostrador, donde exigió que le indicaran el número de la habitación de la anciana.

Cuando Isabella lo vio, se levantó de la silla donde se había sentado.

–¿Dónde está Rafiq? –preguntó él, al ver que no estaba con ella.

–En la guardería del hospital, con una enfermera. Pero no te preocupes por eso; un guardaespaldas está con él.

Adan se giró hacia la puerta de la habitación de Kalila, con la evidente intención de entrar.

–Antes de que entres...

–¿Sí?

–El médico se encuentra en este momento con ella, pero no querrá decirte toda la verdad en su presencia.

–¿Qué significa eso?

–Kalila no puede trabajar más, Adan. No puede hacerse cargo de Rafiq. Su corazón está demasiado débil... Me han dicho que se recuperará con la medicación, pero no tiene edad para cuidar a un niño.

–Y a ti te parece perfecto, ¿verdad? –dijo con tono de recriminación–. Si crees que ésta es la oportunidad que estabas buscando, te equivocas.

Ella lo miró como si le hubiera dado una bofetada.

–Te perdono porque sé lo mucho que quieres a Kalila. Estás asustado y la has tomado conmigo. Pero no te atrevas a pensar que soy capaz de alegrarme por el dolor de otra persona. No es verdad. Y no es justo.

Él apretó los dientes y asintió.

–Tienes razón.

Acto seguido, giró el pomo de la puerta y entró en la habitación de Kalila.

Dos horas después, Isabella llevó a Rafiq al palacio. Era hora de cenar y no tenía nada que hacer en el hospital. Kalila estaba recibiendo el mejor cuidado que el dinero podía comprar y Adan se había quedado con ella. La anciana seguía muy débil; pero los médicos afirmaban que se recuperaría.

Simplemente, ya no se podía ocupar del cuidado del pequeño. Necesitaba descansar y que alguien cuidara de ella para variar. Su esposo había muerto unos años antes y no tenía hijos. Estaba viviendo con la familia de su hermana cuando Adan la llamó para que se ocupara de Rafiq, así que Isabella daba por sentado que volvería con ellos cuando le dieran el alta.

Al contrario de lo que Adan creía, no se alegraba

de que Kalila tuviera que renunciar al cuidado de Rafiq. Por una parte, el niño estaba muy encariñado con ella y, por otra, Isabella no quería convertirse en madre a sus expensas.

Además, se sentía culpable porque pensaba que el infarto de Kalila era culpa suya. Si no la hubiera llevado al zoco, si no hubiera permitido que paseara con ella, seguramente no le habría pasado nada.

Sacudió la cabeza y se dijo que debía salir de su depresión. Tenía que preparar la cena, llevar al niño a su habitación y dejar que jugara un poco antes de bañarlo y meterlo en la cuna.

Rafiq, que echaba de menos a Kalila, estuvo más nervioso que de costumbre. Sin embargo, consiguió que se tranquilizara a base de cantar. Cuando ya se había quedado dormido, le dio un beso y se dirigió a su dormitorio después de alcanzar la alarma del monitor, que vigilaba al niño por si se despertaba.

El sol se estaba poniendo cuando oyó que un coche se detenía en el vado de palacio. Isabella supuso que sería Adan; pero unos minutos después, cuando vio que no aparecía, salió del dormitorio y fue en su busca.

Lo encontró en el despacho, mirando por el balcón. No había encendido su ordenador. Era evidente que no estaba trabajando.

–¿Adan? ¿Todo va bien? –Adan no se giró.

–Se recuperará. Pero está muy cansada.

Isabella se mordió el labio y dijo:

–Sí, ya me lo imagino. ¿Necesitas algo?

Él suspiró y se pasó una mano por el pelo.

–Es culpa mía. Culpa mía.

Isabella sintió una angustia profunda. Se acercó a

él y le puso una mano en el hombro. Estaba tan triste que empezó a sollozar.

–No, Adan... no es culpa tuya. No es culpa de nadie. Pero si necesitas culpar a alguien, cúlpame a mí. La llevé al zoco y estuvo caminando demasiado tiempo.

Adan se dio la vuelta y la tomó entre sus brazos.

Estuvieron así unos cuantos minutos, sin decir ni hacer nada. Él sol ya se había puesto cuando ella alzó la cabeza, le acarició la cara y lo besó.

Adan cerró las manos sobre su trasero y ella sintió una descarga de anticipación.

Se habían mantenido en silencio porque no necesitaban palabras. Los dos sabían lo que querían. Lo que deseaban.

La desnudó rápidamente mientras ella hacía lo mismo con él. Pronto, se quedaron desnudos y se dedicaron a besarse entre caricias que sólo fueron el principio. Él la sentó en la mesa del despacho y le separó los muslos. Después, la penetró y se empezó a mover con tanta energía que los documentos de la mesa se cayeron al suelo.

Isabella cerró las piernas sobre su cintura y echó la cabeza hacia atrás mientras Adan la llevaba a las alturas en las que había estado soñando durante toda la semana anterior.

Era maravilloso.

Derramó unas lágrimas y se alegró de que el despacho estuviera a oscuras, porque tenía miedo de lo que él habría podido pensar si la hubiera visto llorando. Quizás, que se había enamorado. Quizás, que le había partido el corazón. Quizás, que había visto a través de su máscara de hombre duro e impasible y había encontrado a una persona buena que adoraba a su anciana niñera y que habría sido capaz de hacer cualquier cosa por ella.

Pero también lloraba por sí misma. Por la estúpida e ingenua joven que había sido. Y por la mujer que era entonces; la mujer que acabaría destrozada si Adan la apartaba de su vida al cabo de las dos semanas que le había concedido.

Había ido a Jahfar a descubrir la verdad y había encontrado algo más precioso.

Seguía sin saber lo que había pasado dos años antes, cuando se internó en el desierto y la dieron por perdida, pero sabía que se había enamorado de aquel hombre y que quería a Rafiq con toda su alma.

Sin embargo, sus lágrimas desaparecieron a medida que los movimientos de Adan la acercaron al clímax.

–Sí, Adan, sí... –gimió.

Él le alzó un poco la cadera y siguió adelante, arrojándola a un orgasmo feroz. Sólo se detuvo unos segundos después, tras alcanzar su propia satisfacción.

Luego, se inclinó sobre ella y la besó.

–Pasa la noche conmigo –le susurró al oído.

Ella sintió un escalofrío y dijo, simplemente:

–Sí.

Isabella despertó en mitad de la noche porque Rafiq estaba llorando. Se levantó de la cama, donde Adan seguía dormido, y se detuvo un momento para contemplar el bello cuerpo de su amante.

Estaba tumbado boca arriba, con un brazo doblado sobre la cabeza. Pero se despertó como alarmado por un sexto sentido.

–¿Dónde vas, *habibti*?

–A ver a Rafiq. Está llorando.

Entró en la habitación del niño. Rafiq estaba de pie en la cuna.

Tardó un poco en descubrir cómo se cambiaban unos pañales, pero al final lo descubrió y se los cambió con facilidad. Después, se puso a cantar para que se durmiera y, cuando ya lo había conseguido, se giró para salir de la habitación.

Adan estaba en la entrada, observándola.

–Se ha dormido –dijo ella.

–Has hecho un gran trabajo con él. Se nota que se siente cómodo contigo.

Ella se sintió ridículamente halagada por el comentario.

–Aún tengo mucho que aprender. Pero tu hijo es muy paciente.

Adan sonrió.

–¿Rafiq? ¿Paciente? Es la primera vez que alguien dice que nuestro hijo tiene paciencia –ironizó–. Me temo que ha salido a mí.

A Isabella no le pasó desapercibido que había usado el plural. No se había referido a su hijo, sino al hijo de los dos. Y se sintió esperanzada.

Adan le pasó un brazo alrededor del cuerpo y la acompañó de vuelta a su dormitorio. Cuando llegaron, le quitó la bata que se había puesto y le besó todo el cuerpo, tomándose su tiempo, hasta que ella se empezó a contorsionar en la cama, rogándole que la poseyera.

Le hizo el amor otra vez, con suma delicadeza, potenciando el placer hasta que tuvo la impresión de que ellos eran los dos únicos seres del Universo.

Tras el orgasmo, se sintió dominada por la melancolía. No estaba más cerca de recuperar la memoria que antes. Había recordado algunos fragmentos del pasado, pero no la totalidad. Y seguía sin recordar nada de su hijo.

Además, estaba muy preocupada con la posibilidad de que Adan quisiera librarse de ella. No había dicho nada al respecto; y por la forma que la tocaba, suponía que había cambiado de opinión. Pero no estaba segura.

Sin embargo, pensó que no podía ser tan cruel como para darle falsas esperanzas. Si quería apartarla de su lado, no se habría acostado con ella otra vez ni se habrían quedado dormidos, abrazados, hasta que se había despertado por los sollozos de Rafiq.

–Siento haber dicho lo que dije antes. Lo de Kalila –declaró él de repente.

Ella lo miró con sorpresa.

–No es necesario que te disculpes, Adan. Sé que lo dijiste porque estabas asustado. Los dos lo estábamos.

–Cometí un error al encargarle que cuidara de Rafiq. Pero ¿qué podía hacer? Kalila era la única persona en la que confiaba.

Isabella suspiró.

–No habría aceptado el trabajo si no hubiera querido.

–Sí, pero no debí pedírselo. Debí buscar otra niñera... o casarme antes.

Isabella sintió una punzada en el pecho.

–Sí, tal vez. Pero me alegra que no te casaras.

Él giró la cabeza y la miró.

–¿Sabes que me has complicado mucho la vida? Y sin embargo, yo tampoco lo lamento. Es obvio que quieres mucho a Rafiq.

Ella asintió.

—Rafiq es un niño maravilloso. Todavía no puedo creer que sea hijo nuestro... me asombra cada vez que lo miro y distingo los rasgos que ha heredado de ti y de mí.

Adan también suspiró.

—Será mejor que busque otra niñera...

—Seguro que Kalila te puede recomendar a alguien.

Adan asintió lentamente.

—Sí, seguro que sí. Se lo preguntaré cuando se sienta mejor.

—¿Cómo le vas a decir que ya no puede cuidar del niño?

Él sonrió.

—Kalila no se opondría nunca a una orden de su rey. Le compraré una casa en Port Jahfar y la llenaré de criados para que cuiden de ella. Debería haberlo hecho antes, pero francamente, no se me ocurrió —confesó Adan—. Yo era un adolescente cuando Kalila dejó la casa de mis padres y, aunque la veía de vez en cuando, no la veía con tanta frecuencia como para preguntarle cómo le iban las cosas.

—Eres muy bueno con ella. Tiene suerte de tenerte.

Él sacudió la cabeza.

—No, yo soy quien tiene suerte con ella. Y quiero que lo sepa —afirmó—. Entre mis hermanos y yo, no le faltarán visitas. Pasaremos a verla a menudo y la llevaré a palacio tantas veces como lo desee, siempre que los médicos den su aprobación.

Isabella se estremeció al recordar el momento en que Kalila se desmayó en el coche. Se había llevado un susto de muerte.

—Me alegra que se vaya a recuperar...

Adan la tomó de la mano.

–Recuerda que no es culpa tuya, Isabella. De hecho, el médico ha dicho que fue una suerte que estuviera con alguien en ese momento. Si hubiera sufrido el infarto estando sola, habría fallecido. Además, el calor del zoco empeoró su condición, pero no la causó.

Isabella se estremeció otra vez.

–Entonces, me alegro de que ocurriera de ese modo y de que yo estuviera presente, aunque me asusté muchísimo. Pensé que, si le pasaba algo, ni tú me perdonarías ni yo me perdonaría a mí misma. Kalila ha sido muy buena conmigo. Nunca ha hecho que me sienta como si no perteneciera a este lugar.

–Tal vez, porque perteneces a él.

Dos días después, hicieron el equipaje, abandonaron el Palacio de las Mariposas y se pusieron en camino. Aunque su aventura había durado poco, Adan ya sabía todo lo que necesitaba saber. Ahora tenía que volver a la capital y gobernar el Reino.

A Kalila la habían trasladado a un hospital de Port Jahfar, donde se encontraba bajo los cuidados del mejor especialista en corazón del país.

Durante el viaje, Adan encendió su ordenador portátil y recibió varias llamadas de trabajo. Pensó que quizás habría sido mejor que Isabella y Rafiq viajaran en un coche distinto, pero no podía separarse de ellos.

Cada vez que miraba a su esposa, la encontraba más bella que antes. Aunque ya no fuera la jovencita ingenua con la que se había casado, seguía siendo tan luminosa como en los primeros días de su matrimonio.

No se había dado cuenta antes porque no le había concedido una oportunidad.

Aquella mañana, cuando se despertaron, habían hecho el amor otra vez. Pero la deseaba tanto que nada era suficiente. Quería más.

Se preguntó si la había deseado tanto cuando se casó con ella, si se había sentido tan dominado por aquella necesidad de sentir su piel. No estaba seguro. Tenía la impresión de que no la deseaba de un modo tan absoluto y apasionado como ahora.

Por otra parte, empezaba a pensar que Isabella era su compañera perfecta no sólo en la cama, sino también fuera. No se parecía a Jasmine Shadi. No era callada ni obediente ni fácilmente asustadiza. Y no era capaz de darle la razón simplemente por no discutir con él o por no molestarlo.

Adan frunció el ceño.

Seguía sin saber por qué había abandonado a su hijo, por qué se había marchado de Jahfar. Todavía cabía la posibilidad de que su afecto por Rafiq fuera fingido, un simple truco para ganarse su confianza y convertirse en reina.

Si se equivocaba con ella y volvía a abandonar a Rafiq, no se lo perdonaría nunca.

Pero en el fondo de su corazón, sabía que Isabella era digna de confianza. Lo sabía por experiencia propia, porque había sufrido la frialdad de su madre y era consciente de que el afecto no se podía fingir hasta ese punto.

Isabella no se parecía a su madre.

La había observado mientras cambiaba los pañales al niño, ajena a su presencia en el dormitorio. Le pareció evidente que no había cambiado unos pañales en toda su vida; pero no se comportó como si deseara estar en cualquier otra parte.

Adoraba a Rafiq. Estaba tan seguro de ello como si Isabella lo llevara grabado a fuego en su frente.

Adoraba a su hijo. Y por primera vez, se dio cuenta de que no le importaba compartirlo con ella. Era lo más natural.

No obstante, dedicó el resto del viaje a sopesar los pros y los contras de su relación con Isabella Maro. Y cuando llegaron a Port Jahfar, ya había tomado una decisión. La única que podía tomar. La más correcta para todos.

Salió del coche. Mahmoud, que se había adelantado para recibir a su jefe en palacio, le dedicó una reverencia.

–Bienvenido, Alteza.

–Gracias, Mahmoud.

Mientras los criados llevaban su equipaje al interior del edificio, Mahmoud lanzó una mirada rápida a Isabella y otra, muy seria, a Adan.

–Le está esperando un caballero. El caballero al que quería ver desde que volvió de Estados Unidos.

# Capítulo 11

ISABELLA acababa de acostar a Rafiq para que durmiera la siesta. Cerró la puerta del dormitorio y se sentó en la salita que lo comunicaba con la suite de Adan. El televisor estaba encendido, sin sonido. Pero no se molestó en alcanzar el mando a distancia para corregir el problema. En lugar de eso, abrió el ordenador portátil que estaba en la mesa.

Habían pasado dos semanas desde la última vez que se había conectado. Su correo electrónico estaba atiborrado de mensajes, pero se lo tomó con calma y se dedicó a contestar a sus amigos de Maui.

Los músicos de su grupo querían saber cuándo iba a volver a la isla. Habían contratado a una cantante para que la sustituyera, pero la echaban de menos. Isabella soltó una carcajada por la cantidad de exclamaciones que había en el mensaje de Kurt, el guitarra solista.

Al cabo de un rato, llamaron a la puerta.

Esperó a que alguno de los criados abriera, pero como no apareció nadie, se levantó y abrió ella misma.

Y se llevó una sorpresa.

−¿Papá?

−Hola, Isabella.

Hassan fruncía el ceño y la miraba con tanta tristeza que Isabella se preocupó de inmediato. Pero recordó que le había mentido y se apartó de él, enojada.

–¿Adan sabe que estás aquí?

Su padre sacó un pañuelo y se secó el sudor de la frente.

–Acabo de hablar con él –contestó.

–¿Y le has dicho lo que quería saber?

–Le he dicho lo suficiente.

Isabella habló con voz fría, cortante.

–Entonces, quizás me puedas decir a mí lo que pasó.

Su padre la miró con sorpresa.

–¿Lo que pasó?

–Ya me has oído.

–Pero Isabella... hice lo que hice por protegerte.

–¿Por protegerme de qué? Y no te atrevas a mentirme otra vez, por favor. No después del infierno que he sufrido.

Su padre sacó un cigarrillo y lo encendió con manos temblorosas. Isabella supuso que necesitaría tranquilizarse. Evidentemente, Adan le habría hecho pasar un mal rato. Y ella se alegró porque pensaba que se lo merecía.

–Estabas muy mal, Isabella... No eras tú misma. El parto te afectó mucho.

–¿Que no era yo misma? ¿Qué quieres decir?

–Caíste en una depresión; en una depresión posparto, según el médico –explicó Hassan–. Estabas tan distante que ni siquiera mostrabas interés por el niño. Y hablabas de suicidarte.

–No te creo –susurró ella, asustada.

Él la miró con dolor.

–Pues deberías creerme. ¿Piensas que hice lo que

hice y me arriesgué de ese modo sólo porque me pareció divertido?

Isabella tragó saliva.

—Adan no ha dicho nada de ninguna depresión... Si eso es cierto, ¿por qué no me lo ha contado? —quiso saber.

—No te lo ha contado porque no lo sabía. Y no lo sabía porque yo no quise que lo supiera.

—Pero, ¿por qué?

—Porque si lo hubiera sabido en su momento, te habrían declarado mentalmente enferma y Adan se habría divorciado de ti. No me lo podía permitir.

Ella sacudió la cabeza. No podía creer que Adan hubiera hecho eso. El hombre al que ella conocía, la habría ayudado.

—Y pensaste que era mejor que me creyeran muerta...

—Sí. Pensé que era lo mejor para todos.

Isabella lo miró con horror.

Por fin lo entendía. Su padre lo había confesado al declarar que no había dicho nada porque no se lo podía permitir. Si un príncipe de Jahfar se hubiera divorciado de su hija por sus tendencias suicidas y su inestabilidad mental, él habría perdido el respeto de la Corte y sus negocios habrían sufrido en consecuencia.

Había mentido por protegerse a sí mismo.

—¿Cómo lo hiciste, papá? ¿Cómo conseguiste que todo el mundo pensara que había muerto? —preguntó con voz temblorosa.

—No fue difícil, Isabella. Yo no te llevé al desierto. Eso fue cosa tuya. Te estuvimos buscando y no te podíamos encontrar... dos semanas más tarde, me llegó la noticia de que en un hospital de Omán tenían a una mujer que respondía a tu descripción. Por lo visto, te encontraron unos turistas británicos que cuidaron de ti y te llevaron a urgencias.

Los ojos de Isabella se habían llenado de lágrimas.

–Pero, ¿por qué no me acuerdo?

–Porque estuviste a punto de morir, porque bloqueaste tus recuerdos... qué se yo. Cuando me di cuenta de que no sabías que estabas casada y que tenías un hijo, me encargué de que te examinara un psicólogo. Dijo que habías reprimido los recuerdos que te resultaban especialmente dolorosos.

–¿Y por qué no se lo dijiste a Adan? Tal vez habría recobrado la memoria si hubiera vuelto con él. Habría estado con mi hijo durante los dos años pasados en lugar de estar lejos, viviendo en las mentiras que tú me contaste.

Hassan sacudió la cabeza.

–No habrías recobrado la memoria por arte de magia, Isabella. Y en tu condición mental, Adan no habría permitido que estuvieras con Rafiq.

Su padre se acercó y le puso las manos en los hombros. Ella quiso apartarse, pero se encontraba tan débil que no pudo.

–Sé que no lo creerás, pero hice lo que me pareció mejor para ti –continuó él–. Eres mi única hija y te quiero. Preferí que vivieras lejos de aquí, en cualquier otro sitio, antes que permitir que te encerraran en un manicomio.

–¿Y cómo sabes que me habrían encerrado? No puedo creer que Adan me hubiera hecho eso –protestó.

–Adan es un Al Dhakir, Isabella, y tiene una gran responsabilidad –observó–. No estaba en posición de defenderte entonces y tampoco lo está ahora. No se puede permitir ese lujo.

–¿Qué quieres decir? Me he recuperado... he vuelto a Jahfar y, aunque siga padeciendo amnesia, me encuentro bien.

–De momento. Pero, ¿qué pasará si te quedas embarazada otra vez?

Ella se apartó, irritada.

–¡No recuerdo nada de lo que dices! ¡No te puedo creer, papá! ¡Me mentiste! ¿Cómo puedo saber que no me estás mintiendo ahora?

–Te estoy diciendo la verdad, hija. Caíste en una depresión profunda y nadie sabe lo que podría ocurrir si vuelves a pasar por lo mismo.

Ella se secó las lágrimas con manos temblorosas.

–Hay medicamentos para la depresión. No me volverá a pasar.

–También estabas medicada la última vez, aunque me aseguré de que tu esposo no lo supiera. Pero dejaste de tomar los medicamentos y... bueno, ya sabes lo que pasó después. ¿Quieres volver a arriesgarte? ¿Quieres avergonzar a tu marido y a tu país si pierdes el control y te haces daño a ti misma o, peor aún, haces daño a tu hijo? ¿Qué pasaría entonces, Isabella? Dime, ¿qué pasaría?

Isabella deseó taparse las orejas con las manos para no oír nada más. Era demasiado doloroso. Sólo quería ser una mujer normal y corriente, una mujer como las demás, una mujer capaz de cuidar a su hijo.

Sin embargo, se contuvo y preguntó:

–¿Qué sugieres que haga?

Él se sentó en uno de los sillones.

–Que vuelvas a Estados Unidos, Isabella. Que vuelvas y olvides lo que ha pasado.

Isabella derramó una lágrima.

–No puedo hacer eso. Ni puedo ni quiero. No voy a abandonar a Rafiq por segunda vez.

Hassan suspiró y se levantó.

–Puede que no tengas elección. Adan ya lo sabe todo. Y es posible que no te quiera conceder una segunda oportunidad.

Isabella esperó a Adan durante horas.

El sol ascendió hasta lo más alto y descendió hasta ocultarse en el mar sin que su esposo hiciera acto de presencia. Pero estaba segura de que aparecería en algún momento, aunque sólo fuera porque ella seguía en palacio, en la misma salita donde había recibido a su padre, y estaba con Rafiq.

Tras acostar a su hijo, regresó a la salita y se sentó en un sofá. Podría haberse retirado a su dormitorio, pero no quería estar lejos del pequeño. Y por supuesto, tampoco se atrevía a ir a la suite de Adan.

Al cabo de unos minutos, se quedó dormida. Cuando despertó, vio que no había más luz que la procedente del televisor, que había dejado encendido.

Se incorporó un poco y bostezó.

No estaba sola.

Adan la observaba desde el sillón de enfrente, en la oscuridad.

–Supongo que ya has hablado con mi padre –dijo ella.

–Sí.

–Y que ya lo sabes todo.

–¿Cómo te encuentras, Isabella?

La pregunta la molestó. Era como si estuviera preocupado por su salud mental.

–Bueno, además de sentir deseos de taparme la cabeza con papel de aluminio y de huir de los extraterrestres que me persiguen, me encuentro bastante bien –ironizó.

Él no le dedicó ni la menor de las sonrisas.

–¿Has recordado algo después de hablar con Hassan?

Ella se cruzó de brazos.

–No. Sólo sé lo que ya sabía antes, que me interné en el desierto, que estuve a punto de morir y que alguien me encontró y me llevó a un hospital. Mi memoria sigue cerrada a mis recuerdos de Rafiq y de ti.

Isabella se sentía profundamente derrotada.

–Es terrible... –continuó–. La gente me dice las cosas que hice y yo no recuerdo nada, nada en absoluto. Es como si le hubiera pasado a una persona diferente. O como si estuviera viendo una película.

Adan giró la cabeza hacia el dormitorio del pequeño.

–¿Qué tal está Rafiq? ¿Cómo lleva la ausencia de Kalila?

Ella se echó el cabello hacia atrás.

–Bueno, ha protestado un poco, pero está bien. Preguntó por ella y le dije que estaba enferma, pero que se pondría mejor.

–¿Te parece oportuno?

–Sí, por supuesto –contestó con firmeza–. No necesita saber toda la verdad, pero tampoco hay motivo para mentir. Cuando yo tenía cinco años, nuestro perro se murió. Mis padres no quisieron decirme la verdad, así que no se les ocurrió mejor cosa que decir que se había escapado.

–¿Y qué pasó?

–Que durante muchos años, tuve la esperanza de que volviera y me sentí culpable de su desaparición. Pensaba que yo era culpable, que le había hecho algo malo –respondió ella–. Habría sido mejor que me dijeran la verdad.

Adan la miró con simpatía.

–Sí, te comprendo. Has hecho bien al decírselo.

–¿Y qué va a pasar ahora, Adan?

Adan se levantó del sillón.

–Es tarde. Deberíamos acostarnos.

Isabella se sintió decepcionada. Estaba cansada, pero esperaba que Adan dijera algo más, que la hiciera partícipe de sus pensamientos y de sus emociones.

Sin embargo, se dio cuenta de que Adan no iba a hablar. Al menos, aquella noche.

–He ordenado que te alojen más cerca –continuó él–. Tus habitaciones nuevas están frente al dormitorio de Rafiq.

–Ah.

Él la acompañó a la puerta de su suite y la abrió.

–Duerme un poco, Isabella. Hablaremos por la mañana.

Isabella se detuvo un momento. Quería tocarlo; quería abrazarlo con fuerza y que la abrazara a su vez.

Quería cariño, solidaridad.

Pero pensó que él prefería mantener las distancias; que quería estar muy lejos de la loca de su mujer.

–Buenas noches, Adan.

Isabella entró y cerró la puerta.

Adan estaba tumbado en su enorme y solitaria cama, añorando a Isabella. La necesitaba; pero le había parecido tan cansada y tan frágil que no se había atrevido a pedirle que pasara la noche a su lado, entre sus brazos.

Tenía muchas cosas en las que pensar.

Y él.

Seguía tan enfadado con Hassan Maro que pensó que el padre de Isabella tenía suerte de no haber terminado en una de las mazmorras. En cuanto habló con él, accedió al historial médico de Isabella y se lo envío al psicólogo que la había tratado cuando volvieron de los Estados Unidos.

El psicólogo confirmó la depresión posparto de su esposa y afirmó que, desde su punto de vista, la amnesia que sufría era un mecanismo de defensa ante las emociones que la habían empujado a la depresión.

Adan pensó en los primeros días de su matrimonio, intentando encontrar el origen de la depresión de su esposa. Se habían casado, la había dejado embarazada y se había apartado de ella por sus molestias físicas y porque él estaba muy ocupado con su trabajo. Pero había algo más. Algo que podía explicar lo sucedido.

En aquella época, Isabella Maro lo aburría. Era una mujer ingenua y sumisa que, sencillamente, no estaba a la altura de él. Y con toda seguridad, ella se había dado cuenta.

De repente, se sintió culpable. El psicólogo afirmaba que no era culpa suya, que las hormonas de Isabella le habían jugado una mala pasada y la habían empujado a la depresión; pero Adan se maldijo por no haberle prestado más atención tras el nacimiento de Rafiq.

Cabía la posibilidad de que, sin darse cuenta, por su falta de cariño, hubiera provocado su amnesia.

Pero ahora tenía que pensar en el futuro.

Había organizado la boda con Jasmine porque era una buena amiga, una mujer amable y encantadora que sería una buena madre para Rafiq y para los hijos que pudieran tener en el futuro.

Lamentablemente, no se podía casar con ella.

Ya no.

Ahora sabía que Isabella era la mujer de su vida. En algún momento de las dos semanas anteriores, se había dado cuenta de que era vital para él. Lograba que la sangre le hirviera en las venas, que su corazón latiera con más fuerza y que su cuerpo la añorara de deseo.

No sabía si aquello era amor, pero estaba dispuesto a descubrirlo. Sólo faltaba por saber si sería capaz de darle lo que necesitaba, de hacerla feliz, de evitar que se repitiera la situación de su primer año de matrimonio.

Desesperado, sacudió la cabeza.

Era rey de un país. Gobernaba una nación y, sin embargo, no sabía qué hacer con su vida privada.

# Capítulo 12

MIENTRAS desayunaban entre los arcos de uno de los patios interiores de palacio, cercano a las habitaciones de la Familia Real, Isabella pensó que algo había cambiado entre ellos. Y la comida le supo a ceniza.

Adan estaba sentado enfrente, estudiando unos documentos que Mahmoud le había llevado. Isabella intentaba leer una columna del diario *Al Arab Jahfar*, pero sin éxito; la había empezado veinte veces y las veinte se había distraído.

A decir verdad, estaba demasiado preocupada para leer. Adan casi no le había dirigido la palabra. Y no le sorprendía. Seguramente, seguía horrorizado por lo que Hassan le había dicho. Incluso cabía la posibilidad de que sólo tolerara su presencia porque la necesitaba hasta encontrar a una persona que pudiera cuidar del niño.

Se había enamorado de un hombre que, al parecer, no quería saber nada de ella.

—Voy a ir a ver a Kalila —dijo él, rompiendo el silencio—. Le pediré que me recomiende una niñera.

Isabella intentó mantener la calma.

—Supongo que es una buena idea. Encontrar a la persona adecuada, llevará su tiempo.

–Sí. Además, las próximas semanas van a ser complicadas. Me gustaría encontrarla tan pronto como sea posible.

–Sí, es lo mejor.

–¿Qué vas a hacer hoy, Isabella?

Ella se encogió de hombros.

–No sé, estaba pensando en llevar a Rafiq a la piscina.

–Excelente. La piscina le encanta.

–¿Y tú? ¿Qué vas a hacer cuando vuelvas del hospital?

Él empezó a dar golpecitos en la mesa, con expresión distante.

–Tengo mucho trabajo... ni siquiera sé a qué hora volveré esta noche.

–Entonces, ¿debemos comer si ti?

–Sí, sería lo mejor.

Adan se levantó de la mesa y añadió:

–Me voy. Si me quedo más tiempo, no podré hacer todo lo que tengo que hacer.

Isabella lo miró con desesperación. Necesitaba que dijera algo. Necesitaba oír que la echaba de menos. Necesitaba oír que la quería en su cama.

Pero Adan no dijo nada.

Se dio la vuelta y se marchó.

Isabella llevó a Rafiq a la piscina para niños y se dedicó a observarlo y a pensar en su futuro mientras el pequeño jugueteaba con el agua.

Sólo habían transcurrido un par de semanas desde que Adan se presentó en el club. Por entonces, ella llevaba una existencia cómoda, aunque solitaria y vacía.

Pero todo había cambiado. Y estaba a punto de perder mucho más que una existencia gris.

Cuando el niño se cansó del agua, lo llevó a su habitación y lo puso a dormir. Le dolía la cabeza, de modo que se dirigió a la suite, se tomó la medicación contra la migraña que Adan le había conseguido, cerró las contraventanas para oscurecer la habitación y se tumbó a descansar un poco.

Se quedó medio dormida, atrapada entre la vigilia y el sueño, y empezó a ver escenas extrañas que la sobresaltaron.

Se sentó en la cama y se dio cuenta de que aquellas escenas eran fragmentos de su vida pasada; fragmentos de su vida con Adan. Estaba recuperando la memoria. Pero no eran recuerdos claros y definidos, sino más bien emociones directas, como si su cuerpo recordara el pasado antes que su mente.

Recordó la humillación que había sentido. Recordó haber intentado ser una buena esposa y que él perdió el interés en ella cuando se quedó embarazada de Rafiq. Se mostraba educado, como aquella mañana, durante el desayuno; pero empezó a distanciarse y, poco después, dejó de visitarla por las noches.

Recordó las náuseas del embarazo, recordó su miedo ante la proximidad del parto y recordó que Adan no había estado presente. La dejó sola, con los criados. Y para empeorar las cosas, su padre estaba fuera del país y su madre, naturalmente, en los Estados Unidos.

De repente, sintió algo frío en el pecho.

Era una lágrima.

Se llevó una mano a los ojos y comprobó que, efectivamente, estaba llorando. Pero en tales circunstancias, no le sorprendió.

Recordó la agonía de las contracciones, el alivio de la epidural y el momento en que los médicos le dieron a su hijo, recién nacido. Recordó no haber sabido qué hacer. Recordó que alguien le dijo que le diera el pecho y que ella sintió deseos de huir.

Lo recordó con toda claridad.

Y se sintió culpable y avergonzada.

Adan tenía razón. Había sido una mala madre. Cuando tuvo a Rafiq, no deseó otra cosa que escapar de allí y ser otra persona.

Y había escapado. Y durante un tiempo, había logrado ser otra persona.

Pero, por el camino, había renunciado a lo más importante de su vida; a su hijo.

Durante las dos semanas anteriores, se había preguntado muchas veces si ella habría sido capaz de abandonar al pequeño. Ahora conocía la respuesta. Ahora sabía la verdad. Una verdad tan terrible que le destrozó el corazón.

Hundió la cara en la almohada y lloró.

Lloró, gritó y golpeó la almohada y la cama con todas sus fuerzas, hasta que se quedó sin energías.

Era una persona terrible. Una enferma que no merecía perdón...

Cuando se tranquilizó un poco, se dio cuenta de que estaba cometiendo el error de sentir lástima de sí misma. Además, ya no podía cambiar el pasado. Ahora era la madre de Rafiq y lo adoraba. Estaba dispuesta a hacer cualquier cosa por él, a sacrificarse por su felicidad. Había dejado de ser la mujer impotente y patética que había sido.

Se levantó y se lavó la cara antes de ponerse un

vestido y unas sandalias. Quería hablar con Adan, decirle que había recuperado la memoria.

Entró en el dormitorio del niño y lo sacó de la cuna. Uno de los criados le informó de que Adan estaba en la zona administrativa de palacio, hacia donde se dirigió sin perder más tiempo. El pequeño empezó a protestar por el camino, pero Isabella empezó a cantar y se tranquilizó enseguida.

Acababa de entrar en la zona administrativa cuando vio a Adan. Estaba caminando por un pasillo, en compañía de una mujer alta y de cabello oscuro que lo llevaba del brazo.

Súbitamente, él alzó una mano y acarició la cara de la mujer, que sonrió; después, se inclinó sobre ella y le dio un beso en la mejilla. Isabella se quedó sin aire. Creyó que, en cualquier momento, la besaría en la boca.

Le dolió tanto que tuvo que apartar la mirada.

En su imaginación, vio que Adan hacía el amor con aquella mujer como lo había hecho con ella en tantas ocasiones. Y se sintió una estúpida por haberse enamorado de él.

Adan no la quería. La deseaba, pero no la quería.

Desesperada, dio media vuelta y se marchó.

Adan pasó el día entre llamadas telefónicas, reuniones y preparativos de la coronación. Le había dicho a Isabella que volvería tarde, pero al final terminó antes de lo previsto. Y ahora, ya a punto de volver a sus habitaciones, mientras reunía los documentos que Mahmoud le había dejado, pensó en el desayuno con su esposa.

No había manejado bien la situación. Pero no había sabido qué hacer ni qué decir. No estaba acostumbrado a esas cosas. Él era rey, no psicólogo. Sabía hacer el amor con una mujer, pero se sentía perdido cuando se trataba de animar a alguien.

Sin embargo, estaba dispuesto a aprender. Si quería que su matrimonio saliera adelante, tendría que convertirse en un buen marido.

Cuando llegó a la suite, dejó los documentos a un lado. Un segundo más tarde, oyó voces en el exterior y salió al porche. Su hijo estaba jugando en el suelo, con un cochecito, e Isabella se había sentado a la mesa.

Los ojos de su esposa se iluminaron; pero el destello se apagó de inmediato.

–No te esperábamos tan pronto.

–Tenía menos trabajo del que había pensado –se explicó.

–Sí, por supuesto... a fin de cuentas, eres tu propio jefe. Si quisieras tomarte el día libre, ¿quién te lo podría impedir?

–Desgraciadamente, no es tan fácil; si me tomara muchos días libres, no funcionaría nada –comentó él–. Sin embargo, espero que la situación se tranquilice un poco cuando me hayan coronado. Si no recuerdo mal, a mi tío nunca le faltó tiempo para estar con su familia.

Isabella se apartó un mechón de pelo de la cara.

–¿Y qué tal te ha ido? ¿Ha ocurrido algo interesante? –preguntó ella.

–¿Interesante? No, nada interesante.

Isabella apartó la mirada y Adan tuvo la sensación de que le pasaba algo.

—Bueno, será mejor que acueste a Rafiq.

Ella se levantó e hizo ademán de marcharse, pero él la agarró de la muñeca y la detuvo.

—Siento no ser mejor con estas cosas —se disculpó él.

Isabella lo giró y lo miró a los ojos.

—Lo he recordado, Adan. He recordado cómo era.

—¿De qué estás hablando?

—De nuestro matrimonio.

Adan apartó la mano como si su contacto le quemara.

—¿Cuándo? —acertó a preguntar—. ¿Cuándo lo has recordado?

—Esta tarde. Sufría una migraña y me tumbé a descansar. Lo recordé de repente —respondió con voz débil.

—¿Y lo has recordado todo? ¿Incluido lo del desierto?

Ella sacudió la cabeza.

—No, el médico dijo que era más probable que recordara los días inmediatamente anteriores y posteriores al accidente... Aunque ni siquiera sé si debo llamarlo así, accidente —añadió con amargura.

Él suspiró.

—No fue culpa tuya, Isabella. Las depresiones posparto son relativamente habituales. Cosas que pasan, nada más.

—Ha sido horrible, ¿sabes? He recordado lo que sentí cuando di a luz a Rafiq y lo tuve entre mis brazos por primera vez. Me sentía superada por los acontecimientos. No sabía qué hacer. Nuestro hijo era como un desconocido para mí... un desconocido que exigía toda mi atención y que no me daba nada a cambio.

Adan se mantuvo en silencio. Quería acercarse a ella y abrazarla, pero no se atrevió.

–Como ves, tenías razón al dudar de mi capacidad como madre –continuó ella.

–No, Isabella, no te tortures. No te encontrabas bien. Estabas sola y enferma...

–Oh, vamos, Adan. Las mujeres dan a luz todo el tiempo y, en ocasiones, sus parejas están lejos o no pueden llegar a tiempo al hospital. Pero eso no hace que quieran menos a sus hijos.

–No sé qué decir...

–No hay nada que decir.

–Lo siento, Isabella.

–¿Por qué? ¿Por no haber estado allí? ¿O por no haberme querido tanto como para estar allí? –le recriminó–. Sí, Adan, también me he acordado de eso... mi padre se dio cuenta de lo que pasaba y mira lo que hizo. Me mintió porque pensó que yo sufriría menos. Estaba seguro de que me quitarías al niño y te divorciarías de mí. Sabía que no me querías lo suficiente.

Adan quiso decirle que estaba equivocada, pero no pudo porque era verdad. Por entonces, su esposa era poco más que una posesión para él; alguien que le daría hijos y que acudiría a su cama cuando la quisiera a su lado, pero nada más.

–No puedo cambiar el pasado, Isabella. No puedo cambiar lo que pasó.

Ella derramó una lágrima solitaria.

–Te he visto esta tarde, Adan...

Él parpadeó.

–¿Has ido a verme?

–Te he visto con esa mujer. He visto que la besabas.

–¿Qué estás diciendo? Tú eres la única mujer a la que beso –se defendió.

–¿Cómo te atreves a mentir, Adan? ¡Te he visto con mis propios ojos! Y ahora me pregunto si también me mentiste en el Palacio de las Mariposas, cuando afirmaste que no habías estado con ninguna mujer desde que me quedé embarazada y te alejaste de mí. Ahora me pregunto si todo fue un truco para que me mostrara más receptiva a tus encantos, para que...

Isabella no pudo terminar la frase. Estaba demasiado emocionada.

–No te mentí, Isabella. Te dije la verdad –afirmó él con vehemencia–. Y en cuanto a mis encantos, te recuerdo que tú me deseabas tanto como yo a ti. No te seduje. Fue una decisión tan tuya como mía.

–Tal vez sea cierto, pero descuida, no volverá a pasar. Ya no te deseo. No quiero volver a saber nada de ti.

ADAN la miraba como si tuviera dos cabezas; pero ella había estado pensando mucho y había tomado una decisión. Se negaba a amar a un hombre que no le correspondía; a un hombre que la quería tan poco que la apartaba de su cama y de su vida con tanta facilidad como se cambiaba de camisa.

–Entonces, ¿qué quieres de mí? –preguntó él, muy enfadado.

–Quiero una casa con una piscina para Rafiq y un jardín pequeño donde pueda jugar. No necesito nada especialmente lujoso.

–¿Me pides una casa cerca de palacio?

–Sí. Y quiero la custodia compartida. Y quiero que Rafiq sepa que soy su madre.

–Y quieres el divorcio, supongo –afirmó él.

–Creo que es lo mejor. Además, tenías intención de casarte con otra. Supongo que la mujer a la que besabas es tu futura esposa.

Él asintió.

–Sí, Jasmine.

Curiosamente, Isabella se sintió aliviada. Por lo menos, Adan había dejado de mentir.

–¿Estás segura de que quieres hacerle eso a Rafiq? –continuó él–. Tus propios padres están separados. Sabes lo que se siente en esa situación.

–Habría sido peor si no se hubieran divorciado –afirmó ella–. Además, esto no será lo mismo. Yo no me voy a ir a los Estados Unidos, como mi madre. No me voy a ir a ninguna parte... es mejor que nos divorciemos y que sigamos con nuestras vidas. Es lo mejor para los dos.

–Veo que lo tienes bien pensado.

–Hoy he tenido mucho tiempo para pensar.

–Dime, ¿todo esto es porque has recuperado la memoria? ¿O porque me has visto besando a Jasmine?

–Por todo, Adan. Me alegro de que me encontraras en Hawai y me hicieras recordar. Gracias a ti, he recuperado a mi hijo y mi propia identidad –declaró ella–. Pero es mejor que sigamos caminos separados. No tiene sentido que nos empeñemos en salvar un matrimonio que no ha funcionado nunca.

Adan dio un paso hacia ella.

–¿Y qué me dices de nuestras noches, Isabella? ¿Eso tampoco ha funcionado?

Isabella se levantó de la silla y retrocedió.

–Nuestras noches han sido maravillosas, Adan. Lo sabes de sobra. Y hasta es posible que fueran necesarias en cierto sentido; aunque no sé cómo le vas a contar eso a tu prometida.... Pero qué tontería, qué estoy diciendo –declaró con sarcasmo–. No tienes que contar nada. Y aunque se lo cuentes, ella se comportará como una típica esposa de Jahfar. No te pedirá explicaciones.

–Parece que me conoces muy bien –dijo él con frialdad–. Dime, ¿qué más crees que voy a hacer? Me gustaría saberlo.

–No empeores más las cosas.

–¿Empeorarlas? Ya has decidido que soy una es-

pecie de monstruo. No veo cómo las podría empeorar
–ironizó–. ¿Por qué no me lo dices? ¿Por qué te resulta tan difícil?

Los ojos de Isabella se llenaron de lágrimas.

–Lo sabes muy bien, Adan. Me estaba encariñando
contigo, pero tú lo has destruido todo y ya no voy a
cambiar de opinión. Tenemos que divorciarnos.

–Está bien, como quieras. Pero lo del divorcio no
está en mi mano. Depende de ti.

–¿De mí? No te entiendo...

–Firmé un contrato matrimonial, Isabella. No me
puedo divorciar de ti si tú no das tu consentimiento.

–Ah, claro... me llevaste al Palacio de las Mariposas para convencerme, ¿verdad?

–En efecto.

–Eres despreciable. No me concediste esas dos semanas porque fuera lo correcto, sino porque necesitabas mi consentimiento para conseguir el divorcio.

–Sí, ésa era mi intención –confesó.

–¿Y si no te hubiera salido bien?

–Tu consentimiento habría facilitado las cosas,
pero no era estrictamente necesario. Habría conseguido el divorcio de todos modos.

Ella sacudió la cabeza, asombrada.

–Y entre tanto, te acostabas conmigo... ¿Cómo has
podido ser tan cruel?

–No era mi intención. Simplemente, pasó.

Si Rafiq no hubiera estado en el porche, Isabella le
habría dado una bofetada. Pero estaba y se contuvo.

–Pero cambié de opinión. Decidí que no quería di-
vorciarme–siguió hablando él–. ¿Eso no significa
nada para ti?

Isabella derramó una lágrima.

–No, nada en absoluto. Porque estoy segura de que tus motivos para cambiar de opinión fueron tan egoístas como tus motivos para querer el divorcio. Seguro que no tenían nada que ver con mi bienestar.

Adan soltó una maldición en árabe.

–¿Tan mala opinión tienes de mí?

–¿Qué más da? ¿Qué te importa lo que yo piense, Adan?

–Dime que quieres el divorcio, Isabella. Dime que lo quieres de verdad y tendrás lo que deseas.

Ella respiró hondo y bajó la cabeza.

–Sí, lo quiero.

–Entonces, lo tendrás.


Dos días después, los documentos del divorcio estaban preparados. Adan los leyó con un desconcierto absoluto, como si el abogado los hubiera redactado en un idioma incomprensible para él.

El divorcio.

Sólo tenían que firmar esos papeles y todo habría terminado. Su matrimonio quedaría disuelto y él se podría casar con Jasmine.

Salvo por el hecho de que eso era imposible. Había hablado con ella para decirle que no se iba a divorciar de Isabella. La había visto dos días antes, en palacio. Y Jasmine se había alegrado y le había dado un beso.

–Sabía que, al final, solventarías tus problemas con tu esposa –le había dicho ella.

–Tenías razón, Jasmine. Como siempre.

Volvió a mirar los documentos del divorcio, pero no pudo firmarlos.

No quería ni a Jasmine ni a ninguna otra mujer.

Quería a su esposa, a la mujer que le había dado un hijo, a la mujer de la que estaba enamorado. Porque estaba enamorado de ella. Y sólo deseaba tomarla entre sus brazos y declararle su amor con palabras y caricias.

Desgraciadamente, Isabella le odiaba.

Se levantó, alcanzó los documentos y salió a toda prisa del despacho, haciendo caso omiso de la mirada de perplejidad de Mahmoud. Sabía que un embajador le estaba esperando y que debían cerrar un acuerdo importante, pero ese asunto podía esperar. Tenía que hablar inmediatamente con Isabella.

Cuando llegó a su suite, entró sin llamar a la puerta. Isabella llevaba unos pantalones cortos y un top. Estaba tan preciosa que Adan se excitó al instante.

–¿Ahora entras en las habitaciones de la gente sin llamar? –preguntó, molesta.

Él le dio los documentos.

–Te he traído algo.

Ella bajó la cabeza, los miró y se mordió el labio.

–¿Qué quieres que haga con esto?

–Firmarlos. Es lo que querías.

–Pero tú no has firmado...

–Prefiero que firmes tú antes.

–¿Con qué? No tengo bolígrafo.

Él sacó un bolígrafo y se lo dio. Isabella dudó un momento y se dispuso a firmar; pero cuando estaba a punto de hacerlo, Adan le arrebató los documentos, los rompió y la agarró por los brazos.

–No quiero el divorcio, Isabella –bramó–. Sé que no te merezco, pero... Te deseo. Te necesito.

Ella parpadeó, atónita.

–Suéltame, Adan. No me toques…

–Comprendo que me odies, pero dame una oportunidad, por favor. Dame una oportunidad.

–¿Por qué estás haciendo esto? ¿Por qué no dejas que me vaya?

–Porque te amo.

Isabella se sentó en el brazo de un sillón, miró a Adan con desconcierto y rompió a llorar sin poder contenerse.

–Lo siento –dijo él, emocionado–. Lo siento... Si quieres divorciarte de mí, ordenaré que redacten unos documentos nuevos. Si quieres alejarte de mí, te dejaré marchar.

Adan se dio la vuelta con intención de salir de la suite, pero ella lo detuvo.

–Adan...

–¿Sí?

–Tengo miedo.

Adan cruzó la habitación y la abrazó con fuerza.

–Yo también tengo miedo –le confesó–. Jamás pensé que me enamoraría... Pero siento haberte causado tanto dolor, *habibti*. Te prometo que haré todo lo que esté en mi mano por hacerte feliz. Y quizás, algún día, te vuelvas a enamorar de mí.

–Oh, Dios mío... para ser un hombre que gobierna un país entero, puedes llegar a ser increíblemente ciego –bromeó.

–¿Qué quieres decir?

–Que te amo, Adan.

–¿Me amas?

–Sí, te amo.

Esta vez fue Adan quien la miró con asombro.

–Si no fuera porque tengo miedo de que cambies

de opinión, dudaría de mi buena suerte y te pediría que me lo repitieras–dijo él.

Entonces, Adan la tomó en brazos, la llevó a la cama y dedicó el resto de la tarde a asegurarse de que Isabella supiera hasta qué punto la quería. En cuerpo y alma.

# Epílogo

Isabella despertó y descubrió que estaba sola. Pero unos momentos después, un hombre entró en el pabellón.

–Buenos días, mi señor y maestro –ronroneó ella–. ¿Dónde te habías metido?

Adan caminó hasta la cama de matrimonio, llena de cojines, que ocupaba el centro del pabellón. Después, se sentó en la cama y empezó apartar la sábana que cubría a su esposa.

–Te recuerdo que esto no es un viaje de placer. Me temo que algunos tenemos que trabajar...

–Menos mal que no me encuentro en tu caso.

Él se inclinó y la besó en la boca. Ella le pasó los brazos alrededor del cuello y apretó los senos contra su pecho.

–Eres una pícara...

–Pero me amas.

–Sí, completa y absolutamente –declaró–. Pero tendrás que levantarte. Hay cosas que hacer.

–¿Levantarme? ¿Insinúas que el gran rey Adan Ibn Najib Al Dhakir está con su esposa desnuda y no desea hacer el amor con ella?

–Oh, lo desea con toda su alma, pero tengo una reunión con unos jefes tribales. Te recordaré esta conversación más tarde. Y por supuesto, te lo haré pagar.

Isabella rió.

–¿Me lo harás pagar? Vaya, vaya... ¿quién es el pícaro ahora?

–Eso tendremos que descubrirlo, ¿no te parece?

Ella alcanzó la bata, se la puso, se levantó de la cama y lo abrazó.

–Me gusta tu forma de pensar, Adan –declaró mientras le daba un beso.

–Vamos... harás que llegue tarde.

–Y no puedes llegar tarde, claro.

Adan soltó una carcajada.

–Además de ser una pícara, eres una bromista empedernida.

–Sólo estoy aumentando el suspense, para más tarde –dijo, sonriendo–. Por cierto, ¿has visto a los niños?

–Sí, claro. Rafiq está empeñado en salir a cabalgar. La pequeña Kalila exige saber cuándo volvemos a casa, porque dice que la arena se mete en todas partes. Y los gemelos quieren meterse en el mar.

Isabella rió.

–En tal caso, será mejor que me vista.

–Lo que yo decía... Pero descuida, esta noche serás mía por completo.

–Y será un placer, *milord.*

–Justo lo que pretendo.

Adan se dio la vuelta y caminó hasta la salida del pabellón. Sin embargo, se detuvo de repente y añadió:

–Eh, soy el rey. Puedo llegar tarde si me apetece.

–Ah, adoro a los hombres que saben lo que quieren. Y a los hombres que hacen lo que sea necesario por conseguirlo.

Isabella pensó que la descripción encajaba perfec-

156

tamente con Adan. Había cruzado medio mundo para
recuperar a su esposa. Había destrozado los documentos del divorcio para impedir que ella los firmara. Y
ahora, en lugar de asistir a su reunión, se dedicaba a
demostrarle con caricias lo mucho que la amaba.

Definitivamente, adoraba a los hombres que sabían
lo que querían.

BIANCA.™

# LYNN RAYE HARRIS

CAUTIVA Y PROHIBIDA

# Capítulo 1

*Londres, finales de noviembre*

LA PRESIDENTA de Aliz se había refugiado en el servicio de señoras del hotel.

Veronica St. Germaine se miró al espejo y frunció el ceño. Debía volver con los demás, pero estaba cansada de sonreír, de saludar a la gente y de hablar de cosas insulsas. No se sentía a gusto en aquel lugar. Pero tenía un trabajo que hacer. Debía hacerlo por Aliz. Los ciudadanos la necesitaban y ella no podía defraudarlos. Habían depositado en ella toda su confianza y no podía presentarse con las manos vacías.

Tenía que recobrar la calma y volver al salón con su mejor sonrisa.

No sabía lo que le había llevado a esconderse en aquel cuarto de baño. Tal vez las miradas de deseo de muchos de los hombres de la fiesta, todos vestidos de rigurosa etiqueta, con sus esmóquines negros y sus inmaculadas camisas blancas. O quizá la sensación que tenía de sentirse perseguida por algunos de ellos. Era lo que más odiaba de todo.

Le vinieron a la memoria algunos recuerdos amargos que hubiera preferido olvidar. Hasta los dieciocho años, había llevado una vida muy austera y disciplinada y no había tenido siquiera un amigo.

Suspiró profundamente y sacó el lápiz de labios para arreglarse un poco antes de volver a la fiesta.

Se había pasado las últimas dos semanas viajando, en busca de inversores para su país. No había sido tarea fácil. Aliz tenía unas costas y unas playas maravillosas, pero estaba sumido en un estado de depresión económica lamentable como consecuencia de la mala gestión de sus gobernantes. Era lógico que los inversores quisieran garantías para su dinero.

Ella estaba precisamente allí esa noche para persuadirles de que Aliz era una gran oportunidad, una apuesta segura.

Lo cierto era que todo había resultado más difícil de lo que ella se había imaginado. A veces, no se sentía con la preparación necesaria para desempeñar aquel trabajo. Paul Durand, un viejo amigo de su padre, había sido el responsable de todo. Él la había convencido de que era la única persona capaz de devolver a su país el esplendor pasado.

Sonrió al recordarlo. ¿Quién era ella para ser la presidenta una nación? Sí, gozaba de una cierta fama en Aliz, pero su reputación en general dejaba mucho que desear. Había cometido muchos errores en la vida. Quizá por ello le atraía la idea de poder hacer al fin algo útil. Aliz la necesitaba y ella, después de todo, ya no era la chica alocada que se había escapado de casa de sus padres hacía diez años. En aquella época era muy testaruda y arrogante, aunque bastante ingenua, a pesar de todo. Había decidido verse libre del control de su padre y llevar una vida alegre y disoluta. Había tenido todos los amantes que había querido.

Sintió ahora un dolor agudo en el pecho. Su última relación no había acabado demasiado bien y sabía que ella había sido la culpable de aquel fracaso sentimental.

Había aprendido con los años a volverse insensible, pero sabía también que el dolor se presentaba de las formas más insospechadas. A veces, por la noche, sentía como si un escorpión le clavara el aguijón en el pecho.

Se pasó el dorso de la mano por los ojos. Tenía que olvidar aquellos recuerdos.

Las luces hicieron un amago de apagarse. Había estado nevando copiosamente las últimas horas. Quizá se fuese la electricidad en cualquier momento.

Se miró en el espejo de nuevo y se secó las lágrimas. Luego se pasó una mano por el vestido para alisarlo. Era hora de volver con los demás antes de que se fuese la luz del todo y se quedase sola a oscuras en aquel cuarto de baño.

Soltó un grito ahogado al ver que alguien entraba por la puerta.

Había colocado a un guardaespaldas a la entrada para impedir el acceso.

El intruso era un hombre de negro, muy elegantemente vestido.

Ella se giró furiosa. Aquello era el colmo. Ni siquiera podía tener un momento intimidad. ¿Y el guardaespaldas, dónde estaba?

−¿Quién es usted? −preguntó ella muy altiva pero con el corazón latiéndole a toda velocidad.

El hombre era un tipo alto y llevaba un esmoquin que parecía hecho a su medida. Era moreno y tenía el pelo largo y algo rizado. Lucía un espléndido bronceado en la piel.

Lo había visto antes en la barra, charlando con su viejo amigo Brady Thompson. Eso la tranquilizó un poco. Si conocía a Brady...

−Soy Rajesh Vala.

Rajesh cerró la puerta tras de sí y se metió las manos en los bolsillos del pantalón, quedando los dos encerrados en aquel exiguo espacio. Los espejos de las paredes daban la ilusión óptica de que había más de un hombre con ella. Tragó saliva y trató de controlarse.

Él no dijo nada. Parecía estar esperando a que fuera ella la que hablase. Pero no podía. Estaba atemorizada. Aquel hombre era muy atractivo, con su estatura, su piel tostada y sus ojos dorados como la miel.

–¿Qué le ha hecho a mi guardaespaldas?

–Su personal de seguridad deja mucho que desear, señora presidenta –dijo él con un gesto despectivo–. Cualquier delincuente de poca monta podría haberse acercado a usted.

–¿Cómo se atreve a criticar la profesionalidad de mi equipo de seguridad?

Él se acercó un par de pasos hacia ella y sacó las manos de los bolsillos como si fuera un ave de presa dispuesta a clavar las garras en su víctima. Ella retrocedió instintivamente hasta sentir en la espalda el contacto de la mesita donde había dejado el bolso un instante antes.

–No se asuste. No pienso hacerle daño –replicó él con una sonrisa burlona.

–Entonces apártese y déjeme salir.

Sí, demasiado apuesto, pensó ella. Y, tal vez, demasiado peligroso.

–Me temo que aún no puedo complacer sus deseos, señora presidenta.

–¿Perdón? –exclamó Veronica con la mayor frialdad de la que fue capaz, en un intento de demostrar su autoridad–. Me temo que no me ha entendido. Usted no es quién para poner en tela de juicio mis órdenes. Se lo repito de nuevo, ¿qué le ha hecho a mi guardaespaldas? Si le ha hecho algo...

Miró al hombre. Parecía un tigre dispuesto a saltar sobre un cervatillo.

–¿Es ese hombre acaso algo especial para usted? –dijo Rajesh, inclinando la cabeza hacia ella.

Veronica agarró el bolso con ambas manos y se lo apretó contra el pecho a modo de escudo.

–Trabaja para mí y yo siempre me preocupo por la gente que está a mi servicio.

–Ya veo. Es admirable por su parte, señora presidenta, pero creo que debería preocuparse más por sí misma.

Veronica solo había tomado una botella de agua con gas, pero se sentía tan aturdida como si hubiera estado bebiendo alcohol toda la noche.

–¿Perdón?

–Usted se pasa el tiempo pidiendo perdón. Me sorprende. Pensé que tenía más carácter.

–Me temo que estoy en desventaja con usted, señor Vala. Por lo que veo, sabe muchas cosas de mí, mientras que yo lo único que sé de usted es que estuvo charlando con Brady Thompson.

–Vaya, veo que estuvo fijándose en mí.

–Me gustaría que dejara de tratarme como a una niña y me dijera de una vez lo que quiere.

Rajesh Vala se echó a reír. Era un hombre muy atractivo y sexy.

–Muy bien, Veronica. No me extraña que saliera elegida. Da una imagen de autoridad y competencia muy convincentes. Aunque no sea todo más que fachada.

Ella se sintió ofendida al oír esas palabras, pero decidió no entrar en discusiones. Después de todo, ¿qué podía esperar? Con su conducta del pasado, poca gente podría tomarla en serio.

–Prefiero hacer oídos sordos a sus insinuaciones. Pero ¿me puede decir de una vez por todas a qué venido aquí, señor Vala?

Ella creyó ver un brillo especial en sus ojos y un rictus sensual en sus labios. Se imaginó por un instante lo que podría sentir en sus brazos. Pero llevaba más de un año sin tener la menor relación con un hombre y no se sentía preparada.

—Solo trataba de comprobar la profesionalidad de su servicio de seguridad. Y ya he visto que deja mucho que desear —contestó él, apoyándose con indolencia contra la pared y cruzándose de brazos.

En apariencia, era una pose informal y relajada, pero tuvo la impresión de que estaba tenso, dispuesto a saltar sobre ella, sin previo aviso, a la primera ocasión que se le presentase.

Como un escorpión en la noche.

—¿Y mi guardaespaldas? —volvió a preguntar ella.

—Supongo que seguirá en su paraíso particular. Todo dependerá del aguante que tenga.

Veronica sintió que se ruborizaba intensamente. Desvió la mirada. No podía creer que le afectasen tanto unas simples insinuaciones. Ella era Veronica St. Germaine, una mujer famosa que marcaba tendencia en la sociedad. Había asistido en cierta ocasión a una fiesta en Saint-Tropez con un vestido tan vaporoso y escotado que casi parecía que había ido desnuda.

Ahora, en cambio, se sentía intimidada por la presencia de un desconocido.

—Ese hombre se distrae con mucha facilidad —añadió Rajesh—. Y, por lo que parece, no ha podido resistirse a los encantos de una dulce irlandesa que le sonrió al salir.

—Es usted despreciable.

—No. A mí me gusta hacer bien las cosas y terminar siempre lo que empiezo.

Veronica estaba desconcertada. No estaba segura de si estaban hablando de seguridad o de sexo. Hacía mucho que no había coqueteado con un hombre.

—No me puedo creer que Brady apruebe sus métodos —dijo ella con tono frío y distante, tratando de encauzar la conversación por caminos menos espinosos.

–Tiene razón, no siempre los aprueba. Pero lo que sí sabe es que soy el mejor.

Ella sintió un calor intenso por todo el cuerpo y una cierta debilidad en las piernas. Se sentó en el taburete que había junto al tocador y se puso las manos en el regazo.

–¿El mejor, señor Vala?

Una idea sibilina pasó por su mente. Esa misma mañana, Brady le había dicho que la encontraba muy tensa y estresada. ¿Habría tenido la osadía de contratar los servicios de un gigoló para relajarla? ¿De un playboy profesional sin duda mucho más avezado que su guardaespaldas? No, eso era ridículo. Brady era mucho más sensato que todo eso.

–Soy asesor de seguridad –replicó él, mirándola fijamente.

¿Se pensaría él acaso que iba a dar ahora una palmadita en el taburete para invitarle a sentarse con ella y dar luego rienda suelta a sus instintos?

Quizá en otro tiempo hubiera sido así, pero había cambiado mucho desde entonces. Era otra mujer. Tenía que serlo. Era la presidenta electa de su país.

–No me siento con humor para nada, señor Vala –dijo ella haciendo un esfuerzo para incorporarse del taburete–. Pero le agradezco sus buenas intenciones. Ahora, si me hace el favor de echarse a un lado, me gustaría volver al salón con los demás.

–Me parece que no ha comprendido bien lo que le he dicho –replicó él avanzando un paso hacia ella.

–Sí, claro que sí. No sé lo que Brady y usted habrán estado hablando, pero no me siento tan desesperada como para eso. ¡Qué estupidez! ¡Cada vez que lo pienso!

Rajesh estaba tan cerca que de levantar el brazo le tocaría con los dedos la solapa del esmoquin. Se sentía embriagada por su perfume. Nítido y picante, como la lluvia y las especias orientales. Como una sofocante y sensual noche en la India.

La luz se apagó durante unos segundos antes de volver de nuevo. El tigre seguía impasible, sin moverse del sitio, con los ojos clavados en los suyos. Ella se sentía atrapada, pero paradójicamente, también segura.

–Volverá a haber más cortes de electricidad. Creo que deberíamos ir a su habitación. Es el lugar más seguro.

–¿El lugar más seguro? ¿Para qué?

–Para usted, por supuesto, señora presidenta.

En la India había muchas cobras. Serpientes que hipnotizaban primero a sus víctimas antes de lanzarse sobre ellas. Tal vez aquel hombre tuviera más de cobra que de tigre... ¿Era eso por lo que sentía aquella languidez y aquel calor tan intenso? ¿Por lo que deseaba cerrar los ojos y apoyar la cabeza sobre su pecho?

Dio un paso atrás, tratando de calmarse. Aquello no tenía sentido.

–Estoy segura de que usted debe de ser muy bueno en su trabajo, pero yo tengo un deber que cumplir y no puedo perder el tiempo con jueguecitos amorosos en el cuarto de baño de un hotel. Le doy permiso para que le diga a Brady que me ha dejado satisfecha, así podrá usted cobrar sus honorarios y yo podré volver a mi habitación.

–Esto sí que tiene gracia –dijo Rajesh, soltando una carcajada–. No sé de qué me está hablando, pero le aseguro que no he venido aquí para su satisfacción.

Lejos de sentirse más tranquila, Veronica se sintió herida en su orgullo. Estaba demasiado acostumbrada a tener a todos los hombres a sus pies como para que viniera ahora aquel intruso a mostrase indiferente con ella.

–Desde que ha venido, lleva soltando insinuaciones y medias verdades. ¿Qué otra cosa podía esperar de mí?

Era una situación realmente embarazosa. Se había

puesto en evidencia. Lo más probable era que estuviera casado y su esposa le estuviera esperando en casa con sus diez hijos. Aunque no llevaba anillo de boda.

Pero ella no era una mujer de esas que se derriten al contemplar una casa acogedora con una cerca de madera blanca, una cocina bien puesta y una retahíla de niños riendo y cantando.

Eso era algo que nunca le había llamado la atención. Hasta hacía poco. Hasta que había estado a punto de tener su propio bebé.

Un bebé. Aún seguía extrañándose al oír esa palabra. Cerró los ojos y tragó la bilis que le vino a la boca.

–¿Se encuentra bien? –le preguntó él.

–Sí, no se preocupe.

Las luces hicieron un nuevo guiño.

–Deberíamos ir a su habitación antes de que se corte la luz definitivamente.

–No vamos a ir a ninguna parte –dijo ella secamente.

–Me temo que no está en su mano el impedirlo.

¡Qué insolente! ¡Cómo se atrevía a hablarle de esa manera!

Sintió el impulso de dirigirse a la puerta y empujarle para poder salir, si fuera necesario.

Él, pareciendo adivinar sus intenciones, se adelantó. La agarró del brazo sujetándola con fuerza. Veronica lanzó un pequeño grito. Luego intentó darle una bofetada con la mano que tenía libre, pero él esquivó el golpe con facilidad y le agarró también el otro brazo.

Sin saber cómo, se vio con la espalda apretada contra su pecho. Con una mano le sujetaba las dos muñecas, por detrás de la espalda, mientras con la otra le apretaba con fuerza por la cadera atrayéndola hacia sí. Sintió la firmeza de su pecho musculoso, a la vez que notaba en la parte baja de la espalda la dureza cada vez más ostensible de su virilidad.

–Déjeme marchar –dijo ella, arqueando la espalda para eludir el contacto con su cuerpo.

–Estoy aquí para protegerla.

–¿Protegerme de quién? ¿De usted? –dijo ella sintiendo cada vez con más intensidad la fuerza de sus muslos.

Rajesh se apartó entonces unos centímetros de ella. Eso la desconcertó. ¿Habría dicho alguna inconveniencia?

–De usted misma –susurró él al oído–. Y de la incompetencia de su equipo de seguridad.

–Pues tiene una forma muy original de hacerlo –dijo ella tratando de serenarse–. Yo ya tengo protección, a pesar de lo que usted crea. Si ese hombre ha cometido una negligencia en su trabajo, será despedido inmediatamente y pondremos a otra persona en su puesto.

–Muy bien, Veronica. Me alegra ver que tiene carácter. Por un momento, llegué a pensar que fuera una mujer blanda y benevolente.

–Por favor, ¿me puede dejar pasar? –repitió ella una vez más.

–No estoy seguro –respondió él, acariciándole suavemente las caderas con la yemas de los dedos.

Fue apenas un leve contacto, pero ella se sintió como si estuviera desnuda en la cama con su amante. Cerró los ojos y tragó saliva.

Volvió a producirse un amago de apagón. Pero esa vez la luz se fue de verdad, dejando a ambos sumidos en una negra oscuridad.

# Capítulo 2

S
E HIZO un silencio tenso e incómodo. Lo único que Veronica podía oír era el sonido rítmico y pausado de la respiración de Raj.

–¿Y ahora qué? –preguntó ella con voz temblorosa.

Aquella situación era absurda. Se sentía intimidada por un desconocido. La verdad era que su vida nunca había sido un ejemplo de orden y disciplina.

–Esperaremos –respondió él, tratando de tranquilizarla con las yemas de los dedos.

–¿A qué? ¿No tiene una linterna o algo parecido? Para ser el mejor en su profesión, como usted dice, no le veo muy preparado.

–Se equivoca de nuevo, estoy preparado para cualquier contingencia –le susurró él al oído.

–Demuéstrelo –dijo ella con la voz más dura que pudo.

¿Qué le estaba pasando?, se preguntó ella. El hombre que tenía delante era sin duda muy atractivo, pero ella había conocido a hombres tan atractivos como él. Lo que no podía hacerle ver, por nada del mundo, era que estaba deseando subirse el vestido, sentarse en la encimera del cuarto de baño y abrirse de piernas para él.

Tal vez, Brady había pensado que ella era capaz de hacerlo. No podía culparle. Hacía alrededor de un año, había hecho algo parecido con un hombre tan atractivo y varonil como el tigre de esmoquin que tenía ahora delante.

–Creo que estoy empezando a comprenderla. Parece como si tratase de mantenerse alejada para no ser el centro de atención de todos. Cosa curiosa, teniendo en cuenta que ha sido elegida para desempeñar un cargo público de la máxima responsabilidad.

–Guárdese para usted sus habilidades psicoanalíticas, señor Vala.

–¿No cree que ya va siendo hora de que me llame Raj?

Veronica sintió el calor de su mano alrededor de sus muñecas y la calidez de su cuerpo sobre su espalda desnuda. A pesar de la oscuridad reinante pudo ver el brillo de sus ojos iluminando la estancia como luciérnagas en la noche.

–No veo la necesidad –replicó ella–. En cuanto vuelva la luz, me iré a mi habitación. No tengo la menor intención de volver a verle.

–Usted me necesita, Veronica. Lo crea o no.

–Yo no necesito a nadie –dijo ella muy segura de sí.

Había sido así a lo largo de toda su vida. Excepto en una ocasión.

Raj le soltó la muñeca y se puso a acariciarle la espalda lentamente con las yemas de los dedos, a lo largo de toda la zona que el generoso escote dejaba al descubierto.

–Señor Vala...

–Raj.

–Raj... –dijo ella, como una concesión, pensando que así podría verse libre de aquellas caricias tan peligrosas.

Ardía de deseo, pero no podía dejar que su verdadera naturaleza aflorara a la superficie si no quería resultar herida nuevamente. Sabía que la única forma de conseguirlo era reprimiendo sus sentimientos. Sus sentimientos de deseo y de soledad.

–No me parece su conducta demasiado profesional. ¿O es acaso ahora una práctica habitual entre los asesores de seguridad intentar seducir a sus clientes?

Las caricias de Raj cesaron como por encanto, después de sus palabras. Ella se arrepintió al instante de haberlas pronunciado. Hubiera querido seguir sintiendo sus caricias.

–Lo siento –dijo él, con cierta timidez, apartándose de ella.

Veronica se sintió como mareada al perder el contacto. Y estuvo a punto de caerse de no haber sido porque Raj acudió en su ayuda y la sentó en el taburete. Luego se volvió a apartar de ella. Veronica le buscó en la oscuridad, pero fue incapaz de ver nada. Tuvo un momento de pánico.

–No me dejes aquí –dijo ella, odiándose al instante por su muestra de debilidad.

–No me voy a ir –respondió él.

Su voz sonaba lejana. Oyó la puerta del cuarto de baño. Pensó que iba a abandonarla y a dejarla sola en medio de aquella negra oscuridad. Se sentía perdida. Tan perdida como en aquella ocasión en que, con dieciséis años, su padre la encerró en el armario del hueco de la escalera como castigo por haber intentado marcharse de casa.

Se puso de pie, a ciegas... Pero se dio un golpe con el pie en una pata de la mesa. Trató de apoyarse en ella, pero solo consiguió doblarse una muñeca.

–¿Se puede saber qué estás haciendo? –preguntó Raj.

Veronica buscó a tientas el taburete, respirando aliviada al tocarle.

–Pensé que me habías dejado.

–Ya te he dicho que estoy aquí para protegerte.

Un segundo después, el cuarto pareció iluminarse por una extraña luz.

–Vaya, veo que después de todo tenías prevista una iluminación de emergencia.

–Sí.

–¿Por qué no la usaste desde el principio?

–Porque primero necesitaba asegurarme de que no hubiera nadie afuera –dijo inclinándose hacia ella y tocándole la muñeca con gesto muy profesional–. Bueno, parece que no ha sido nada. Es solo un pequeño esguince.

Raj se incorporó y la luz que llevaba se apagó.

–¿Por qué tenemos que seguir aquí? ¿Por qué no usamos esa luz para ir a mi habitación?

–¡Vaya! Veo que por fin te avienes a razones –dijo él con una sonrisa burlona.

–Tú eres el que tiene la luz –replicó ella como si fuera la explicación más lógica del mundo.

Veronica sintió entonces un movimiento alrededor suyo. Un cuerpo pesado se sentó a su lado y luego la mano de Raj le acarició suavemente la muñeca. Aquel hombre debía de tener la visión nocturna de un gato.

–Esto es lo que vamos a hacer –dijo él–. Nos quedaremos aquí unos veinte minutos más mientras el hotel recupera la normalidad. Confiemos en que la luz vuelva en ese tiempo. Si no, iremos a tu habitación.

Odiaba que alguien le dijera lo que tenía que hacer, pero ella misma había propiciado esa situación con sus muestras de pánico.

–¿Te contrató Brady?

Raj soltó un gruñido difícil de interpretar.

–Hice algunos trabajos para él en el pasado, protegiendo a sus clientes más importantes.

Ella tuvo que ahogar un gemido de placer al sentir una caricia un poco más intensa en la piel.

–Aprecio tu profesionalidad, pero creo que Brady debería haberme puesto al corriente.

–Él se preocupa mucho por ti.

–Lo sé.

Brady era un verdadero amigo. Y había querido ser

algo más que eso, pero ella no sentía lo mismo que él. A pesar de todo, mantenían una gran amistad. Brady era un buen tipo. El tipo de hombre con el que ella podría haber formado una familia. La vida le habría resultado mucho más fácil si se hubiera casado con él.

Raj seguía acariciándole la muñeca de forma suave y pausada. Era una delicia.

¿Por qué ella tenía que fijarse siempre en los hombres que menos le convenían? Hombres como el que le estaba acariciando en ese momento. Atractivos y sensuales pero incapaces de profundizar en el alma de una mujer.

Aunque ellos no tenían la culpa. Ella había levantado durante años un espeso muro para protegerse de sus sentimientos y era natural que a un hombre le costase ver a la verdadera Veronica que había bajo su apariencia frívola.

–¿Aún sigues confiando en tu equipo de seguridad, a pesar de lo que pasó esta noche?

Veronica sintió un escalofrío. Trató de pensar en otra cosa y recordó el anónimo que había recibido esa misma mañana: *Zorra*. Una simple palabra hecha con letras recortadas de un periódico. Tal vez, obra de un antiguo amante resentido o de un rival político.

Pero la pregunta que le venía ahora a la mente era cómo aquella carta podía haber traspasado todos los filtros de seguridad hasta llegar a la bandeja de su desayuno.

Había interrogado a su secretaria, al guardaespaldas de servicio, a la criada, al portero. Pero nadie parecía saber nada. Entonces, en un momento de debilidad, se lo había contado todo a Brady, de lo cual se arrepentía ahora, pues sin duda había sido él el que había contratado a Raj para mejorar su seguridad.

–Sí, confío plenamente en mi equipo –respondió ella sin saber qué decir.

Un simple anónimo o una pequeña negligencia de

uno de sus hombres no podían poner en tela de juicio la competencia de todo el equipo.

–Entonces, con todo respeto, tengo que decirte que eres una ingenua o una estúpida.

–¿Cómo te atreves? –replicó ella muy indignada.

Raj pensó que quizá se había excedido en sus comentarios. Después de todo, él no era un ciudadano de Aliz y quizá le faltasen elementos de juicio para valorar la competencia de Veronica como presidenta de aquel país.

–Las cosas no son nunca tan simples como parecen a primera vista. Hay muchas opciones a tener en cuenta.

Los pulgares de sus manos comenzaron a entrar en acción de nuevo, acariciándole los brazos, la nuca, el cuello... Ella no pudo evitar un pequeño gemido de placer.

Maldito hombre y malditos sentidos que habían vuelto a despertar en el momento menos adecuado, en el lugar equivocado y con el hombre equivocado. Aquel hombre que no paraba de tocarla como si se creyese con derecho a hacerlo.

Veronica no había permitido a ningún hombre acercarse a ella de esa forma desde su aborto. Y ahora estaba pagando las consecuencias de aquel largo período de abstinencia.

–¿Quieres que te diga cuál es la mejor opción?

–Ah, ¿pero tengo alternativa?

–Tú siempre tendrás la última palabra. Excepto cuando tu seguridad esté en juego.

Tuvo la tentación de mandarle al infierno. ¿Quien se creía él que era para entrar de esa forma en su vida y decirle cómo debía organizarla? Pero permaneció muda para no romper aquel momento mágico que era para ella sentir, una y otra vez, sus caricias en la piel.

Instantes después, sintió los dedos de Raj subiendo por el brazo, el cuello, la barbilla y los labios. No sabía por qué razón le permitía esas libertades.

Pero no era sincera consigo mismo. Lo sabía muy bien. Se lo permitía porque se sentía muy a gusto con aquellas caricias, le hacían sentirse una mujer normal. Era una sensación que había perdido ya la esperanza de volver a sentir.

Cuando Raj le pasó la yema de un dedo por los labios, sintió deseos de morderle el dedo, pero consiguió controlarse y se mordió ella el labio por dentro.

¡Oh! Aquel hombre se había equivocado de profesión. Con las habilidades que demostraba, hubiera sido un perfecto gigoló.

—Dime entonces esa solución tan ingeniosa que se te ha ocurrido —dijo ella con la voz más seria y profesional que fue capaz de poner—. Veamos si eres tan bueno como dices.

—Es muy sencillo. Necesitas echarte un amante —replicó Raj con un tono sensual y un ligero acento británico mezclado con otro desconocido para ella.

Veronica sintió una cierta desazón en la boca del estómago. Aquel hombre podía estar allí para protegerla, pero sin duda buscaba algo. Conocía muy bien a los hombres como él, siempre deseaban una recompensa. Podía confiar en Brady, pero no en aquel hombre.

—Eso es un disparate, olvídalo. Y no quiero volver a oír una sola palabra más sobre eso.

—Déjame que te lo explique. Tú eres una persona inteligente, Veronica.

Ella sentía el calor de su cuerpo. Era como si estuviera junto a la pared de ladrillo de un horno. Su boca estaba a escasos centímetros de la suya.

Una voz interior le dijo que se marchase de allí cuanto antes, pero algo misterioso le impedía moverse del taburete.

—No conseguirás nada halagándome.

–¿Por qué negar la realidad? La conoces tan bien como yo.

Ella sintió un rubor en las mejillas y se inclinó hacia atrás del taburete para apartarse unos centímetros de él. ¿Acaso era tan transparente en sus sentimientos?

–No tengo ni idea de lo que me estás hablando.

No era verdad. Cuando él volvió a acariciarla, todas sus terminaciones nerviosas se pusieron a vibrar como si fueran las cuerdas de un violín tocado por un virtuoso.

Había sin duda algo entre ellos, una cierta química. Algo, en todo caso, que podía entrar en combustión si ella le daba pie para ello. Y una parte de ella lo deseaba desesperadamente.

–Sí, sí que lo sabe –dijo él suavemente con el tono propio de un amante.

–Tal vez...

Veronica dudó un instante preguntándose si él sentiría en ese instante lo mismo que ella, pero sus siguientes palabras vinieron a sacarle de dudas.

–El país está sumido en un gran estado de confusión y agitación y necesitas mucha seguridad.

Qué estúpida había sido. Aquel hombre no le había estado hablando de sexo, sino de negocios.

–Esas son cosas que a ti no te incumben –dijo ella muy seria, feliz de que él no pudiera ver su rubor en la oscuridad–. No está en tu mano arreglar nada.

–Esto no es un juego, Veronica. Uno no puede abandonar la fiesta cuando quiere.

Raj comprendió que quizá había ido demasiado lejos con sus palabras, pero no le importó. Veronica St. Germaine era de ese tipo de mujeres que detestaba. Era una esclava de sus pasiones y deseos. Una persona a la que uno no confiaría el cuidado de su perro y menos aún el de una nación. Pero, sin embargo, allí estaba. Era la presidenta.

Él se había visto obligado a hacer ese trabajo porque Brad se lo había pedido. Por los viejos tiempos. Le debía en parte el éxito que había conseguido en su negocio. Brad había confiado en él dándole su primer trabajo como escolta de seguridad nada más licenciarse del ejército.

Sintió deseos de olvidarlo todo y besarla. Besar a esa mujer frívola, que tenía reputación de entregarse a sus deseos y apetitos, ya fueran vestidos, zapatos, coches deportivos u hombres.

Había pasado ya mucho tiempo desde la última vez que había hecho personalmente un trabajo de escolta y nunca se había visto involucrado con ninguno de sus clientes. Era una norma que había seguido a rajatabla y lamentaba que estuviese a punto de quebrantarla por primera vez.

No sabía por qué se había puesto a acariciarla cuando no era su tipo de mujer. Y no porque no fuera hermosa, que lo era, y mucho, sino porque tenía un aire arrogante y pernicioso.

—Ya sé que esto no es un juego —replicó ella—. ¿Crees que no lo sé?

Raj creyó haber oído ya esas palabras antes. Esas u otras parecidas. Conocía a muchas personas incapaces de controlar sus emociones e impulsos. Personas que afirmaban haber vencido sus adicciones, pero que volvían a caer inevitablemente en ellas tan pronto sufrían alguna contrariedad en la vida.

No, esa mujer no le ofrecía la menor simpatía. Ella había aceptado aquel cargo para el que sin duda no estaba preparada y ahora debía asumir las consecuencias.

—Tienes una gran responsabilidad. Dirigir una nación no tiene nada que ver con las cosas a las que estás acostumbrada.

—Tú no sabes nada sobre mí —dijo ella muy indignada–. Guárdate para ti esa psicología de andar por casa.

Ella era sin duda una mujer fría por fuera pero ardiente por dentro. Estaba empezando a comprender la fascinación que despertaba entre la gente.

Había encargado a su equipo que le preparase un dossier sobre ella. Había estado leyéndolo en la limusina, durante el viaje hacia el hotel, y aunque no había tenido tiempo de leerlo del todo, había sido suficiente para hacerse una idea.

Una diletante del mundo de la moda, la música y la televisión. Había diseñado su propia línea de ropa, había grabado un álbum de éxito y había tenido un programa de entretenimiento en un canal de televisión americano.

Había ocupado muchas portadas en las revistas del corazón. Su rostro y su figura eran más conocidos que los de las reinas y princesas europeas.

Sin embargo, sorprendentemente, toda esa febril actividad mediática parecía haberse detenido hacía cosa de un año. Desde entonces, parecía como si se hubiese retirado. Su portavoz había salido al paso de las especulaciones, diciendo que estaba trabajando en un nuevo proyecto. Pero el rumor que corría era que se estaba recuperando de un fracaso sentimental.

Cuando volvió a salir a la vida pública cuatro meses después, las revistas la relegaron a las últimas páginas. Poco después, anunció su candidatura a la presidencia de Aliz.

No era fácil adivinar por qué había podido tomar aquella decisión, pero el hecho fue que volvió a ocupar de nuevo las primeras páginas de las revistas y a gozar de la cobertura de los medios de comunicación.

Tal vez fuese solo por una necesidad de protagonismo y de llamar la atención. Las personas así resultaban muy dañinas para los ingenuos que se acercaban a ellas de buena fe.

Él había visto a su madre sumergirse en un estado patológico cada vez más profundo en el que lo único que buscaba era llamar la atención de los demás. Él había sido incapaz de ayudarla y había conseguido a duras penas superar aquella fase de su vida, aunque no había salido indemne de la experiencia.

—Creo que no lo entiendes. Un amante sería la solución ideal. Podría estar contigo a todas horas sin despertar sospechas. Te proporcionaría una seguridad extra sin que ninguno de los miembros de tu equipo se sintiese agraviado por ello.

—Me parece que eres tú el que no me escucha. Ni quiero tenerte a mi lado ni necesito un amante, aunque sea falso.

No estaba siendo sincera. Él había recibido, nada más entrar en el baño, unas señales inequívocas. Pero ¿por qué estaba allí discutiendo ahora con ella? Había cumplido su acuerdo con Brady. Había intentado ayudarla. Lo mejor que podía hacer era llevarla a su habitación y luego marcharse con la conciencia tranquila.

Pero no estaba acostumbrado a rendirse fácilmente. Especialmente cuando estaba convencido de que ella estaba en peligro. Había muchas agitaciones en el país y era de dominio público que el anterior presidente no había aceptado de buen grado el resultado de las elecciones. Aliz era un estado democrático, pero nada más. Y el señor Brun había ostentado el poder durante doce años antes de perderlo con aquella advenediza sin experiencia política alguna. Podría definírsele, usando buenas palabras, como un perdedor descontento.

—Necesitas protección, Veronica. Esa carta anónima que has recibido es una buena prueba de la inoperancia de tu equipo. Y créeme, recibirás más amenazas.

–No he recibido ninguna amenaza.

–No es eso lo que Brady dice.

–¡Vamos por favor! ¿Llamas amenaza a unas cuantas letras recortadas de un periódico y pegadas en una hoja de papel?

Raj no era de la misma opinión. La palabra del anónimo era un insulto propio de una persona resentida que acumulaba un gran odio hacia ella y que sin duda estaba dispuesto a llevar las cosas más lejos. Pronunciar esa palabra en un momento de acaloramiento era una cosa, pero tener la paciencia de ir recortando cada una de las letras, pegarlas en una hoja y luego enviarla era algo muy diferente.

–¿Conservas la carta?

–No, la tiré a la basura inmediatamente.

–Lástima. ¿Te había pasado algo parecido antes de ser presidenta?

–No. Pero eso no significa nada. Todo el mundo tiene enemigos.

–Pero no todo el mundo es presidente de una nación. Cualquier anomalía que se produzca ahora en tu vida puede ser una amenaza potencial.

–Comprendo.

–Entonces deberías comprender por la misma razón que nosotros no seríamos amantes de verdad. No es eso lo que me ha traído aquí.

No podía negar que era una mujer muy hermosa y llena de encantos. Se había fijado en ella mientras había estado conversando con Brady. Era de esas mujeres capaces de seducir a un hombre con una sonrisa. Por no hablar de sus pechos firmes o de sus piernas de infarto o de sus caderas cimbreándose acompasadamente en aquel vestido púrpura tan ceñido que llevaba.

Su pelo rubio platino le caía suelto por los hombros y por el escote tan pronunciado de la espalda. Había

visto a los hombres arremolinándose como bobos alrededor de ella.

Era una mujer tentadora, pero él había aprendido a
controlar sus emociones en el ejército. Estaba entrenado
para privarse de las cosas que le apetecían y a reprimir
sus deseos.

—No olvides que soy la presidenta —dijo ella con el
suave acento francés de su tierra natal—. Y tengo una
imagen que cuidar. Cuando una ostenta un cargo público, no solo ha de serlo, sino también parecerlo.

—Tú eres una mujer soltera y puedes salir con cualquier hombre que te apetezca. Aliz no me parece precisamente un país muy puritano en ese aspecto.

—Aliz ha vivido en una continua crisis. Necesita un
presidente que se preocupe por el bienestar de sus ciudadanos, no por su vida personal.

Viniendo de una mujer como ella, aquellas palabras
parecían una burla, pensó Raj. Pero prefirió pasarlas por
alto.

—Te eligieron también por tu glamur. Eres un perso-
naje famoso en todo el mundo y ellos están orgullosos
de tenerte como presidenta. Si te convirtieses en un político al uso, serio y aburrido, los decepcionarías. Quieren que arregles las cosas, pero también quieren que sigas siendo la Veronica St. Germaine de siempre.

—¿Tú qué puedes saber de todo eso? —dijo ella furiosa—. No conoces este país. Solo dices lo que crees
más conveniente para tus intereses.

—¿Mis intereses? Vamos, solo estoy tratando de hacerte un favor, protegiéndote las espaldas. Esas espaldas
tan encantadoras que tienes.

Lo que ella necesitaba con más urgencia era una
buena dosis de sensatez y realismo.

Raj la agarró por los hombros y la atrajo hacia sí.
Pero no porque quisiera besarla, cosa que, por otra

parte, había deseado hacer nada más entrar por la puerta de aquel aseo de señoras.

Ella levantó las manos delante del pecho en actitud defensiva.

–¿Qué pretendes hacer? –exclamó ella, con la voz entrecortada.

Pero no estaba asustada, ni enojada. Su voz era la de una mujer anhelante, a la espera.

–Estamos solos. Estás a mi merced –dijo él en un tono de voz más firme que seductor–. Si hubiera venido a hacerte daño, nadie me lo habría impedido.

–No soy tan débil como crees. He hecho varios cursos de defensa personal.

Raj no pudo evitar soltar una carcajada. Los cursos de defensa personal estaban bien. De hecho, todas las personas, hombres y mujeres, deberían hacerlos, pero...

–Hay personas con las que esas técnicas de defensa personal no sirven de nada. Porque esas técnicas están basadas en el factor sorpresa y las personas a las que me refiero no se dejan sorprender nunca. Están entrenadas para matar. Son asesinos profesionales. ¿Lo comprendes, Veronica?

No eran tan diferentes a él, pensó Raj. Seis años en las Fuerzas Especiales del Ejército le habían enseñado muchas cosas.

–Brady y tú estáis un poco paranoicos –dijo ella sintiendo el aliento de Raj en la cara y pensando que en cualquier momento agacharía un poco más la cabeza y la besaría apasionadamente–. No hay nadie ahí afuera esperándome para agredirme.

–¿Apostarías la vida por saberlo?

EL CORAZÓN de Veronica brincaba como una canoa descendiendo por los rápidos de un río en dirección a una catarata.

Raj la tenía sujeta con tanta fuerza que ella podía sentir el poder de su virilidad. Sintió un escalofrío. Estaba asustada además por el peligro que, según él, estaba corriendo. Pero eso era algo que no quería que él supiese.

Sentía sus manos en la espalda y su aliento en el rostro. Pensó que la besaría en ese mismo instante solo para demostrarle su poder. Por una parte lo estaba deseando.

Pero por otra, quería salir huyendo de allí y escapar de aquel hombre lo antes posible. Por alguna razón la trastornaba. Había pensado que después de Andre, el apuesto y orgulloso Andre, había quedado inmunizada contra los hombres, pero ahora se daba cuenta de su error.

Había tomado la decisión correcta al decirle que no necesitaba su ayuda. Por nada del mundo iba a dejarle que fuera su amante. Sabía que la relación acabaría siendo un desastre.

Aguzó la atención para oírle, para sentirle, para tratar de adivinar sus intenciones. Sentía su aliento en la boca. Le bastaría inclinar un poco la cabeza para que sus bocas se tocaran. Aquello era una estupidez, se dijo para sí. Sin embargo, movió la cabeza hacia él.

Pero, justo en ese momento, él la soltó.

–Vamos. Es hora de volver a la habitación.

Volvió a iluminarse el cuarto con aquella luz tan ex-

traña y entonces ella se dio cuenta de que era la luz de
su teléfono móvil. El rostro de Raj quedaba en sombra,
pero ella pudo ver el brillo de sus ojos mientras se in-
corporaba y le tendía la mano para ayudarla a levantarse.

—No soy ninguna ingenua —replicó ella, sintiendo la
necesidad de defenderse—. Si creyera que hay un peligro
real, sería la primera en contratarte. Pero no es el caso.
Mi equipo de seguridad se encargará de resolver los pequeños problemas del día a día que puedan surgir.

—En lugar de tratar de justificarte conmigo, sería mejor que te preguntaras si estás siendo sincera contigo
misma.

Y, sin esperar respuesta, se dio la vuelta y abrió la
puerta del cuarto de baño, echó un vistazo a uno y otro
lado, y luego le hizo una seña para que saliera. Fueron
andando juntos por los pasillos y escaleras del hotel en
dirección a la habitación de Veronica.

El hotel estaba sumido en un verdadero caos, pero
los empleados de servicio habían conseguido que fun-
cionara la iluminación de emergencia en los vestíbulos
principales y en los rellanos de la escalera. Se oía a
gente hablando algo sobre un generador de reserva que
había fallado. Raj, impasible, sin hacer caso a nada, la
llevó hasta la puerta de su habitación.

Veronica no se sorprendió de que supiera cuál era su
habitación. Sin duda, Brady le había dado toda la información necesaria para hacer su trabajo.

Lo que ya no estaba tan claro era cómo se las iba a
arreglar para abrir la puerta, con el lector de la tarjeta
de acceso fuera de servicio al haberse ido la luz.

Pero, para su sorpresa, vio cómo abría la puerta con
aparente facilidad.

—Vamos, pasa detrás de mí —dijo él.

Hubiera querido decirle que le agradecía mucho su

ayuda pero que preferiría que se marchase y la dejase sola. Pero no lo hizo. Al margen de lo que pudiese pensar de él, lo que era evidente era que sabía lo que hacía. A su lado, se sentía a salvo, al menos de momento.

Raj cerró la puerta cuando ella pasó y le hizo un gesto para que se quedase allí sin moverse. Luego fue a inspeccionar uno por uno todos los cuartos de la suite.

Volvió poco después diciendo que todo estaba en orden. Ella suspiró aliviada. No porque pensara que pudiera haber algún peligro acechando, sino porque estaba deseando volver a gozar de la comodidad e intimidad de su habitación. Se quitó los zapatos de tacón y respiró complacida al sentir la suavidad de la alfombra bajo sus pies descalzos.

—Gracias por escoltarme —dijo ella—. Te ofrecería una copa, pero creo que ya es algo tarde. Dile a Brady de mi parte que has hecho un buen trabajo.

Raj sacó un mechero de alguna parte y encendió las velas que había en las mesas de la salita. Ella se quedó sorprendida, pues había pensado que eran meramente decorativas. Luego Raj se quitó la chaqueta del esmoquin y la dejó sobre el respaldo de una silla.

—No pienso marcharme aún.

Veronica sintió una oleada de indignación. Estaba deseando quedarse sola para quitarse el vestido, ponerse el pijama y ver un poco la televisión antes de acostarse. Si volvía la luz, claro.

—Creo que no te he pedido que te quedes.

Raj, imperturbable, sacó el móvil del bolsillo y marcó un número.

—Me quedaré en la habitación hasta que vuelva tu guardaespaldas.

—No creo que sea necesario. Cerraré con llave por dentro cuando salgas.

—No insistas, me quedaré.

Veronica se sentó en el sofá y se cruzó de brazos en un gesto de resignación. Con aquel hombre todo era inútil. Solo le quedaba esperar. Con un poco de suerte, Brady iría a buscarla. Sería entonces el momento de decirles cuatro cosas bien dichas a los dos. Ya empezaba a hartarse de tener que estar recibiendo órdenes de los demás. Ella era la presidenta y tenía que ajustarse a una agenda de trabajo, convocar reuniones y asistir a actos institucionales. Tenía que organizar su tiempo de una forma mucho más ordenada y disciplinada de la que estaba acostumbrada hasta entonces.

Había aceptado eso voluntariamente al presentarse como candidata a las elecciones presidenciales. Pero lo que no había entrado en sus planes era que un hombre desconocido y apuesto irrumpiese en su vida invadiendo impunemente su única parcela de intimidad.

Miró a Raj. Estaba hablando por teléfono. No podía escuchar lo que estaba diciendo, pero se le veía muy enfrascado en la conversación. A la luz de las velas, el color de su rostro parecía aún más dorado que en el servicio de señoras. Pero igual de atractivo. Seguía siendo el mismo tigre peligroso.

De pronto vio un brillo metálico en su mano derecha. Era un anillo de oro en el que no se había fijado antes. Vio su inmaculada camisa blanca tachonada de ónices que reflejaban de vez en cuando la luz de las velas. Raj se desabrochó el botón superior de la camisa y se quitó el lazo del cuello, echándolo a un lado.

Un momento después, colgó el teléfono y se lo guardó en uno de los bolsillos del pantalón.

−¿Era Brady? −preguntó ella.

−No.

Veronica se sintió frustrada por lo escueto de sus respuestas. No habiendo otra cosa mejor que hacer, comenzó a quitarse los alfileres del pelo y a dejarlos sobre la mesa de cristal que tenía delante. Luego agachó la cabeza y la movió varias veces a los lados para soltarse el pelo.

Cuando alzó la vista, vio que Raj seguía en el mismo sitio y la miraba muy atento. Ella desvió la mirada y se puso a quitarse las joyas.

—¿Llevas mucho tiempo dedicado a esto? —le preguntó ella.

Ya que él estaba dispuesto a quedarse allí, parecía una buena técnica abrumarle a preguntas hasta aburrirle. Tal vez así, se marchase y la dejase en paz de una vez.

—Unos cuantos años.

—¡Debe de ser muy emocionante! —exclamó ella mientras se quitaba el brazalete, el collar y los pendientes y lo dejaba todo en la mesa de cristal, junto a los alfileres—. ¿Cuál ha sido el cliente más famoso que has tenido?

—Eso es una información confidencial.

—Claro.

—¿Está tratando de interrogarme la señora presidenta? —preguntó él con una sonrisa burlona.

Ella tragó saliva. Esa no era la reacción que había buscado.

Sentía un poco de molestia en los pies después de haber estado todo el día con aquellos zapatos de tacón de más diez centímetros y se puso a frotarse distraídamente el empeine del pie derecho con las manos.

—No era esa mi intención, solo trataba de pasar el tiempo mientras tengamos que estar los dos aquí juntos.

Tardó en darse cuenta de que, en la postura en que estaba, la raja lateral del vestido dejaba al descubierto buena parte de sus muslos. Aunque su primer impulso fue taparse decidió no hacerlo para que no pensase que le intimidaban sus miradas.

—¿Cómo se llega a entrar en un negocio como ese? —preguntó ella.

–Veo que te has vuelto de repente muy habladora –dijo él, metiéndose las manos en los bolsillos–. Estuve en el ejército. Me pareció la salida más lógica cuando me licenciaron.

–Ya veo. Y ¿trabajas para una compañía que te manda hacer este tipo de trabajos?

–Sí, es una forma de decirlo.

–Si esto fuera una entrevista de trabajo –apuntó ella–, no creo que me decidiese a contratarte, con esas respuestas tan simples y escuetas.

Raj se dejó caer en el sillón que había enfrente del sofá donde ella estaba sentada. Parecían estar cambiados los papeles. Él daba la impresión de ser el señor de la casa y ella una mujer que hubiera ido allí a pedirle un favor.

–Por fortuna, esto no es una entrevista –dijo él, mirándola fijamente con sus ojos dorados llenos de magnetismo–. No me necesitas, como me has dicho ya repetidas veces. Además, yo no hago entrevistas. A mí no me contrata nadie. Yo elijo a las personas a las que considero dignas de prestarle mi ayuda.

–Yo, yo... –dijo ella titubeando y llena de rubor–. ¿Qué tienes de especial?

–Es así como ves el mundo, ¿verdad, Veronica? Te diré una cosa. No todo en la vida es una competición, ni todos los deseos deben verse satisfechos. Yo no creo que tenga derecho a nada simplemente porque me lo merezca, sino porque me lo haya ganado con mi esfuerzo.

Ella no sabía si se sentía ofendida o solo confusa. Tuvo la tentación de tomar una de las revistas que había sobre la mesa y abanicarse un poco para quitarse el sofoco. Pero no lo hizo. Con su reputación, era lógico que le hablasen así. Pero no estaba dispuesta a disculparse por la vida que había llevado. Y menos aún ante ese hombre. Él no sabía nada de lo que ella había tenido que pasar. Ni él ni nadie.

–Hasta que uno no se pone en la piel de otra persona no es sensato hacer ningún juicio sobre ella –dijo Veronica con una débil sonrisa.

–Estoy de acuerdo. Y creo que eres la primera que debería tomar buena nota de ello.

Ella pensó cientos de respuestas posibles, pero las desechó todas. No tenía sentido seguir discutiendo con aquel hombre. Él no significaba nada en su vida y, después de esa noche, no era probable que sus caminos volvieran a cruzarse de nuevo.

Se puso de pie y le miró fríamente. Malnacido.

–Creo que ya he disfrutado bastante de esta conversación –dijo ella a modo de despedida–. Me voy a la cama.

–Si es así como piensas llevar los asuntos de estado, me parece que Aliz tiene un grave problema –replicó Raj con tono sereno y apacible, pero con una mirada acusadora.

–¿Te crees acaso tan importante como para equipararte con un asunto de estado? –exclamó ella, muy segura de sí, tomando una de las velas encendidas que había en la mesa–. No pienso quedarme aquí escuchando tus insultos. Creo que ya te has formado una opinión de mí, así que no veo la necesidad de malgastar esfuerzos tratando de hacértela cambiar.

Raj hizo un gesto con la mano señalando al dormitorio.

–Vete entonces a acostarte. Es más fácil huir de los problemas que enfrentarse a ellos.

–En este caso, tengo que estar de acuerdo.

Veronica se dirigió al dormitorio con la vela en una mano y la otra protegiéndola a modo de pantalla para evitar que se apagase. Cerró la puerta una vez dentro. Sentía una gran desazón en el estómago, como un ardor ácido. Pero ¿por qué? Ese hombre no significaba nada para ella. Su opinión no tenía el menor valor. No era nadie, se dijo para sí. Era tan solo un conjunto de músculos en alquiler. Ella nunca había dado tantas confianzas a ninguna de las personas de su equipo de seguridad. ¿Por qué iba a dárselas ahora a ese hombre?

Hizo unos movimientos con los hombros hacia delante y hacia atrás para tratar de relajarse y luego se quitó el vestido y se puso el pijama de franela. Tenía unos duendecillos navideños muy simpáticos que parecieron recibirla con alegría. Había visto el pijama en el escaparate de una tienda y se lo había comprado sin pensárselo dos veces.

Entró en el cuarto de baño y se quitó el maquillaje. Luego volvió al dormitorio, apartó parcialmente la colcha y agitó la almohada con las manos para dejarla más mullida. Entonces vio un objeto rodando por la cama. No recordaba haber dejado nada guardado debajo de la almohada. Volvió a tomar la vela con una mano e iluminó la cama detenidamente.

Al principio no comprendió qué era aquel objeto negro y viscoso, pero luego tras examinarlo más detenidamente, lanzó un grito agudo y desesperado.

–¡Raj! ¡Raj! ¡Raj!

Cuando Raj entró en el dormitorio, se acercó a ella y la estrechó en sus brazos. Luego la miró fijamente preguntándole qué había pasado y si tenía alguna herida.

Ella movió la cabeza negativamente y luego la giró muy despacio en dirección a la cama, hacia ese punto que se sentía incapaz de volver a mirar de nuevo.

Raj contempló el objeto y soltó una maldición.

Luego le pasó una mano por debajo de las rodillas y la llevó en brazos hasta el salón, sin que ella opusiera la menor resistencia. Veronica apoyó la cara en su camisa y rompió a llorar.

# Capítulo 4

RAJ TRATÓ de dejarla en el sofá, en el que había estado sentada antes, y taparla con una manta, pero sentía sus brazos apretándole el cuello con tanta fuerza que llegó a la conclusión de que sería casi imposible en aquellas circunstancias.

Decidió sentarse, con ella en las rodillas, en un brazo del sofá y hacer una llamada por el móvil. Estaba furioso. Se trataba solo de una muñeca. Pero una muñeca a la que alguien se había encargado de sacarle los ojos y de pintarla todo el cuerpo de rojo como si estuviera ensangrentada. Era una imagen realmente tétrica.

Alguien le había enviado un mensaje esa noche. Un mensaje crudo y brutal a juzgar por la reacción de ella y por su camisa blanca ahora empapada en lágrimas.

Al margen de la opinión que él pudiera tener de ella, no se merecía aquello.

La dejó llorar para que se desahogara, tratando de consolarla con una mano, mientras con la otra llamaba a una de las personas de confianza de su equipo de seguridad. Debía asegurarse de que no hubiese en la habitación ningún otro objeto antes de dejar que Veronica pasase allí la noche sola. Le gustase a ella o no, se sentía responsable de su seguridad.

Pensó llevarla a otro hotel y alojarse en habitaciones contiguas, pero sospechaba que algún miembro del equipo de seguridad de ella podría estar detrás de aquellos anónimos y amenazas. Llegó a la conclusión de que

sería necesario llevar a cabo una investigación en pro-
fundidad de todos y cada uno de los miembros del
equipo de seguridad.

Cuando terminó de hablar por teléfono, dejó el móvil a un lado del sofá. Veronica estaba acurrucada en
sus brazos, con la cara apoyada contra su pecho. Vio
que llevaba un pijama estampado con duendes de diversos colores. No era así, ciertamente, como había esperado encontrársela cuando entró corriendo en el dormitorio al escuchar sus gritos.

Le había dado un buen susto. Al oírla gritar de ese
modo se había esperado algo peor. Había sido relativamente un alivio comprobar que solo había sido a causa
de un muñeco que alguien había dejado debajo de la almohada. Se maldijo por no habérsele ocurrido mirar allí
cuando llevó a cabo la inspección rutinaria por toda la
suite al entrar.

Veronica pareció ir recuperando poco a poco la calma.

Raj había visto, por las discusiones que había tenido
con ella, que era una mujer orgullosa, acostumbrada a
salirse siempre con la suya.

Sintió, con pesar, cómo se apartó de él, se puso de
pie y se limpió la cara con la manga del pijama. La miró
con ternura. Pero sabía que no debía mezclar los sentimientos con el trabajo.

–Gracias por no decirme eso de tan odioso de «ya te
lo dije» –dijo ella unos segundos después.

–¿Por qué te pusieron ese muñeco, Veronica? ¿Qué
significado tiene?

Ella se encogió de hombros, aparentando ignorar
cualquier posible relación con ella, pero Raj creyó adivinar que ocultaba algo. Quería ser amable con ella,
pero quería tener toda la información posible. Su vida
podía depender de ello.

–No estoy preparada para hablar de eso –dijo ella

suavemente–. No sé quién puede haber hecho una cosa así.

Raj comenzó a sentir una cierta admiración por ella. Podía haberle engañado diciéndole que no sabía nada de lo que estaba hablando, pero había preferido simplemente guardar silencio. Y él debía respetarlo. Se puso de pie y le puso una mano en el hombro.

–No tienes por qué hablar de eso ahora si no quieres. Respeto tu intimidad. Pero tendrás que contármelo algún día.

Ella se volvió hacia él. Raj la contempló transido de emoción. Su cara, libre de maquillaje, tenía un aspecto fresco y juvenil. Sus lágrimas reflejaban la luz de las velas.

Deseó estrecharla entre sus brazos, dejar que apoyase la cabeza sobre su pecho y acariciarle el pelo suavemente, mientras le decía que se tranquilizase, que todo iba a salir bien. Pero en vez de eso, mantuvo las manos caídas rígidamente en los costados.

–Gracias –dijo ella, agachando la mirada.

Raj la vio cambiada. Como si fuera otra mujer. Ya no era la mujer altiva y desafiante del servicio de señoras, incapaz de la menor concesión, sino una mujer tímida y vulnerable.

Le alzó la barbilla con un dedo para mirarle a los ojos. Estaban brillantes, pero ya no había lágrimas en ellos. Tal vez ya no le quedaban. Las había agotado todas.

–¿Me dejarás ahora que te ayude? –dijo él en una pregunta que era casi una afirmación.

–Sí –replicó ella con voz temblorosa–. Pero mi equipo de seguridad no debe saber nada de todo esto –añadió luego con mucha firmeza.

Sí, eso era algo en lo que Raj ya había pensado. Por si el autor de todo aquello fuese uno de sus guardaespaldas, sería más conveniente mantenerlo en secreto.

–Entonces volvemos al plan original –dijo él–. ¿Te ves con fuerzas para llevarlo a cabo?

–Sí, si eso es lo mejor para mi seguridad –dijo ella manteniendo ahora la cabeza bien alta.

–En ese caso, empezaremos esta misma noche –replicó él satisfecho.

–Creo que vas mucho mejor vestido que yo para la ocasión –dijo ella mirándose el pijama de los duendecillos navideños.

–Ya encontraremos alguna solución –dijo Raj, pensando que no sería buena solución que él se quedase en calzoncillos para estar más a juego con ella–. Puedes confiar plenamente en mí, no permitiré que te ocurra nada malo mientras estés conmigo.

De repente, la suite se llenó de luz. Veronica se tapó los ojos con las manos para no sentirse deslumbrada. Raj, con los ojos entornados, se fue hacia donde estaba el interruptor y apagó la luz, dejando de nuevo la sala bajo a la luz de las velas. Luego encendió un par de lamparillas de mesa mientras Veronica iba soplando poco a poco las velas para apagarlas.

–Tal vez deberíamos seguir con las velas. Sería más romántico, ¿no te parece?

Alguien llamó en ese momento a la puerta. Veronica se sobresaltó.

Raj fue a la puerta y observó por la mirilla. Luego abrió al ver que era Brady.

–¿Dónde está? –dijo él muy preocupado.

–Está aquí –dijo Raj, echándose a un lado para dejarle pasar.

Brady entró corriendo y le dio a Veronica un abrazo como esos que se dan los osos.

–No sabes la alegría que me da saber que estás bien –dijo Brady.

Veronica se alisó con la mano el pantalón del pijama.

No sabía qué podría pensar Brady de ella, viéndola en la habitación con Raj, con aquel pijama de los muñequitos navideños. Aunque no pareciese precisamente el mejor reclamo erótico para ningún hombre normal.

–Sí, estoy bien, Brady, gracias.

Brady alzó las manos al aire como dando gracias al cielo. Era un hombre bastante alto, aunque no tanto como Raj, y muy delgado a pesar de los años. Tenía el pelo ya algo canoso en las sienes.

Brady le tomó una mano a Veronica y la besó con afecto y amistad.

–Pensé en llamarte cuando se fue la luz –dijo Brady–. Pero confiaba en que estarías a salvo con Raj. Comencé a preocuparme cuando vine antes a tu habitación y no estabais.

–Estábamos en... otra parte –dijo ella sin atreverse a mirarle a los ojos–. Pero estoy bien. Raj ha demostrado ser un guardaespaldas excelente.

–Me alegra oírtelo decir –replicó Brady–. Es evidente que no puede decirse lo mismo del que tenías esta noche.

Ella pareció repentinamente enfadada. Apartó la mano de la de Brady y se cruzó de brazos con gesto de indignación.

–Así que estabas al tanto de todo, ¿verdad?

–Yo no cuestiono los métodos de Raj –respondió Brady–. Nunca me ha fallado.

Veronica le dio una palmadita a Brady en el hombro a modo de castigo. Parecía, más bien, una de esas palmaditas que le da una niña a su hermano pequeño cuando se pone muy pesado.

–Esto es por no haberme contado lo que te traías entre manos –dijo ella, con el ceño fruncido pero con un tono de voz que no dejaba lugar a dudas el afecto que sentía por su viejo amigo.

Brady, sin embargo, parecía un cachorro al que su ama acabase de descubrir haciéndose pis en la alfombra del salón. Sabía que no había hecho nada malo, pero no por eso dejaba de sentirse culpable.

Pobre Brady. La forma en que miraba a Veronica dejaba a las claras que deseaba de ella algo más que su amistad, pero se sentía satisfecho con lo que le daba. Incluso en ese instante, la miraba como si ella fuera el sol y él uno de los planetas girando felices alrededor de su órbita.

Era típico de las mujeres como ella, pensó Raj con amargura. Tenía el don de atraer a los hombres como las flores a las abejas.

Su madre, recordó él, había sido exactamente igual que ella, antes de perder su belleza por las drogas y la bebida. Nunca le había faltado un hombre a su lado. Y él había tenido que soportar a todos. Algunos se habían limitado a ignorarle, pero otros le habían ofendido. Y, al menos uno, le había amenazado.

—Sabía que no lo aprobarías —dijo Brady.

—Sí, es cierto —replicó ella—. Pero Raj ha conseguido convencerme de que estaba equivocada.

—¿De veras ha hecho eso? —exclamó Brady girando la cabeza hacia su amigo.

Veronica dirigió a Raj una mirada de complicidad que él captó a la primera. Cuanto menos gente supiese lo de la muñeca ensangrentada, mejor para todos.

—Bueno —dijo Raj, encogiéndose de hombros—. Al principio, estaba convencida de que no necesitaba ayuda de nadie, pero le dije que, si hubiera tenido intención de matarla, lo habría hecho con toda facilidad después de desembarazarme de su guardaespaldas.

—Sabía que lo entenderías, Veronica —dijo Brady.

—Sí, es muy sensata —dijo Raj con cierta ironía recordando que solo la visión de la muñeca ensangrentada había conseguido hacerle cambiar de opinión.

Veronica desvió la vista y se fue a sentar de nuevo en el sofá como una princesa. Una princesa con un pijama de muñecos navideños. Raj tuvo que morderse el labio por dentro para evitar la risa.

–Bueno y, ¿ahora qué? –preguntó Brady.

–Estábamos a punto de encontrar una solución cuando llamaste a la puerta –respondió Raj–. Veronica no quiere que su equipo de seguridad se sienta ofendido si contrata a otra persona para su protección. Así que habíamos pensado, para evitar sospechas, hacer creer a la gente que entre ella y yo... existe una... relación.

Brady se quedó boquiabierto y con los ojos como platos, mirando ahora más detenidamente a Raj, sin chaqueta y con la camisa desabrochada, y luego a Veronica.

–No me mires de esa forma, Brady. Es la única forma de mantener esto en secreto. Raj fingirá ser mi nuevo amante. Creo que es la mejor solución.

–¿Te parece sensato, Veronica? ¿Olvidas que eres ahora la presidenta de Aliz?

Veronica echó la cabeza atrás, pasándose la mano por su maravillosa melena rubio platino.

–Brady, se supone que tengo derecho a mi intimidad. Y además es todo fingido. Raj podrá protegerme mejor si nadie sabe que es mi guardaespaldas ni se extraña de verme con él.

–Sí, supongo que tienes razón –dijo él, y luego añadió dirigiéndose a Raj con los ojos echando chispas–: Raj, me gustaría hablar contigo unas palabras, si no te importa.

–Por el amor de Dios, Brady –exclamó ella–. Tú fuiste el que pusiste en marcha este plan. Todo va a transcurrir dentro de un plano estrictamente profesional, ¿no es verdad, Raj?

–Sabes de sobra, Brady, que nunca me implico con mis clientes. ¿Te he fallado alguna vez?

–No, hasta ahora no –respondió Brady.

Sin embargo, Raj creyó escuchar que su amigo le decía también de forma subrepticia: «Pero esta mujer es diferente. Es irresistible. Te sentirás atraído por ella y acabarás cometiendo un error en tu trabajo».

–¿Quieres que siga entonces con el plan o no? –preguntó Raj cordialmente.

–Sí, pero pensé que tenías otros colaboradores para este tipo de trabajos.

Las palabras de Brady eran realmente chocantes. Raj le había propuesto varios nombres, de entre sus mejores agentes de seguridad, y él le había pedido que fuera él personalmente.

–Un equipo no sería capaz de mantener la discreción requerida. El cliente quiere que esto se mantenga en secreto y creo que esta es la mejor manera.

–Todo sea por su seguridad –dijo Brady mirándole con cara de resignación.

Brady se quedó charlando con Veronica mientras Raj hablaba con su gente por el móvil. El equipo de seguridad de la presidenta constaba solo de ocho personas. No eran muchas, pero Aliz era un país pequeño. Así sería más fácil tenerlos vigilados, pensó Raj.

A la media hora, se presentaron todos en la suite de Veronica.

Raj se sentó a su lado y vio como ella fue hablando con cada uno de ellos con gran autoridad. Trató de fijarse en la expresión de cada uno de ellos, en busca de algún gesto indicativo de culpabilidad, pero no lo halló.

Cuando todos se marcharon, Raj se quedó tomando una taza de café que Martine, la secretaria de Veronica, le había preparado. Veronica acompañó a Brady a la puerta, estuvo charlando con él un rato y luego le dio un par de besos en las mejillas. Brady dirigió a Raj una última mirada de recelo y se marchó.

–¿Lista para ir a la cama, cariño? –dijo Raj, con una sonrisa, dejando la taza en la mesa.

–No te pases en tu papel –le contestó ella desafiante.

Raj se puso de pie y se acercó a ella, como un felino silencioso y mortal. Veronica se quedó como petrificada, apoyada en la puerta del dormitorio y con el corazón latiéndole a toda velocidad, imaginándose la musculatura de su pecho que podía adivinar por los pliegues que veía en la camisa que llevaba puesta.

Se restregó los ojos con las manos y trató de calmarse. ¿Cómo podía estar pensando en verle desnudo cuando algún maníaco había entrado impunemente en su habitación y le había dejado en la cama aquella muñeca profanada?

–No entres ahí –le dijo él muy serio poniéndole una mano en el hombro.

–Sí, tal vez tengas razón.

Era tan cruel hacerle recordar de esa forma lo que había perdido... Porque ella se sentía responsable de lo que le había sucedido a su bebé. Si hubiera sabido antes que estaba embarazada, no habría seguido tomando cócteles o saliendo de fiesta hasta altas horas de la madrugada con sus amigos, con el pretexto de que odiaba sentirse sola.

Le daba igual lo que el médico le había dicho sobre la causa de la muerte de su bebé. Ella se sentía la única responsable.

–Necesitas dormir –dijo él–. ¿Cuánto hace que no descansas siete horas seguidas por la noche?

–No lo recuerdo. Llevo mucho tiempo sin dormir bien.

–Entonces métete en la cama e inténtalo.

Ella se detuvo en el umbral de la puerta del dormitorio sin atreverse a cruzarlo.

–No creo que pueda dormir ahí esta noche.

Raj le pasó suavemente la mano por la barbilla.

–Puedes dormir tranquila. Me quedaré aquí velando tu sueño para que nadie pueda hacerte daño.

–No quiero dormir contigo, Raj –dijo ella, aún a sabiendas que esas palabras estaban muy lejos de reflejar lo que verdaderamente sentía por él en ese instante.

–No vamos a dormir juntos –replicó él muy sereno–. Pero estaré aquí a tu lado de todos modos.

–¿Dónde piensas dormir entonces?

–En el sofá. Es una cama plegable, ¿sabes?

–Ha sucedido todo tan deprisa... –dijo ella–. Mañana todos los periódicos y revistas del corazón hablarán de nuestro idilio y también de nuestra inevitable ruptura.

–No tan deprisa. La gente estará ocupada con la nevada un par de días.

–Me gustaría tener tanta seguridad en las cosas como tú. No me importa realmente lo que digan, siempre que consigas encontrar al perturbado que hizo esto.

–Lo encontraré, no temas –dijo él con ese característico tono sensual que ponía a veces.

Veronica bajó la vista, incapaz de sostener su mirada. Aquellos ojos dorados le hacían desear cosas que ella creía haber ya desechado de su corazón.

–No quiero dormir en esa cama esta noche. ¿Crees que podrían cambiarnos de habitación?

–A estas horas, no lo creo. Pero si lo prefieres, puedes dormir en el sofá-cama. Yo dormiré en el suelo a tu lado.

Ella levantó entonces la mirada y clavó de nuevo los ojos en él.

–No puedo obligarte a hacer eso.

–Está bien –dijo él–. Si te quedas más tranquila, me traeré una colcha y unas sábanas. Créeme, he dormido en peores sitios que el suelo.

Ella le ayudó a desplegar el sofá-cama. Luego él entró en el dormitorio y volvió a los pocos segundos con un montón de mantas y almohadones que dejó en el suelo.

Ella tuvo un sentimiento de culpabilidad cuando se metió en el sofá-cama y sintió el calor y la comodidad de las sábanas. Pero sabía que no podría dormir en la cama del dormitorio.

Al día siguiente, haría valer su condición de autoridad máxima del país y pediría que les cambiasen de habitación.

–Raj... –dijo ella una vez que apagaron las luces y todo quedó en silencio.

–¿Sí?

–¿A qué te referías cuando dijiste que habías dormido en sitios peores que en el suelo?

–No creo que quieras saberlo.

–No te lo habría preguntado si no estuviera interesada en saberlo. Aunque si no me lo quieres decir, estás en tu derecho.

–Ya te he dicho, Veronica, que estuve en el ejército. En las Fuerzas Especiales. He dormido en el barro, entre sangre, en la arena de un desierto abrasador y en mitad de una montaña a varios grados bajo cero. El suelo de un hotel de lujo es la gloria comparado con esos sitios.

–Aun así, me siento culpable por haberte dejado sin cama.

–Eso tiene fácil arreglo. No tienes más que invitarme a dormir contigo.

–Dices eso para callarme la boca –dijo ella con una sonrisa–. Pero escuché lo que le dijiste a Brady.

–Quizá tuve que mentirle.

–No te creo capaz –dijo ella con el corazón desbocado.

–Invítame a tu cama y lo descubrirás por ti misma.

–Buenas noches, Raj –dijo ella con la carne de gallina, abrazándose a la almohada.

No podía asegurarlo. Pero estaba casi convencida de que él se estaba riendo por lo bajo.

–Que descanses, Veronica.

No iba a resultarle tan fácil después de las imágenes que él había sembrado en su imaginación: los dos juntos en la cama, con sus cuerpos en contacto...

Soltó un pequeño gemido solo de pensarlo.

# Capítulo 5

L ONDRES ofrecía una imagen maravillosa bajo la nieve. Y muy en especial, Hyde Park, con sus arboledas y sus grandes espacios abiertos. A pesar de la oscuridad de la noche, la nieve parecía hacerlo todo más limpio y brillante. Veronica sabía que no tendría ese aspecto tan inmaculado durante el día, cuando las calles se llenasen de gente y todas las imperfecciones saliesen a la luz.

Pero de momento, podía disfrutar de aquella vista, mientras se dirigía en la limusina hacia Mayfair, a la fiesta exclusiva a la que había sido invitada.

Esa noche, esperaba convencer a Giancarlo Zarella, el magnate italiano del mundo de la hostelería, para que abriese en Aliz uno de sus complejos hoteleros exclusivos. Sabía que allí donde Giancarlo se instalaba, acudía la gente con dinero.

Pero en quien iba pensando en ese momento era en Raj. No había vuelto a verle desde por la mañana. Él se había despertado muy pronto y le había dicho que se levantase para que la sala estuviese ordenada cuando llegase su secretaria con los despachos del día. Había presenciado cómo Raj lo arreglaba todo y la llevaba luego a la cama del dormitorio. A la luz del día, ya no tenía el aspecto tan siniestro de la noche anterior. Se quedó dormida inmediatamente.

Cuando se despertó por segunda vez, Raj ya se había ido. Una empleada del hotel le había dejado la bandeja del desayuno y Martine, su secretaria, estaba esperándola pacientemente. Brady llegó un poco después. Una vez despachados todos los asuntos, mandó a Martine a hacer un trabajo y se quedó a solas con Brady para sonsacarle.

Raj Vala no era un simple guardaespaldas. Era un hombre que se había forjado a sí mismo, y era el propietario de Vala Security Internacional, una empresa de seguridad de mucho prestigio de ámbito internacional.

En opinión de Brady, Raj era un solitario. Y tan duro e implacable como ella se había imaginado. Las Fuerzas Especiales del ejército le habían inculcado la idea de ser el mejor en todo. Con él podría sentirse completamente segura.

Veronica sacó el móvil del bolso y miró los mensajes de texto. El de Raj seguía allí. Breve y conciso. La vería en la fiesta. Pasó la mano por el elegante vestido azul cielo de Vera Wang que se había puesto para la ocasión. Era un modelo palabra de honor, sin tirantes, con una raja en un lateral y tan brillante como si hubieran sembrado en él millones de pequeñas estrellas.

Lo había elegido, según ella, para cautivar al *signor* Zarella, pero la verdad era que lo había hecho pensando en Raj. Llevaba el pelo suelto, aparentemente despeinado, pero ingeniosamente distribuido alrededor de la cara y de los hombros. Se retocó un poco el maquillaje con el pequeño espejo de mano que llevaba en el bolso y respiró hondo.

Odiaba sentirse nerviosa. Siempre le habían gustado las fiestas e ir con vestidos elegantes, y charlar y divertirse con sus amigos, para poder olvidar así las cosas que echaba en falta en la vida, o que había perdido por su propia culpa.

Sin embargo, ahora no iba con la misma ilusión a aquella fiesta. Estaba convencida de que mezclándose con aquella gente ya no conseguiría la alegría de otros tiempos.

La limusina llegó finalmente a la residencia Witherston, un gran palacete de estilo georgiano. Debía concentrar todo su interés en Giancarlo Zarella. Tenía una misión que cumplir y debía dejar a un lado sus preocupaciones personales

El guardaespaldas que tenía ese día a su servicio viajaba en la parte de delante de la limusina. Otros tres miembros de su equipo de seguridad iban en otro coche que les había seguido muy de cerca durante todo el recorrido. Los cuatro se bajaron y formaron un pasillo de seguridad alrededor de la puerta de Veronica cuando ella salió del vehículo. Parecían más responsables y formales que otras veces.

Entró en la residencia y agradeció su hospitalidad a los anfitriones. Luego los agentes de seguridad se retiraron discretamente mientras un hombre la siguió a una distancia prudencial.

Se sumergió en el torbellino de risas y conversaciones de la multitud que llenaba el gran salón. Hombres y mujeres se saludaban muy cordialmente unos a otros. La anfitriona la guió por entre aquella maraña humana. Ella estaba esperando poder hablar con el *signor* Zarella, pero de pronto la señora Witherston le presentó a otro hombre.

—Señora presidenta, permítame presentarle a Raj Vala.

Veronica se encontró así de cara con Raj. Él la miró con una sonrisa como si no la hubiera visto nunca antes en su vida.

—Encantado de conocerla, señora presidenta —dijo Raj.

—Lo mismo digo, señor Vala —replicó ella siguiendo su ejemplo.

Raj estaba irresistible con aquel esmoquin que le sentaba tan bien y aquella camisa blanca inmaculada que resaltaba el color dorado de su piel. Debería haber alguna ley prohibiendo que pudiera haber hombres tan atractivos como él, pensó ella.

Una banda de jazz tocaba una bella melodía. Raj tomó a Veronica de la mano antes de que ella pudiera adivinar sus intenciones.

–¿Me hace el honor, señora presidenta? –dijo Raj muy respetuoso ante la sonrisa disimulada pero maliciosa de la señora Witherston.

–Desde luego –replicó ella juntando su mano con la suya.

Raj se adentró con ella entre el torbellino de parejas que bailaban animadamente en el gran salón. Veronica sintió el calor de su mano derecha en la espalda, mientras con la otra le agarraba la mano. Su contacto le transmitía una sensación de seguridad. Era como volver de nuevo a la paz del hogar después de un largo viaje lleno de incidentes.

–¿Qué tal has pasado el día? –preguntó él.

–Bien, ¿y tú?

–Estuve ocupado con algunas cosas. Pero ahora soy todo tuyo –dijo él con su sonrisa sensual a la vez que diabólica.

–¡Todo mío! –exclamó ella en voz baja–. ¡Cuánto honor!

–Pensé que ya estábamos de acuerdo con el plan. Tal vez podríamos aprovechar esta oportunidad para dar comienzo a nuestra relación de forma oficial –dijo él con una sonrisa.

–¿Por qué no? –respondió ella, devolviéndole la sonrisa.

–Tal vez no sea esta la primera vez que nos vemos –dijo él besándole la mano–. Tal vez seamos viejas almas gemelas que nos conocemos desde hace tiempo. ¡Quién sabe si no estamos hechos el uno para el otro!

Veronica dio un pequeño traspiés al oír esas palabras. La verdad era que estaba algo cansada. Se había pasado casi toda la noche en estado de duermevela, pensando en el momento en que podría volver a estar en sus brazos.

–No es nada, son los zapatos –dijo ella–. Estoy bien.

Siguieron bailando, mezclándose con las otras parejas que les miraban con mucha curiosidad y luego se volvían para cuchichear entre ellos. Todo marchaba según lo previsto. Estaban dándose a conocer en sociedad.

–Se supone que nos estamos enamorando ahora perdidamente el uno del otro, ¿verdad?

–Sí, perdidamente –replicó ella siguiéndole el juego–. Nunca había sentido antes nada igual.

–Ni yo tampoco.

Eran unas palabras que ambos sabían que carecían de significado, que solo estaban al servicio de un plan. Sin embargo, en su fuero interno, cada uno le daba un valor diferente.

–Cuando acabemos de bailar, supongo que te quedarás a mi lado el resto de la noche, embriagado de mi presencia, ¿no?

–Nada podría separarme de ti esta noche –dijo él, volviendo a besarle la mano.

Era una suerte, pensó ella, que no estuvieran en los tiempos de la Regencia. En esa época, habría tenido que ir con guantes y no habría podido sentir en la mano el calor de sus labios.

–Un amor tan apasionado como el nuestro tiene que estar necesariamente condenado al fracaso –dijo ella, tratando de contrarrestar con esa afirmación la emoción que sentía.

–Entonces disfrutémoslo mientras dure.

La velada discurrió según lo esperado. Veronica y Raj estuvieron juntos todo el tiempo. A los ojos de la gente, él se había enamorado locamente de ella y ella había estado pendiente de él toda la noche, sonriéndole y sin perderle de vista un solo instante. Como si él fuera un imán muy poderoso y el cuerpo de ella fuera de metal, en vez de carne y hueso.

Veronica recordó la misión que le había llevado a aquella fiesta y se las arregló para poder hablar a solas con Giancarlo Zarella en una mesa. Pareció desde el primer momento muy interesado por los incentivos y ventajas fiscales que ella le ofrecía.

–Si invierte en la construcción de un complejo turístico en Aliz y contrata a ciudadanos del lugar para la obra, sus beneficios netos durante el primer año se verán libres de impuestos.

–Si me lo ofrece durante dos años, lo estudiaré –replicó el magnate, acostumbrado a negociar.

–Un año es todo lo que puedo prometerle. Pero podría estudiar la posibilidad de reducirle los impuestos en los cinco años siguientes.

–Veo que sabe dónde tocar para conseguir lo que quiere –dijo el *signor* Zarella–. Está bien, lo pensaré, se lo prometo.

Después de esa conversación, Veronica pensó que ya no habría nada que pudiera desinflar el globo en el que había estado subida toda la noche. No tenía garantías, pero presentía que para haber sido el primer contacto con un magnate como Giancarlo, la cosa había empezado con buen pie. Le había impresionado, de eso estaba segura. Se disculpó de ella con una sonrisa al ver que otra persona le llamaba un par de mesas más allá.

–¿Conseguiste lo que querías?

Veronica se dio la vuelta y vio a Raj junto a ella. Parecía algo molesto.

–Sí, creo que sí.

–Bien –dijo él agarrándola del brazo para ayudarla a levantarse–. Entonces, creo que ya es hora de marcharnos.

Veronica le miró sorprendida. La orquesta de jazz estaba interpretando una versión muy original de un popular villancico navideño.

–¿Hora de marcharnos? Me apetece quedarme un poco más.

–¿A cuántos hombres más piensas conquistar esta noche? –dijo él en tono de broma pero con una mirada muy seria–. Ya tendrás tiempo otro día. Ahora tienes que descansar.

–Yo decidiré cuándo tengo que ir a descansar. No te he contratado para supervisar mi agenda de trabajo, ¿sabes?

Ella sabía que él solo estaba tratando de protegerla, pero los recuerdos que tenía de su padre eran demasiado fuertes para olvidarlos.

–Creo que hay cosas difíciles de separar –dijo Raj.

–No me has dicho que haya en esta fiesta ninguna amenaza real contra mi seguridad. Así que nos quedaremos.

–No me culpes entonces si te tropiezas con alguna persona a la que no te gustaría ver.

–¿Qué me quieres decir con eso?

–Que acabo de ver a Andre Girard por la sala.

Veronica sintió un sobresalto al oír ese nombre en boca de Raj. Era un nombre asociado a uno de los mayores errores que había cometido en el pasado. Se preguntó si Raj estaría al corriente de lo que había habido entre Andre y ella. Pero no, era casi imposible que pudiera saberlo. Muy pocas personas lo sabían.

–Andre es ya historia –dijo ella, más para convencerse a sí misma que a Raj–. No voy a marcharme de la fiesta solo porque él esté aquí.

Raj decidió entonces cambiar de táctica. Se puso muy cerca de ella y la agarró por la cintura con una sonrisa, inclinándose hacia ella hasta casi rozarla con los labios.

–Me alegra que lo veas así –dijo él cordialmente–. Porque parece que viene hacia aquí.

–No me importa –dijo ella con voz algo temblorosa.

–Muy bien. Si a ti no te importa, a mí tampoco.

Entonces, inclinó la cabeza un poco más y la besó. Ella sintió el calor de sus labios y la punta de su lengua moviéndose suavemente. Entreabrió ligeramente la boca respondiendo a su beso de forma entregada.

Sabía que había muchas razones por las que no debían verla besándose en público con un hombre, pero no podía pensar en ninguna en ese momento. Se sentía embriagada por su proximidad y sus besos. Y deseaba más. Deseaba sentir su cuerpo desnudo junto al suyo, fundidos ambos en uno solo.

Raj le echó un poco la cabeza hacia atrás con la mano para poder besarla mejor. Fue un beso que duró solo unos segundos pero que a ella le hizo perder la noción del tiempo.

Veronica miró a Raj. Tenía los labios inflamados y el cuerpo palpitante. Volvía a sentir de nuevo algo que creía muerto y enterrado para siempre hasta que él había entrado en su vida.

Raj parecía impasible como siempre, pero sus ojos dorados tenían un brillo más especial que el de costumbre.

–Por lo que veo, has encontrado a una nueva víctima.

Cuando Veronica se volvió, vio a Andre mirándola

con una sonrisa. Llevaba al lado a una supermodelo con labios de silicona. Andre seguía siendo el mismo hombre atractivo y elegante de siempre. Pero ella ya no sentía nada por él. Aquella personalidad que en un tiempo le había fascinado, ahora la encontraba insulsa y aburrida.

—Andre, me gustaría poder decir que es un placer verte de nuevo, pero los dos sabemos que sería mentira.

—Bueno, fue bonito mientras duró, ¿verdad? –dijo él con una cuidada sonrisa–. Ya he visto lo alto que has llegado. ¡Presidenta de Aliz! ¿Cómo lo conseguiste, querida?

Veronica sabía que no debía entrar en ese juego. Pero decidió por esa vez satisfacer su deseo.

—Competí en unas elecciones con el presidente anterior y los ciudadanos decidieron en las urnas que yo les ofrecía más garantías para sacar al país adelante.

—Ya veo –dijo Andre mirándola con los ojos entornados–. Me imagino que eso ha debido de ser más emocionante que lo de ser madre.

Veronica sacó fuerzas de flaqueza para mantener su mejor sonrisa, a pesar de que por dentro estaba sintiendo como si un ave de presa le estuviese desgarrando el corazón. Deseó poder refugiarse en el pecho de Raj, pero no quería dar a su antiguo amante la satisfacción de verla derrotada. Además, quería mantener a Raj al margen. Andre era un problema solo suyo.

—Es diferente. Tiene otro tipo de motivaciones –contestó finalmente ella.

Andre se dirigió entonces a Raj, que había permanecido al margen de la conversación.

—Tenga cuidado, amigo. Ella no es lo que parece. Uno cree conocerla hasta que un buen día descubre que es una mujer muy diferente de la que conocía. Será un hombre afortunado si consigue escapar a tiempo.

–Veronica es una mujer encantadora –dijo Raj–. Lamento que usted no haya sabido verlo. Aunque, por otra parte, tengo que estarle agradecido. Gracias a su estupidez puedo estar ahora con ella.

Veronica sintió una extraña mezcla de rubor y de orgullo al oír esas palabras. Sabía que Raj estaba interpretando su papel, pero aun así le estaba sumamente agradecida por defenderla. ¿Cuándo había sido la última vez que alguien había hecho una cosa así por ella?

Se había sentido desolada tras la pérdida del bebé y había tratado de buscar consuelo en Andre, pensando que él sentiría el mismo dolor que ella, pero se había equivocado.

–Haga lo que quiera –dijo Andre con una sonrisa cínica y falsa–. Pero luego no me diga que no le avisé.

Dicho lo cual, se dio la vuelta y se marchó con la modelo de los labios de plástico.

Veronica respiró aliviada. Las cosas habían resultado mejor que de lo que se había esperado. En el fondo, sabía que, aunque a Andre le gustaban las provocaciones y las ironías, era incapaz de montar una escena en público.

–¿Qué es lo que viste en ese tipo?

Veronica había aprendido a detectar cuándo Raj la miraba con ojo crítico. Y ahora la estaba mirando como si estuviera viendo a una mujer diferente de la que conocía.

–Era encantador cuando le conocí por primera vez. Lo pasamos muy bien juntos.

Ella trató de apartarse de él y Raj le soltó la cintura sin oponer resistencia.

Veronica se preguntó si aquel beso que se habían dado no había representado para él tanto como para ella. La frialdad y serenidad con que Raj la miraba así parecía indicarlo.

Se sentía cansada. Había tenido ya suficiente por esa noche. Estaba cansada de ser la señora presidenta y de fingir tener un amante. Y había cumplido ya con todas sus obligaciones.

—Creo que ahora sí estoy lista para irme.

Tras las consabidas despedidas de rigor, Raj le ayudó a ponerse el abrigo. El guardaespaldas apareció en ese instante en la puerta. Ella había imaginado que Raj la seguiría con su coche, pero subió a la limusina con ella y se sentó a su lado. El guardaespaldas se sentó delante, junto al conductor. Dejaron Mayfair y se adentraron en pocos minutos en las oscuras calles de Londres, aún llenas de actividad comercial, de tráfico y de turistas a esas horas de la noche. El viaje discurrió en absoluto silencio, apenas roto por el caer de la nieve.

—Alguna vez tendrás que contármelo.

La voz de Raj, rompiendo el silencio después de tantos minutos, sonó como un cañonazo en mitad de la noche.

—¿Contarte qué? —dijo ella con voz serena tras el sobresalto inicial.

Raj le agarró la mano con fuerza. Ambos llevaban guantes, pero aun así ella pudo sentir la calidez y la firmeza de su mano.

—Lo del bebé.

# Capítulo 6

ELLA permaneció tanto tiempo callada que él se preguntó si habría escuchado lo que le había dicho. Estaba rígida, con la cabeza mirando en dirección contraria. Al pasar por un edificio iluminado, él creyó ver que movía la garganta como si quisiese hablar pero no le saliesen las palabras.

Raj se quitó los guantes y le acarició la mejilla con la mano. Ella se volvió entonces hacia él. Tenía los ojos llenos de lágrimas.

—No quiero hablar de esto contigo —dijo ella con un hilo de voz.

—Lo siento —replicó él muy suavemente—, pero podría ser de interés para el caso.

No quería presionarla, pero tenía que saber ese secreto que guardaba.

Veronica cerró los ojos y movió levemente la cabeza con gesto negativo. Su pelo rubio platino resplandeció con luz propia en la penumbra del coche.

Raj pensó en la última noche, cuando ella le llamó desesperada desde su dormitorio. Qué aspecto tan inocente y vulnerable tenía. Qué diferente de esa mujer tan frívola que presentaban las revistas del corazón.

Tenía ahora la cabeza gacha como si acabase rendirse ante algún enemigo.

Raj encontró una caja de pañuelos de papel en un compartimento de la limusina y se la dio. Ella sacó un par de pañuelos y se limpió los ojos y la cara.

–¿Qué interés puede tener? –dijo ella finalmente–. No lo sabe prácticamente nadie.

–Alguien sí. Andre, por ejemplo.

–Sí, él sí lo sabe –dijo ella con un leve sollozo–. Él fue el padre de...

Aunque era algo que Raj esperaba oír, el escucharlo de sus labios le produjo el mismo efecto que si le hubieran atravesado el vientre con una espada. Porque él no quería que en su cerebro se fijase ninguna imagen de Andre Girard junto a Veronica. No podía aceptar que ella hubiera podido amar alguna vez a ese hombre. Pero sin duda lo había amado.

–¿Se enfadó él?

Raj no sabía aún bien sobre qué estaban hablando, pero sabía que podía sacarle los detalles si obraba con paciencia y delicadeza.

–¿Enfadarse? –repitió ella con una amarga sonrisa–. No, por Dios. Todo lo contrario. Se sintió aliviado. Él no quería el niño. No sufrió nada al enterarse.

–Lo siento por ti, Veronica.

Raj hubiera querido poder estrecharla entre sus brazos, pero no estaba seguro de si a ella le habría gustado. En lugar de ello, se quedó en su asiento expectante.

–Eres muy hábil –dijo ella, limpiándose los ojos de nuevo con un pañuelo–. Has conseguido hacerme hablar de ello, a pesar de que no quería.

–No era mi intención hacerte sufrir. Pero necesito saber quién puede querer hacerte daño. Es evidente que quienquiera que sea, sabe lo del bebé.

–Me gustaría comprender por qué –dijo ella apretando los puños sobre el regazo–. Eso es algo que no le incumbe a nadie más que a Andre y a mí.

–¿Hubo alguna otra mujer? ¿Alguna ex de Andre, tal vez celosa?

–Siempre hay alguna ex celosa. Pero ¿por qué iba a

hacer una cosa tan cruel cuando ya no estamos juntos? Nuestra relación no iba por buen camino, pero me quedé embarazada y...

—¿Y qué? —exclamó él, como animándola a continuar el relato.

Ella se inclinó hacia delante como si le doliera el estómago y se puso a sollozar amargamente, balanceando la cabeza hacia arriba y abajo repetidas veces. Raj la miró alarmado sin decir nada. Ella dejó escapar un sollozo, pero se tapó en seguida la boca con la mano para ahogarlo y luego respiró hondo como tratando a acallar de raíz los posibles sollozos venideros.

Raj le pasó entonces un brazo por el hombro y la atrajo hacia sí. Ella volvió en seguida la cara hacia él y se apoyó sobre su pecho como había deseado desde el principio.

—Lo siento —dijo ella con la voz quebrada.

—Está bien... Está bien...

Raj sintió un nudo en la garganta mientas veía pasar las luces de los escaparates de las tiendas. No supo por dónde pasaron ni cuánto tiempo permanecieron juntos en silencio, hasta que ella pareció recuperarse y tomó de nuevo un pañuelo para limpiarse los ojos. Luego le miró fijamente como si no hubiese estado llorando de forma desconsolada todo ese tiempo.

Así era ella. Un enigma para él. Suave y dura a la vez. Fuerte y débil. Llena de tristeza y dolor. Nada que ver con la mujer desenfadada que conocía de las revistas del corazón.

Si algo comprendía de ella, era lo frágil que resultaba bajo aquella coraza metálica con la que pretendía protegerse y que él no tenía ningún derecho a destruir.

—Perdí a mi bebé poco después de saber que estaba embarazada. No, no me pondré a llorar de nuevo. Soy más fuerte de lo que crees. Y no dejaré a nadie que utilice esto para impedirme hacer lo que tengo pensado en beneficio de Aliz.

–¿Quién era la mujer que aparecía en los reportajes de las revistas? –preguntó él–. Porque no me puedo creer que sea la misma que tengo ahora sentada a mi lado.

–No trates de engañarte, Raj. Las dos son la misma. Es cierto que en las revistas se exagera algo, pero lo que se decía de mí era verdad, en su mayor parte.

Raj se preguntó si ella era consciente de que estaba acariciándole la mano con el pulgar. El contacto era casi imperceptible, dado que los dos llevaban guantes, pero él se sentía muy a gusto.

–No me lo puedo creer –dijo él, tratando de que siguiera contándole más cosas.

–Esa era mi manera de exteriorizar mi rebeldía con mi padre. Cuanto peor me comportaba, más se enfadaba. ¿No has hecho tú nunca algo parecido, Raj?

–Creo que todos lo hemos hecho alguna vez –dijo él.

No, él no lo había hecho nunca. Él había madurado a una edad precoz. Había tenido que ser adulto en los albores de la adolescencia cuando su madre comenzó a experimentar con las drogas aquel verano en que él acababa de cumplir doce años. Si él no se hubiera preocupado por tener una comida y un techo, su madre y él se habrían muerto de hambre y de frío.

–Sí, supongo que sí –dijo ella–. Pero aquellos días terminaron, al menos para mí. Ahora hay otras cosas que quiero hacer en la vida. Tengo que recuperar el tiempo perdido.

–Tienes veintiocho años y eres la presidenta de una nación. ¿Crees de verdad que has perdido el tiempo? –dijo Raj, reprimiendo una sonrisa.

Ella sonrió inesperadamente, llenando su rostro de luz, y provocando en Raj el deseo de besarla.

–Puede que tengas razón. Pero lo que de verdad lamento es haber tardado tanto tiempo en darme cuenta de lo que realmente quería.

–¿Y qué es lo que quieres, Veronica?

Él sí sabía, en ese momento, lo que quería. Besarla. Pero de verdad, no de forma fingida como en la fiesta.

–Te vas a reír cuando te lo diga.

–No, seguro que no.

–Te reirás. Pero me da igual. Quiero una casa. Un hogar de verdad, con una familia. Aunque solo sea con un gato o un perro. Aunque lo ideal sería que fuera con un hombre al que adorara y él, a su vez, me adorara a mí. Ese es mi sueño.

Raj tragó saliva. Hogar. Familia. Él no sabía lo que eran esas cosas realmente. Solo sabía lo que era un techo y cuatro paredes. Sabía que de eso podía depender la supervivencia de una persona.

–Es un bonito sueño. Espero que lo consigas.

–¿Te parece ridículo?

–No, no es eso –respondió él–. Es solo que me sorprende que digas que no has conocido un hogar. Lo que creo es que quieres dar a esa palabra un valor mayor del que realmente tiene, dotándola de un conjunto de sentimientos y emociones que deben ser responsabilidad tuya.

De repente, Raj notó que había dejado de frotarle la palma de la mano con el pulgar. Ella se había alejado de él o había sido él que había ido demasiado lejos en sus comentarios. Tal vez fuera así mejor. Así no se haría falsas ilusiones con él. Debían guardarse su atracción mutua para mejor ocasión y concentrarse en el aspecto profesional de su relación.

–Eres un cínico –dijo ella–. No me había dado cuenta hasta ahora.

–No soy cínico, sino realista. Un hogar no es un lu-

gar mágico, sino un refugio donde vivir, comer y res-
guardarse del frío. A ti nunca te ha faltado de nada, pero
no todo el mundo ha sido tan afortunado como tú.

–En eso tienes razón. Nunca he pasado necesidades.
Pero yo estaba hablando de algo más. Pensé que lo entenderías –dijo ella mientras la limusina se detenía en la
puerta del hotel al que se había trasladado ese día a primera hora.

Raj abrió la puerta, salió del coche y la ayudó a bajarse.

–Afortunadamente para ti, nunca has tenido que preocuparte de si tendrías algo para comer al día siguiente, ni
de si tendrías una cama donde dormir esa noche. Siempre
pudiste ser tú misma porque tuviste todo lo que necesitabas –Raj comprendió de repente que él no era quién
para hacerle esos reproches y trató de disculparse–. Lo
siento, Veronica.

–¿Por qué? ¿Por decir la verdad? ¿Por recordarme
todos los privilegios que he tenido?

–Siento haberte hablado así –dijo él–. No hay nada
malo en querer construir un hogar seguro donde vivir y
hacer realidad los sueños de uno.

–Eres muy dulce –replicó ella suavemente.

Raj sonrió con ironía. ¿Dulce, él? ¡Qué despropó-
sito!

–Si te sientes bien diciendo una cosa así, lo acepto,
soy una persona dulce.

Ella se echó a reír como una niña. Luego se llevó la
mano a la boca como arrepentida de haber dejado que
él viera por un instante a la verdadera Veronica.

–Tan dulce como un tigre –dijo ella un instante después–. Un tigre que acaba de comer y no tendrá hambre
hasta dentro de un rato.

–Eso no es cierto. Tengo un hambre feroz, pero sé
controlarme.

Un instante después, Veronica entraba por la puerta del hotel, mientras Raj se quedaba inmóvil de pie en la acera mirándola, maldiciéndose a sí mismo.


Veronica se despertó por la noche jadeando. Debía de haber estado soñando. El ambiente estaba muy seco. Tan seco que hasta le dolía la garganta. Abrió un poco la ventana a pesar del frío que hacía afuera. Necesitaba respirar un poco de aire fresco.

Se apoyó tiritando en el alféizar tratando de recordar el sueño que había tenido.

La puerta de la habitación se abrió entonces de golpe y escuchó una voz familiar.

—¿Qué demonios estás haciendo? —le preguntó Raj.

—¿A ti qué te parece? —dijo ella con ironía, mientras veía sorprendida cómo él cruzaba la habitación rápidamente y cerraba la ventana sin consultarla.

—No puedes tener la ventana abierta, es peligroso —replicó él, encendiendo la lamparita de la mesilla de noche.

—¿Quieres decirme que es peligroso que abra una rendija de la ventana en un décimo piso de un hotel, durante unos minutos? ¿En qué clase de mundo vives, Raj? Porque no estoy segura de querer formar parte de él.

—Ya formas parte de él. Entraste en él cuando te presentaste a las elecciones y las ganaste.

Ella se dio cuenta entonces de que lo que había tomado siempre por un ligero acento británico era un inconfundible deje estadounidense.

—¿Cómo sabías que estaba la ventana abierta?

—Había puesto un pequeño sensor —dijo él con toda naturalidad.

Un sensor. Había puesto sensores en la habitación.

Mientras ella había estado pensando en él, cuando se vestía esa noche para la fiesta, él había estado ocupado pensando en la mejor manera de controlarla.

Sintió que la sangre se le helaba en las venas. Ella se había escapado una vez de casa cuando tenía dieciséis años. Su padre se puso tan furioso, que cuando la pilló y la llevó a casa, la encerró en la habitación y le puso un cerrojo para que no se volviera a escapar. Su habitación pareció desde entonces un calabozo militar más que el cuarto de una adolescente.

Sabía muy bien, por tanto, lo que significaban los sensores en una habitación.

Trató de recobrar la calma. Lo que le había sucedido a los dieciséis años no tenía nada que ver con lo de ahora. Ahora era una persona con grandes responsabilidades que necesitaba protección. Raj solo estaba cumpliendo con su trabajo.

—Si me lo hubieras dicho, no habría abierto la ventana —dijo ella secamente.

—La gente normal no suele abrir la ventana en pleno invierno a las tres de la madrugada.

—Me sentía enjaulada —replicó ella disgustada—. Y no me gusta sentirme controlada.

—Eso debías haberlo pensado antes de decidirte a presentarte a las elecciones.

Veronica le miró atentamente en la penumbra de la habitación. Raj seguía vestido como en la fiesta. Aunque no llevaba la chaqueta, ni el lazo del esmoquin. Tenía la camisa arremangada a la altura de los codos. Tenía un aspecto impresionante.

—Vas a agarrar un resfriado —dijo él poniéndole un brazo en el hombro y tratado de llevarla a la cama.

—Estoy bien, no te preocupes.

—Entonces, ¿por qué estás temblando?

Ella no quiso responderle para no tenerle que decir

que, si estaba temblando, no era de frío, sino por él. Quería apartarse de él, pero no podía. Cuando estaba a su lado, parecía surgir entre ellos una especie de corriente eléctrica que encendía un fuego invisible en su cuerpo. Recordó cuando, al llegar al hotel, él le había dicho que estaba hambriento y con un hambre feroz. Había creído entonces derretirse por dentro, había sentido cómo le flaqueaban las piernas y había deseado agarrarle la mano y llevarle a su cama.

No sabía por qué no se había atrevido a hacerlo.

Ahora, esos mismos deseos se abrían paso de nuevo en su mente y se preguntó una vez más cómo podía desear a aquel hombre cuando sabía que no era el adecuado para ella.

Era atractivo, fuerte, orgulloso y valiente. Y muy independiente. Ninguna mujer sería capaz soportarle. Y ella no estaba dispuesta a mantener otra aventura pasajera.

—Acuéstate, Veronica —dijo él apartando la colcha y las sábanas de la cama.

Ella obedeció porque estaba empezando a tiritar. Aunque estaba convencida de que ello era debido más a su presencia que a los diez segundos que había tenido la ventana abierta.

—No creas que me he metido en la cama porque tú me lo hayas dicho.

—Por supuesto, Veronica. Sé que preferirías morirte de frío antes de hacer lo que yo te dijera.

—Exacto —dijo ella, cerrando los ojos.

—Pero no vuelvas a abrir otra vez la ventana.

—Te entendí la primera vez que me lo dijiste. No hace falta que me repitas las cosas dos veces.

—Está bien —dijo él dirigiéndose hacia la puerta.

—¡Raj!

—¿Sí? —exclamó volviéndose hacia ella.

–¿Te importaría quedarte un rato conmigo y contarme algo?

Él pareció dudar un instante, pero luego asintió con la cabeza y se sentó en el borde de la cama que estaba más alejado de ella. Ella no sabía por qué le había pedido que se quedara, solo sabía que no quería estar sola. No podía recordar el sueño que había tenido, pero no había sido nada agradable. Se sentía cansada, nerviosa, inquieta.

Hubo un tiempo en que era incapaz de estar sola un solo minuto. Cuando se pasaba las veinticuatro horas del día entre fiestas y risas con amigos. Cuando todos eran charlas, música y diversión, y el silencio era para ella una losa insoportable.

Ahora en cambio prefería el silencio y la soledad después de la vida que había llevado.

Pero esa noche, en concreto, se sentía sin fuerzas. Apagó la luz. Se sintió más cómoda oculta en el anonimato de la oscuridad.

Podía sentir la sólida presencia de Raj a su lado. Igual que la noche anterior. Era algo muy reconfortante. Se frotó las sienes con las yemas de los dedos. Estaba cansada de tantos viajes y de tantos hoteles. Todo sería por el bien de Aliz.

–Estás muy callado –dijo ella en voz baja.

–Tampoco tú estás muy habladora.

Ella le oyó moverse y sintió cómo se hundía ligeramente el colchón cuando él se deslizó hasta la cabecera de la cama y estiró luego las piernas.

–¿Dónde pasaste la infancia? –preguntó ella.

Él murmuró para sí unas palabras ininteligibles antes de responder.

–Hablemos de ti. Será mucho más interesante.

–No estoy de acuerdo –dijo ella–. Quiero saber por qué tienes un acento que a veces me parece británico y otras estadounidense.

—Mi madre era estadounidense —replicó él con un suspiro.

—Ah, muy interesante. ¿Creciste en India?

—No —respondió él de forma escueta.

—¿Es algún secreto?

—No, pero carece de importancia.

—Bien, no hablemos de eso, si no quieres... Yo nací en Aliz. Me marché de allí cuando tenía dieciocho años y no volví hasta ocho años después, para el funeral de mi padre, hace un par de años.

—Siento lo de tu padre.

—Gracias. No estuvimos nunca muy unidos, pero estábamos... haciendo lo posible para...

Sí, habían intentado reconciliarse. Aún le costaba creer que no estuviera en este mundo. Aunque creía comprender ahora los motivos que le habían llevado a ser tan sobreprotector con ella, aún le costaba perdonarle por ello.

—Supongo que te habrás preguntado más de una vez cómo pudieron elegirme presidenta de Aliz, llevando tantos años fuera de mi país.

—Lo que sí me he preguntado varias veces es por qué te presentaste.

Ella pensó entonces en su padre y en Paul Durand. Y también en la esperanza y la ilusión que había visto en los ojos de los habitantes de aquel pequeño país que creían en su capacidad para poder cambiar las cosas a mejor.

—Pensé que podría hacer algo por mi país.

—Creo que lo conseguirás. De hecho, creo que ya has empezado a hacerlo.

—Bueno, lo estoy intentando. Es algo muy importante para mí.

—Veronica, no creo que haya algo en este mundo que tú no puedas hacer si te lo propones.

—¡Qué cosas dices! Tengo muchas limitaciones.

¡Maldición! No era de eso de lo que ella quería hablar cuando le había pedido que se quedase un rato con ella.

Pero así había sido su vida desde que había perdido al bebé. Aquella caverna profunda se le aparecía cuando menos se lo esperaba, amenazando con consumirla.

Oyó a Raj susurrando algo entre dientes y acercándose a ella. Pero no protestó, aunque sabía que debía hacerlo. Al contrario, se acurrucó en su inmaculada camisa blanca. Se sentía muy a gusto abrazada a él. Podía oír el latido de su corazón en cada uno de los dedos de la mano que tenía sobre su pecho. Parecía muy acelerado. Se sintió feliz. Raj Vala, el hombre fuerte, apuesto y seguro de sí mismo, no era tan impasible cuando estaba cerca de ella.

Quizá fuese un ser humano, después de todo.

—Sin querer, te hice recordar un momento doloroso de tu vida.

Ella tragó saliva, incapaz de contarle el resto y de decirle que se sentía culpable de la pérdida de su hijo y que eso era algo que nunca podría olvidar.

—Tú no puedes dejar de decir lo que piensas solo por temor a que pueda ofenderme.

—Me gustaría poder decir o hacer algo para aliviar un poco ese dolor que llevas dentro.

Ella se sintió emocionada al escuchar esas palabras. Una lágrima solitaria afloró de sus ojos y rodó lentamente por una mejilla.

—Quédate así junto a mí, Raj. No hagas nada más.

# Capítulo 7

RAJ SABÍA que estaba perdiendo la batalla consigo mismo. Cerró los ojos e intentó pensar que estaba en otra parte, no en la cama junto a ella, escuchando el suave ritmo de su respiración. Pero sintió entonces una ligera humedad en el pecho y vio que ella estaba llorando. Quiso que dejara de llorar y volviera a dormirse. Pero no sabía cómo hacerlo.

Ella apenas hacía ruido, pero él sentía su cuerpo temblando entre sus brazos.

–Veronica –dijo él con la voz ahogada–. Cálmate. Todo irá bien. Ya lo verás.

Raj sabía que una pérdida como la que ella había sufrido era un golpe del que no iba a recuperarse fácilmente. Andre Girard había sido un irresponsable que se merecía, cuando menos, haber sufrido tanto como que ella.

–Lo sé –dijo Veronica, con una voz suave y dulce–. A veces pierdo el control, pero estoy bien.

Pero él no podía soportar verla sufrir. Le puso dos dedos en la barbilla y acercó su boca a la suya en un beso suave y tierno. No supo cuál de los dos había iniciado realmente el beso, pero sí que su cerebro estaba a punto de perder la batalla contra su corazón. Trató de recordar las razones por las que no debía hacer aquello... pero no le vino ninguna a la mente. Hundió los dedos en su maravilloso pelo rubio platino y la besó sin reservas.

–Dime que no, Veronica. Dime que me vaya y me iré. Por el bien de los dos, dímelo.

Parecía un hombre sin voluntad cuando estaba ella estaba a su lado, besándole y tocándole. Sabía que debía levantarse de allí y marcharse. Había sido adiestrado para el dolor y el sufrimiento en las Fuerzas Especiales y nunca se había venido abajo. Lo había soportado todo. Pero Veronica era algo especial para lo que no había recibido ningún adiestramiento.

–No puedo –dijo ella–. Quiero que te quedes así conmigo.

Raj soltó un gemido cuyo sonido reverberó por todo el cuerpo de Veronica. Ella escuchó el latido de su corazón al tiempo que sentía un intenso calor por todo el cuerpo. Le asustaban las palabras que acababa de pronunciar. Sin embargo, sabía que eran las correctas.

Estaba preparada para ello. Para el intenso placer de estar con un hombre. Con Raj. Había muchas razones por las que no debía hacerlo. Debía haberle dicho que no, tal como él le había pedido, pero no había podido.

Él había tocado una fibra especialmente sensible que llevaba mucho tiempo dormida dentro de ella. Pero ¿por qué ahora?, ¿por qué él?

–No puedo prometerte nada después de esta noche –dijo él con cierta rudeza–. Tienes que saber eso, Veronica. Por eso es por lo que debes dejar que me marche.

Ella le pasó la mano por la mejilla. Estaba áspera con la barba de un día, pero a ella le pareció adorable.

–Dame solo esta noche, entonces –dijo ella, sorprendiéndose de sí misma.

Pero él era un tigre indomable. Necesitaba sentirse libre. Y ella lo comprendía. Tomaría lo que él pudiera darle y luego le dejaría libre.

Veronica tragó saliva. Por un momento, le asaltó la duda. ¿Qué estaba haciendo? ¿En dónde se estaba metiendo? ¿Estaba preparada realmente para afrontar una noche de pasión?

Pero cuando él volvió a besarla supo que sí, que estaba preparada. Tenía el cuerpo ardiendo. El pijama de seda que lleva puesto esa noche le parecía papel de lija al contacto con la piel hipersensible que tenía en ese momento. Deseaba quitárselo y arder desnuda en sus brazos. Allí, en la oscuridad de la noche, donde nadie pudiese verlos.

Raj deslizó los dedos por la camisa de su pijama hasta encontrar uno de sus pechos. Le acarició el pezón suavemente a través de la suavidad de la seda.

Ella soltó un gemido. En respuesta, le sacó la camisa de los pantalones y metió la mano por dentro, acariciándole el torso duro y musculoso. Los gemidos de placer de él tuvieron la virtud de elevar su nivel de excitación a cotas inimaginables. Ella se debatió entre la colcha y las sábanas, deseando poder verse libre de ellas para poder envolver su cuerpo con el suyo.

Él pareció adivinarle el pensamiento. Apartó la ropa de la cama a un lado con los pies y luego rodó hasta quedar encima de ella. Veronica le puso entonces las piernas alrededor de la cintura para poder sentir su virilidad más cerca, a través de la seda del pijama.

Raj siguió besándola de esa forma tan sensual que a ella tanto le gustaba.

Pero Veronica deseaba algo más esa noche. Le levantó la camisa hacia arriba todo lo que pudo. Quería sentir directamente el contacto de su piel desnuda. Raj lo comprendió. Dejó de besarla unos segundos y tiró con fuerza de la camisa hasta sacársela por la cabeza con una mano. Ella pudo oír el ruido de la tela desgarrada y se sintió excitada al contemplar su torso desnudo. El corazón comenzó a latirle como si se hubiera tomado un tanque de cafeína.

Él volvió a besarla y ella respondió a su beso, pero ahora además se recreó pasándole la mano por el pecho desnudo, suave pero a la vez duro y firme.

Rápidamente, él le desabrochó la camisa del pijama, dejándole los pechos al desnudo. Ella pudo ver, en la penumbra del cuarto, el brillo de sus ojos al contemplar sus senos turgentes y sus pezones cada vez más erectos. Y se complació de ver su excitación.

–¡Raj! –susurró ella pronunciando su nombre como en una plegaria.

–¡Veronica! Eres adorable –replicó él casi sin dejar de besarla.

Y luego recorrió su cuerpo con la lengua. Desde el cuello y los hombros, al nacimiento de los pechos y los pezones. Cuando su boca se cerró sobre uno de ellos, ella pensó que podría explotar, que podría ser el final.

¿Cómo podía sentir tanto placer después de todo lo que había sufrido en los últimos meses?

Raj, pareciendo darse cuenta de su agitación, deslizó los dedos por debajo del pantalón del pijama hasta llegar al elástico de las bragas.

Ella sintió un calor ardiente por todo el cuerpo, pero muy especialmente por donde esperaba que él la tocase de un momento a otro.

Lo deseaba. Lo deseaba tanto... Pensó que se moriría si él no la tocaba.

Pero sí, él la acarició suavemente, primero con un dedo y luego con dos, hasta que ella se puso a jadear de placer.

–Veronica... –le susurró él al oído–. Eres tan sensible, tan femenina...

Ella no le respondió. No podía hablar. No podía decirle que todo eso era porque ella confiaba en él. Pensaba que no le conocía apenas, pero ahora veía que sí, que era un hombre bueno y fuerte, íntegro y sincero. Exactamente lo que ella necesitaba. Aunque solo fuese por una noche. No podía pensar en el mañana.

No tardó mucho en llegar al clímax. Su cuerpo se convulsionó como si estuviera sufriendo un gran dolor. Luego se sintió liberada mientras repetía entre gemidos varias veces su nombre.

Raj le quitó entonces las bragas de un tirón y le abrió las piernas. Ella pensó que se bajaría los pantalones, se pondría encima de ella y la penetraría fundiéndose con ella en un solo cuerpo hasta alcanzar la cima del placer. Pero no hizo tal cosa. En lugar de eso le besó el vientre suavemente y luego fue deslizando los labios y la lengua simultáneamente un poco más abajo hasta llegar al umbral de su punto más erótico y sensible. Ella apenas podía respirar imaginándose lo que vendría después.

Raj deslizó la lengua por aquel punto carnoso, acariciándolo con la lengua unas veces, sujetándolo entre los labios y chupándolo otras, mientras ella arqueaba la espalda subiendo las caderas y gimiendo de placer.

De pronto, vio una constelación de estrellas explotando frente a sus ojos, mientras sentía su cuerpo como si fuera algo independiente de ella misma. Y tuvo la sensación de haber perdido todos los sentidos, menos el del placer.

Pero él no se paró allí. Empezó de nuevo hasta volver a llevarla a la cima de aquella montaña de vértigo, y siguió de nuevo. Parecía querer llevarla a un nuevo pico y luego al siguiente.

Ella estaba dispuesta a alcanzar todas aquellas cumbres, pero quería remontarlas con él, no sola. Él debió comprender su inquietud, pues subió la cabeza y le besó el vientre, los pechos, los hombros y luego los labios.

Veronica se quedó sorprendida cuando él se dejó

caer a un lado y se abrazó con ella como un amante exhausto.

–No hemos acabado aún –dijo ella.

–Tienes razón –dijo él con una sonrisa–. Pero me he dado cuenta de que se me han olvidado los preservativos.

–No importa. Tomo la píldora –dijo ella besándole dulcemente–. Tenía que tomarla por prescripción médica, después de lo de... Para estabilizar las hormonas.

Él le acarició las mejillas con las manos. Era uno de sus gestos característicos que ella adoraba.

–Eres maravillosa, Veronica. Te mereces mucho más de lo que yo puedo darte. Casi me avergüenza que confíes en mí. Pero no puedo aprovecharme de ello.

Ella se sentó en la cama. Estaba completamente desnuda pero no le importó. Sentía una frustración en el vientre. Y un gran desconcierto. ¿Podía estar realmente hablando en serio?

–Raj Vala, eres el hombre más orgulloso que he visto en mi vida. Y he visto a muchos, créeme. ¿Qué te hace pensar que no sé lo que deseas? ¿Crees que no soy capaz de tomar mis propias decisiones?

–No, yo no quería decir eso...

–Pues lo has hecho. Porque eres un hombre maravilloso, no cabe duda. Eres irresistible para cualquier mujer. Pero no sé por qué te crees con derecho a despreciar lo que yo pueda sentir.

–No estás pensando bien lo que dices. Por la mañana te arrepentirías.

–Ese sería mi problema, ¿no te parece? –dijo ella con un nuevo conato de indignación y de frustración sexual–. Tú estás aquí para protegerme de una amenaza exterior, no de mí misma.

–Yo te deseo. De eso, no te quepa la menor duda. Y si fuera un malnacido como ese Andre Girard, o alguno de esos otros hombres con los que te has acostado en el pasado, te tomaría la palabra y me olvidaría de la paz de tu espíritu.

Ella estaba cada vez más furiosa y humillada. Se había entregado a él en cuerpo y alma y él la había rechazado, después de haber conseguido llevarla al orgasmo una o dos veces. Sola.

Era ridículo. Humillante.

—Muy bien. Está claro que tú sabes mejor que yo lo que me conviene. Ahora sal de mi cama y déjame dormir.

Él se quedó callado, como si no pensase responderla. Pero a los pocos segundos, saltó de la cama como un rayo, recogió su camisa medio rota y la miró fijamente.

—Ya me lo agradecerás mañana.

Ella le puso una mano en el pecho y luego en la barbilla. Él pareció estremecerse al contacto. Ella fue más allá y con todo descaro le puso la otra mano en la bragueta.

—Veronica...

—Soy una mujer adulta, Raj. Sé lo que quiero —dijo ella avanzando un paso más hacia él hasta que sus senos desnudos quedaron en contacto con su pecho—. Necesito esto. Tú has sido el primero después de la pérdida de mi bebé, por eso tienes que serlo de verdad. Confío en ti y me temo que nunca más volveré a reunir el valor necesario si tú no... haces el amor conmigo esta noche. Por favor, Raj.

Raj cerró los ojos y echó la cabeza ligeramente hacia atrás. Ella pudo ver cómo se le movía la nuez en la garganta hacia arriba y hacia abajo. Estaba librando sin duda un gran debate interno para llegar a una decisión.

—Dios, me estás matando —exclamó Raj.

Ella le besó en mitad del pecho. Raj fue ya incapaz de pararla. Le bajó los pantalones hasta que consiguió tener su miembro en la mano. Duro y firme como si fuera de mármol. Pero a la vez suave como la seda. Lo acarició con movimientos lentos pero constantes.

–Tú ganas –dijo él con la respiración entrecortada–. Tú ganas.

La pasó una mano por detrás de las rodillas, la subió en brazos y la llevó a la cama. Se puso sobre ella al tiempo que ella le envolvía las piernas alrededor de la cintura. Él tomó uno de sus pechos con la mano y le acarició el pezón, mientras la besaba de nuevo.

Entonces ella lo sintió entrar. De forma lenta pero inexorable. Y soltó un leve quejido de dolor.

–¿Te he hecho daño? –dijo él, parándose de inmediato.

Ella se dio cuenta entonces de que estaba clavándole las uñas en los brazos.

–Es que hace tanto tiempo... que me está resultando más difícil de lo que me esperaba.

Raj susurró una maldición e hizo ademán de retirarse.

–No –exclamó ella, apretando los muslos–. Te necesito, Raj. Te necesito.

–Lo haremos más despacio –dijo él.

Y comenzó a acariciarla suavemente, sin prisa, como si tuviera todo el tiempo del mundo. Como si no hubiera amaneceres ni puestas de sol. Ni citas ni horarios. Como si ella fuera el universo y él su único siervo.

Ella tardó en entrar en situación, pero al final lo consiguió. Su cuerpo se abrió a él, ofreciéndose.

–¿Estás preparada?

–Bésame –dijo ella.

Él la besó y ella se entregó rendida una vez más a sus besos. Y comenzó a sentirle moviéndose parcialmente dentro de ella y aunque su cuerpo estaba aún un poco tenso, el dolor que sentía era soportable.

Ella no supo cuánto tiempo estuvieron en ese compás de espera hasta que, llegado un punto, alzó ligeramente las caderas hacia arriba y dejó que todo su miembro la penetrase por completo. Sintió el cuidado con que él entraba y salía de ella para tratar de no hacerle daño.

—Raj —susurró a su oído—. Te deseo. Hazme el amor.

Él comenzó a moverse lentamente una vez más hasta que llegó un momento en que ella le pidió que fuera más rápido. Él la obedeció. Sus cuerpos se fundieron, igual que su piel y sus sudores. Ella seguía sintiendo alguna molestia, pero ahora el placer era mayor que el dolor.

Un placer que iba en aumento. Hasta que al fin, ella comenzó a jadear y su cuerpo a convulsionarse. Hubiera deseado seguir más allá, pero ya no fue capaz de aguantar por más tiempo. Él tenía un control tal de la situación que ella sabía que podría seguirla en el momento en que él quisiera.

Raj la levantó un instante de las caderas y su cuerpo se fundió íntimamente con el suyo. Luego se quedó quieto apoyándose con mucho cuidado en las rodillas y en los codos para no presionarla con su peso.

—Gracias —dijo ella sin saber qué decir.

—¿Estás bien? ¿Te he hecho daño?

—No te preocupes. Estoy bien.

Físicamente era verdad. Pero emocionalmente era otra historia. Habían sido demasiadas emociones juntas. Ella había hecho el amor con él y aunque no se arrepentía de ello, el peso de los remordimientos que había llevado durante tantos meses era aún muy grande.

Cuando Veronica se durmió, él se quedó despierto.

¿Qué había hecho? Nunca se había acostado con una mujer a la que estaba protegiendo. Había sido un error.

Pero había sido incapaz de negarse a lo que ella le había pedido. Desde el primer momento que la había visto en la barra del salón del hotel, la había deseado. Con esa misma ansia que usan los drogadictos para justificar sus excesos.

Era una mujer maravillosa, sensual y femenina. Tenía una sonrisa encantadora y una mirada seductora, como para volver loco a cualquier hombre.

Y además de eso era seria, formal e inteligente. Y triste. Era la mujer más triste que había conocido, con excepción de su madre. Y él odiaba la tristeza.

Se llevó la mano al pecho. Sintió un cierto dolor. Era el mismo que sentía de niño cuando volvía del colegio y encontraba a su madre bajo los efectos de las drogas.

Pensó en bajarse de la cama y volver a la sala donde estaba el ordenador con el que había estado trabajando cuando ella había abierto la ventana y habían saltado las alarmas del sensor. Pero la cama estaba caliente y él tenía mucho sueño. Además, tenía la cabeza de ella apoyada en el pecho y no podía correr el riesgo de despertarla, especialmente cuando le había dicho que dormía muy mal últimamente. Hundió los dedos en la seda de su pelo rubio platino y comenzó a quedarse dormido pensando en ella. En los suaves gritos que había dado pronunciando su nombre cuando sus cuerpos se habían fundido en uno solo, en la forma en que su cuerpo se había abierto al suyo...

Pero había algo que le preocupaba. Ella había confiado en él. Le había dicho que deseaba a alguien que pudiese amarla y darle una familia. Y él, aunque sabía que no era ese hombre ni podría serlo nunca, había aceptado su confianza y su cuerpo, porque era demasiado débil para decirle que no...

Unas horas más tarde, en la tenue luz del amanecer, Raj la sintió entre sueños. Sintió su mano deslizándose por el pecho, acariciándole con los dedos, como si tratara de aprenderse su cuerpo al tacto. Luego sintió el calor de sus labios en la piel y entró en un estado de excitación que le impidió seguir durmiendo.

Debería haberse ido de la cama a refugiarse en el sofá, pero ya era demasiado tarde. Sintió el calor de su mano alrededor de su miembro y supo que ya no podría apartarse de ella. Se quedó allí y dejó que le acariciase. Luego ella se puso a horcajadas sobre él y se fue hundiendo centímetro a centímetro, llenándose de él suavemente.

Raj cerró los ojos y ella susurró su nombre.

–¡Raj, Raj! ¡Oh, Raj!

Él le acarició el pelo, la agarró de la cintura y la atrajo hacia sí. La besó en la boca con pasión, al tiempo que acompasaba el ritmo de su cabalgata con unos movimientos cada vez más vigorosos de caderas.

–Sigue, sigue, no te pares –dijo ella–. No te pares, por favor.

Y no lo hizo.

# Capítulo 8

CUANDO Veronica se despertó, Martine estaba junto a la cama con la bandeja del desayuno y una libreta de notas. Se incorporó y se frotó los ojos con la mano. La luz de la mañana entraba a raudales por la ventana. Estaba sola en la cama. Pasó la mano por el lugar que Raj había ocupado y notó que estaba ya frío. Debía de haberse despertado hacía más de una hora.

Decidió tomarse el desayuno mientras Martine le puso al tanto de las novedades y los compromisos del día. Luego se dio una ducha y se puso un suéter de cachemira rosa y unas botas altas de gamuza a juego. Se cepilló el pelo y se lo recogió en una coleta.

Cuando entró en la sala vio a Brady y luego a Raj. Estaba mirando por la ventana y tenía un aspecto serio y pensativo.

–Buenos días, caballeros –dijo ella a modo de saludo.

Raj se quedó impasible. ¿Cómo podía estar tan frío y distante después de haberle hecho el amor de forma tan tierna y apasionada?

Afortunadamente, Brady, que debía de estar al margen de todo, se acercó a darle un abrazo. Luego le tomó la mano y la llevó hacia el sofá.

–Veronica, siéntate, por favor.

–¿Qué pasa? –dijo ella mirando primero a Brady y luego a Raj, presintiendo que le estaban ocultando algún problema.

–Lo siento, Veronica –dijo Raj, con un tono de voz muy diferente al que había usado la noche anterior con ella–. Ha habido un golpe de estado en Aliz. El jefe de la policía ha tomado todos los organismos gubernamentales de la capital. Ha exigido tu destitución y la restauración del anterior presidente.

–No puede hacer eso –dijo ella desconcertada–. No se lo permitiré.

–Cariño... –dijo Brady, antes de que ella levantase la mano para que no siguiera hablando.

–Sé lo que estás pensando –dijo Raj–. Pero tienes que quedarte. Sería muy peligroso para ti volver allí ahora, en esta situación.

–¿Quieres que me quede aquí cruzada de brazos y dejar a esos golpistas que se salgan con la suya? –exclamó ella muy indignada.

–No se saldrán con la suya –dijo Raj–. Pero se tardará tiempo en volver a poner las cosas en su sitio. Entretanto será mejor que te quedes aquí por tu seguridad.

–Voy a volver a Aliz –dijo ella–. Con vosotros o sin vosotros.

–Muy bien –dijo Raj, impasible sin perder la calma, dirigiéndose hacia la puerta.

Veronica se sintió defraudada pensando que se iba a marchar así sin más, después de la noche que habían pasado juntos. Como si ella no significara nada para él.

–No pensarás dejarla sola, ¿verdad? –le dijo Brady a Raj muy enfadado.

Raj se detuvo con la mano en la puerta y se volvió hacia ellos.

–No. Solo iba a preparar el equipaje.

Tres horas después, estaban volando en dirección a Aliz. Veronica iba sentada en un lujoso asiento de cuero contemplando por la ventanilla el paisaje nevado de la campiña inglesa.

Raj había hecho uso de sus influencias y había conseguido un vuelo en uno de los jets privados de su empresa. Todo el equipo de Veronica viajaba también con ella.

Raj, sentado en el asiento del pasillo, estaba enfrascado en ese momento en el ordenador. Apenas habían cruzado una palabra desde que él le había comunicado la situación de su país.

Ella se sentía humillada por el hecho de haber tenido que enterarse por él, siendo ella la presidenta. Sentía también una extraña desazón al ver cómo aquellos dedos que con tanta habilidad la habían acariciado la noche anterior, estaban ahora dedicados a pulsar el teclado del ordenador.

Raj pareció darse cuenta de ello, terminó de hacer su trabajo en el ordenador y lo dejó a un lado. Él también la deseaba. Una noche no había sido bastante. Había una cama al fondo del avión, pero tendrían que pasar por delante de la tripulación y del equipo de seguridad de Veronica para llegar allí. Y no tendrían intimidad.

Pero quizá fuese su última oportunidad. ¿Quién sabía lo que pasaría cuando llegasen a Aliz?

Ella probó un sorbo del cóctel de vodka que había pedido a un auxiliar de vuelo. Confiaba en que eso pudiera calmarle los nervios.

–Gracias –dijo ella, de repente.

–Ya me has dado las gracias lo menos cincuenta veces –dijo Raj muy sereno–. No podía dejarte sola. Te comerían nada más llegar.

–Te estaba dando las gracias por lo de anoche.

Raj le tomó la mano, se la llevó a los labios y la besó. La deseaba. La deseaba más que nunca.

–Quiero verte desnuda en la cama, Veronica –le susurró él al oído–. Quiero besarte todo el cuerpo y sentirme dentro de ti.

–No me digas esas cosas, Raj –dijo ella cerrando los ojos.

–Deseo tenerte de todas las formas posibles. Quiero poseerte con esas botas tan seductoras que llevas y luego quitártelas y volver a poseerte con los pies descalzos.

–Para ya, por favor –dijo ella.

Veronica vio que Martine la estaba mirando y se ruborizó. En ese momento, Raj le tomó un dedo y se lo metió en la boca. Lo acarició con la lengua, metiéndoselo y sacándoselo de la boca varias veces. Ella tuvo que morderse el labio inferior para evitar soltar un gemido de placer. Luego Raj se inclinó hacia ella y la besó en la boca con pasión.

Ella, sin preocuparse de si alguien los estaba viendo, le devolvió el beso con ardor. Si hubieran estado solos, ella le habría desnudado y habría hecho el amor con él sin pensárselo dos veces.

Martine estaba ahora distraída leyendo una revista. Veronica echó un trago de vodka mientras Raj se echaba hacia atrás en el sillón y le dirigía una sonrisa llena de sensualidad.

–Estoy a punto de estallar. Si seguimos así un minuto más, te quitaré ese vestido rosa de muñeca Barbie que llevas y al diablo todo el mundo.

–¿Cómo sabes tú esas cosas de la Barbie? –dijo ella con una sonrisa.

–Era mi muñeca favorita.

–Supongo que lo dices en broma, ¿no?

–No. Cuando yo era pequeño mi madre acostumbraba a cambiar a menudo de casa –dijo él agarrándole de nuevo la mano–. Recuerdo que, cuando tenía ocho años, había una niña muy guapa en la clase. Era rubia, como tú, y llevaba unas trenzas muy grandes. Era la criatura más hermosa que había visto y llevaba una mochila en la espalda con la imagen de Barbie.

–Debió de gustarte mucho, ¿verdad?

–Sí.

–¿Qué pasó? ¿Le escribiste una de esas notas de enamorado donde le pedías que te contestara «sí» o «no»? –dijo ella con una sonrisa burlona.

–No, pero me invitó a su fiesta de cumpleaños. Recuerdo que la invitación era una tarjeta de color rosa, con dibujos de la Barbie por alrededor.

–¿El escenario de la fiesta estaba también pintado de rosa?

–No te lo puedo decir. No llegué a ir. Nos marchamos de la ciudad antes de la fiesta.

–¡Oh, cuánto lo siento!

–Pero sí, seguramente la fiesta estaría llena de globos de color rosa colgados por todas partes. Siempre me pregunté si yo había sido el único chico al que había invitado.

Veronica pensó entonces en el dormitorio que tenía en casa de sus padres. Todo pintado de rosa y con las estanterías llenas de muñecas. Unas muñecas que, sin embargo, no habían podido curar su soledad. Tenía una niñera, la señorita Petit, que, pese a sus cuidados, tampoco fue capaz de llenar el vacío que le dejó su madre tras fallecer en un accidente.

Veronica se había pasado los últimos años tratando llenar ese vacío, pero lo único que había conseguido había sido acabar con el corazón roto.

–Una cosa he aprendido en la vida –dijo él–. Siempre nos parece que la hierba del vecino es más verde y crece más que la nuestra. Aunque no sea verdad.

–A veces sí lo es.

–No es bueno pensar así. Solo conduce a estar siempre lleno de recelos y remordimientos.

Ella miró por la ventanilla. Estaban pasando por una zona de nubes y no se veía nada. Debían de estar ya cerca de la isla de Aliz en el Mediterráneo.

–Creo que tengo ya suficientes remordimientos para toda mi vida –dijo ella.

Trató de reprimir las lágrimas. Había confiado en Raj, pero apenas sabía nada de su vida.

–Puedes llorar si lo necesitas –dijo él con un hilo de voz apenas perceptible.

¿Cómo podía saberlo?, se dijo ella mirándole a los ojos. A esos ojos dorados tan profundos. Se tragó las lágrimas y esbozó una sonrisa.

–No, solo estaba pensando.

–Es un viaje muy largo, Veronica –replicó él, no muy convencido de sus palabras–. ¿Por qué no descansas un poco?

–No vale la pena. Solo debe quedar un par de horas. Creo que sería mejor discutir lo que vamos a hacer cuando lleguemos.

Había estado fuera de su país solo dos semanas, pero si no actuaba deprisa y con eficacia, la situación podía escapársele de las manos definitivamente.

Giancarlo Zarella nunca levantaría un complejo hotelero en un país inestable políticamente.

–No hay nada que discutir –dijo Raj–. Yo me encargaré de todo.

–¿Qué tú te encargarás de todo? Creo que deberíamos discutir todas las alternativas posibles.

–No –dijo él con un tono de voz duro, muy diferente del de hacía unos minutos.

–No soy una niña, Raj. Soy la presidenta y tengo derecho a saber los planes que tienes.

Raj se puso de pie. Parecía el amo y señor de la situación, a pesar de que se le notaba por la mirada que llevaba varias noches sin dormir.

–Lo discutiremos al llegar –dijo él.

Veronica trató de guardar la compostura. Tal vez, él no tuviese aún los planes perfilados y no quisiera comunicárselos hasta entonces. Bueno, aún quedaba una hora para llegar. Hasta ahora no le había defraudado.

–Está bien. Pero espero tener pronto un informe completo.

–Lo tendrás, confía en mí.

Veronica se quedó adormecida unos minutos y se despertó algo confusa. Recordó que iba en un avión rumbo a Aliz.

–Señora presidenta, ¿le gustaría tomar algo? –le dijo uno de los asistentes de vuelo.

Tenía hambre, pero pensó que podía esperar. Debían de estar llegando ya a Aliz. Pidió una botella de agua y subió la cortina de la ventanilla que alguien debía de haber bajado.

Sintió que se le helaba la sangre en las venas al ver un cielo negro lleno de estrellas. Alguien debía de haber cometido un error. No podía ser de noche todavía. Aliz estaba a solo cuatro horas de vuelo de Inglaterra y habían salido muy pronto de Londres como para que fuese de noche y estuviesen aún volando.

Se soltó el cinturón de seguridad. Pero antes de que pudiera levantarse, Raj se presentó allí. Tenía un aspecto muy sexy y atlético. Llevaba unos pantalones color beis con las manos metidas en los bolsillos, y una camisa azul marino con los botones de arriba desabrochados que dejaban ver el bronceado de su piel.

–¿Dónde estamos, Raj? ¿A dónde me estás llevando?

Presentía que la habían traicionado. Pero se resistía a creer que el hombre al que confiado su cuerpo y su alma la noche anterior fuera tan falso e hipócrita como para haber sido el autor de aquella traición. Todo debía de haber sido un simple error de cálculo o, tal vez, habían tomado, por error, una ruta aérea equivocada. Él no sería capaz de hacer algo en contra de su voluntad.

–Vamos a Goa, a mi casa –dijo él escuetamente.

Veronica se quedó petrificada. Era como si hubiera estado corriendo muy deprisa y de repente se diera de golpe contra un muro de piedra.

–¿Goa? ¿No queda eso un poco retirado de Aliz? –dijo ella con ira contenida.

Era un volcán a punto de entrar en erupción, podía explotar de un momento a otro si seguía un minuto más en aquel avión.

–Lo siento, Veronica –dijo él, aunque no parecía estar arrepentido de nada–. Pero es necesario. Dada la situación, Aliz no es un sitio seguro para ti en estos momentos. El jefe de policía tiene el control del gobierno de la nación y me temo que también las armas. Si aterrizásemos en Aliz, lo más probable es que nos fusilase a todos.

Antes de que ella pudiera protestar, él la estrechó entre sus brazos y trató de calmarla. Veronica sintió el calor y la solidez de su cuerpo junto a ella. Era una sensación grata. Pero no podía olvidar que la había traicionado.

–Déjame. Suéltame. Te odio.

–Lo siento –repitió él sin soltarla–. Tuve que hacerlo. No puedo permitir que te hagan daño.

Ella lanzó un pequeño grito de rabia y luego se vio luchando con él como una loca. Raj decidió soltarla para no hacerle daño. Ella apoyó entonces la espalda en la pared y encogió las piernas en actitud defensiva por si él intentaba sujetarla de nuevo.

Pero Raj no volvió a intentarlo. Vio que tenía un arañazo en la mejilla, pero no le dio importancia. Se lo merecía.

–¿Cómo te has atrevido a pensar que tenías derecho a decidir por mí? –exclamó ella.

–Adelante, Veronica, sigue con tu rabieta. Puedes poner tu vida en peligro si quieres, pero ¿has preguntado a tus hombres si quieren también arriesgar la suya o si por el contrario están deseando volver con sus familias?

Odiaba sentirse culpable. Pero Raj le hacía sentirse así. Él parecía ahora el hombre sensato y ella la irresponsable, cuando él había sido precisamente el que la había traicionado.

–Ellos no tienen que temer nada –dijo ella–. Yo soy la única de la que quieren vengarse.

–Eso tú no lo sabes –dijo él, poniéndose de pie.

Tenía una figura imponente y a la vez exasperante. Hubiera querido sacarle los ojos. Y también besarle.

Veronica cerró los ojos y volvió la cabeza, apretando la mejilla contra la pared de la cabina del avión. No. Nunca más volvería a confiar en él.

–Vete –dijo ella–. No quiero hablar contigo.

Ella no pensó que él se marcharía, pero cuando entreabrió los ojos después de un largo silencio, vio que ya no estaba a su lado.

Y sintió entonces un vacío más profundo aún que antes.

# Capítulo 9

HACÍA poco que había amanecido cuando tomaron tierra en Goa, en el aeropuerto Dabolim de la bahía de Dona Paula. Las gotas de agua del mar relucían como diamantes con la luz de la mañana cuando el avión se acercó por el mar a la pista de aterrizaje. El cielo azul claro parecía una bendición comparado con la nieve que habían dejado atrás en Londres.

Pese a todo, Veronica no se sentía muy feliz.

Se había cambiado. Se había puesto algo más adecuado para el clima del lugar. Llevaba un vestido liso de seda naranja y unos zapatos abiertos. No se había llevado sandalias, habida cuenta de que su viaje oficial iba a discurrir por los países más fríos de Estados Unidos y Europa.

Cuando se abrió la puerta de la cabina y salió a las escaleras, sintió el calor y la humedad del ambiente. Era una sensación agradable después del frío invernal londinense.

No había ningún medio de comunicación esperándoles, cosa que fue una sorpresa a la vez que un alivio para ella, pues no estaba de humor para tratar con los periodistas. Raj debía habérselas arreglado de alguna forma para mantener su viaje en secreto, aunque no podría ser por mucho tiempo.

Martine, Georges y el resto de los miembros de su equipo estaban esperándola. Ella los miró a todos muy altiva y con la cabeza erguida. A pesar de la situación,

había que mantener el orgullo y la dignidad. No solo
por ella, sino también por su país.

Había estado hablando con las personas de su equipo
la noche anterior y, para su sorpresa, todos parecían estar de acuerdo con el plan de Raj, y hasta aceptaban de
buen grado que fuera él quien liderase la situación.

Raj se había bajado el primero del avión para supervisar si había llegado toda la flota de todoterrenos que
había pedido. Estaba ahora charlando con uno de los
conductores. Se había puesto unos pantalones deportivos de color caqui, unas sandalias y una camiseta negra
sin mangas que resaltaba la poderosa musculatura de su
pecho y sus brazos.

El corazón de Veronica se puso a latir a toda velocidad al verle, recordando el contacto de su cuerpo con el
suyo la noche anterior. Quiso alejar esos pensamientos
de su mente.

Él levantó la vista entonces. Ella no pudo ver adónde
miraba, pues llevaba puestas unas gafas de sol oscuras,
pero creyó adivinar que estaba observándola.

Raj se apartó del conductor y se acercó a ella. Martine
se apartó discretamente unos pasos. Veronica sintió deseos de decirle que podía quedarse con ella, que lo que
iba a hablar con el señor Vala no era ningún secreto, pero
no lo hizo para que Raj no pensase que era incapaz de hablar con él de cosas serias si no estaba con su secretaria.

–¿Cómo estás esta mañana? –dijo él.

–Furiosa –respondió ella, que estaba realmente confusa, presa de emociones enfrentadas.

–Pero viva –apostilló él.

Ella ladeó la cabeza para verle la cara. Aún tenía la
marca del arañazo. Pero se le quitaría pronto, pues no
le había hecho sangre.

–Hablas como si tuvieras una bola de cristal y supie-
ras a ciencia cierta lo que habría pasado si hubiéramos

aterrizado en Aliz. Admite que lo que dices no son más que hipótesis.

–Es posible –dijo él, encogiéndose de hombros–. Cuando preparo un plan me pongo en el peor de los casos y pongo los medios para evitarlo.

–Tal vez eres tú mismo el que te inventas esos peligros –dijo ella–. Aliz tenía una oportunidad de recuperar su normalidad antes de que me secuestraras. Ahora, me temo que ya no podrá hacerse nada por salvarla.

No lo pensaba sinceramente, pero estaba tan enfadada que necesitaba decirlo.

–¿Quién es el que está haciendo ahora conjeturas? No creo que sean mis planes de acción lo que deba preocuparte, sino el señor Brun y el jefe de policía.

Veronica sintió un sobresalto al oír el nombre del anterior presidente de Aliz. Siempre había mostrado una gran hostilidad hacia ella. Durante las elecciones, la había atacado duramente en todos los medios de comunicación profiriendo contra ella todo tipo de insultos y calumnias. Pero ella no le había dado importancia, porque había pensado que eran cosas de la política.

–¿Has tenido alguna noticia más?

–No, aún no. La policía debe de haber cortado las comunicaciones. No se sabe nada.

Ella esperaba que el *signor* Zarella se enterase de la noticia lo más tarde posible. Aunque eso iba a resultar difícil. La CNN había dado ya la noticia del golpe de estado y pronto aparecería en los informativos del resto de los canales de radio y televisión.

–Debería estar allí –dijo ella.

–Deberías estar en cualquier parte menos allí –replicó Raj llevándola a uno de los todoterrenos.

Martine y el resto del equipo se distribuyeron entre los demás vehículos. La caravana se puso en marcha en dirección al sur a través de un terreno exuberante, lleno de palmeras, pastizales y arrozales de color verde jade.

Era un paisaje exótico y encantador, como lo eran los saris de las mujeres indias, que se cruzaban en su camino. Unos vestidos llenos de colorido y brillantez. Goa era una mezcla sorprendente de civilizaciones antiguas y modernas, y ella lo contemplaba todo con el interés del turista que desea imbuirse de la cultura de los países que visita. Veronica había viajado por medio mundo durante los últimos diez años, pero nunca había estado en la India. Un descuido imperdonable, se dijo ella, a raíz de lo que estaba viendo en aquellos instantes.

Pasaron luego junto a unas ruinas de lo que parecía una fortaleza medieval. Ella alargó la cabeza para verlas, como si fueran a desaparecer nada más pasar ellos. Le pareció que tenían un cierto estilo europeo.

–Los portugueses se establecieron en Goa en el siglo XVII –dijo Raj–. Estuvieron aquí hasta hace pocos años. Puede verse su arquitectura en las ciudades y en algunas iglesias de aquella época. Y su influencia aún está patente en la comida y en ciertas costumbres.

–¿Tú eres nativo de aquí? –preguntó ella, sin apenas mirarle.

–Mi padre era de Goa, aunque yo no lo conocí. Mi madre y él se divorciaron cuando yo tenía solo dos años.

–Pero tienes una casa aquí.

–Sí. Quería conocer mis raíces. O al menos la mitad de ellas.

–¿No tienes familiares cercanos?

–No creo. Y si los tengo, no los conozco. Mi padre murió en Inglaterra cuando yo era niño y perdí cualquier conexión con su familia hace mucho tiempo.

–¿Dónde vive tu madre, ahora?

Veronica recordaba que era estadounidense. Raj tenía un aspecto bastante exótico, como si fuera nativo de allí. Sin embargo, era realmente más estadounidense o europeo que indio.

—En casa –dijo él–. Pero ahora se le ha ido la cabeza. No siquiera sabe quién soy.

—Lo siento, Raj. Eso debe de ser algo terrible para ti.

—Todo fue culpa suya, por las drogas.

Lo dijo con mucha naturalidad, pero ella adivinó todo lo que él debía de haber sufrido viendo a su madre día tras día en aquel estado.

Veronica no recordaba apenas a su propia madre. Tenía una vaga impresión de una mujer dulce y bondadosa, y su padre nunca le había hablado de ella después de su muerte. Se había limitado a controlarla y vigilar todos sus movimientos y amistades como si hubiera querido evitar que su hija le dejase igual que le había dejado su esposa.

Hicieron el resto del viaje en silencio hasta que subieron por una colina y llegaron a una extensa propiedad asentada sobre el mar Arábigo y rodeada de cimbreantes palmeras y verdes praderas que conectaban con unas paradisíacas playas de arenas blancas.

Era una finca muy hermosa. Más hermosa de lo que ella se había imaginado. La vista del mar le recordaba a Aliz. No pudo evitar un instante de emoción pensando en su país. ¿Qué estaría pasando? ¿Podría volver a ver su casa de nuevo?

Una mujer con un sari color turquesa ribeteado en oro y con bordados esmeralda salió de la casa, seguida de un grupo de sirvientes que se hicieron cargo en seguida del equipaje de todos. Veronica, ajena a ello, siguió mirando al mar. Cuando se dio la vuelta, vio que Raj y ella se habían quedado solos.

—La vista desde la terraza es aún mejor –dijo él.

—¿Dónde está mi equipo?

—Las personas del servicio han ido a enseñarles sus

cabañas. Estarán allí muy cómodos. No te preocupes. No les faltará de nada.

–A mí también me gustaría una cabaña –dijo ella, muy emocionada solo de pensar que podría estar allí sola con él.

–Te alojarás en la casa principal, conmigo.

–Preferiría una cabaña –dijo ella tapándose los ojos con la mano, pues el sol era muy fuerte y cuando se reflejaba de vez en cuando en las gafas de Raj conseguía deslumbrarla.

–No se trata de gustos, sino de tu protección.

–¿Y quién me protegerá de ti? –dijo ella suavemente.

–Eso solo está en tu mano, Veronica. Yo no te tocaré a menos que tú me lo pidas.

–Si es por eso, no habrá problemas. Preferiría acercarme antes a una cobra.

–Esto es la India –dijo él con una sonrisa–. Aquí no te van a faltar oportunidades.

Raj entró en la casa y ella le siguió. La mujer del vestido de colores se presentó ante ellos nada más verlos entrar y habló a Raj en un idioma desconocido para ella. Raj le contestó en esa misma lengua pero mucho más despacio, como si tuviera que buscar las palabras.

Luego se giró y se perdió por el vestíbulo como un pájaro exótico entre los árboles.

–Esta es tu habitación –dijo él, señalando una puerta de madera con bisagras y herrajes de hierro forjado, y adornos labrados con temas de elefantes, tigres y flores en su superficie.

Raj abrió la puerta y se hizo a un lado para que ella pasara. Le habían dejado ya el equipaje al pie de la cama. Unas puertas dobles de cristal daban acceso a una terraza espléndida. Veronica salió a disfrutar de la vista del mar. Había estado muy tensa esos últimos días y se sintió relajada al recibir la brisa marina en la cara.

Respiró profundamente mientras se recogía el pelo sacudido por el viento. No se sentía libre, pero tampoco estaba entre las cuatro paredes de un calabozo con una ventana de barrotes y una puerta con un cerrojo. Podía entrar y salir a voluntad, aunque no dudaba de que estaba vigilada y que por supuesto no se le permitiría ir al aeropuerto para poder regresar a su país.

Sin necesidad de volverse, notó la presencia de Raj junto a ella. Era una especie de electricidad que surgía cada vez que estaban cerca el uno del otro. En otras circunstancias...

Tan solo tendría que inclinar un poco la cabeza hacia atrás para sentir su aliento y ofrecerle el cuello a sus caricias.

Cerró los ojos para aislarse de la tristeza y la soledad que sentía en ese momento.

—Deberías haberme consultado —dijo ella amargamente—. Deberíamos haber discutido el asunto entre los dos. Traerme aquí contra mi voluntad ha sido un grave error por tu parte.

—No me dejaste otra elección. Estabas decidida a irte a Aliz te dijera lo que te dijera.

—Era mi decisión, no la tuya.

—Creo que es inútil que sigamos discutiendo sobre esto, Veronica.

Ella se dio la vuelta y dio un paso atrás. Él la miró fijamente con sus ojos dorados y exóticos. Siempre había tenido un aspecto exótico, pero en aquel ambiente lo tenía mucho más.

—¿Qué va a pasar ahora, Raj? Yo sigo siendo responsable de Aliz. No puedo renunciar así como así.

—No estás renunciando a nada. Tu pueblo te ha elegido libremente en las urnas. La comunidad internacional presionará al señor Brun por su gesto antidemocrático.

—No me gustan las esperas —dijo ella suspirando.

Él le tomó una trenza del pelo y la acarició suavemente entre los dedos.

–Yo puedo esperar. Puedo esperar todo el tiempo que sea necesario. A veces, la recompensa es mucho más dulce después de la espera.

Ella estaba expectante, deseando sentir en la piel el contacto de su mano. Pero él no parecía tener intención de tocarla. Le soltó la trenza y se apartó unos centímetros.

–La cena es las seis –dijo él–. Ponte algo sencillo pero espectacular.

–¿Por qué? –preguntó ella con el pulso acelerado–. ¿Va a haber invitados?

–Es posible.

Raj salió de la casa, dejándola sola en la terraza.

Veronica cerró los ojos y se imaginó por un momento que el soplo de la brisa del mar eran sus dedos acariciándole suavemente la piel.

A las seis en punto, Veronica salió de la habitación. Llevaba un vestido largo de color negro, sin tirantes, que tenía una raja en uno de los lados hasta medio muslo. Se había puesto unos zapatos rojos de tacón alto, unos pendientes de brillantes y una pulsera a juego.

No había oído llegar ningún coche en las últimas horas, pero se había quedado dormida y no se había despertado hasta las cinco y media. Ahora caminaba por los pasillos de la casa guiada por el aroma delicioso de un guiso al curry. La casa estaba en absoluto silencio. Solo se oía al fondo una voz hablando en konkaní.

El comedor estaba vacío, pero había una larga fila de paneles de madera colocados en la terraza. Salió afuera esperando encontrar un buen grupo de gente. Tal vez, Raj hubiera invitado a sus influyentes amigos para tratar de ayudarla.

Pero no había nadie. Había una mesa rectangular preparada solo para dos personas con un centro de flores de hibiscos y una exquisita cubertería de porcelana y plata y vasos de cristal tallado. Estaba rodeada de candelabros de plata. Solo se oía el rumor del mar viniendo de abajo. Había un hombre solitario en un extremo de la terraza que ella supo de inmediato, sin necesidad de verle la cara, que era Raj.

Llevaba un *sherwani* de seda verde encima de unos pantalones convencionales y se había cortado el pelo. Parecía un verdadero marajá. Estaba más impresionante que nunca.

—¿Dónde están los demás? —preguntó ella sin saber otra cosa que decir.

—Esta noche es para nosotros dos solos —dijo él acercándose a ella y sirviéndole una copa de vino.

—¿Y las personas de mi equipo?

—Cenando en sus cabañas, supongo.

Ella había estado hablando con ellos por teléfono a primera hora de la tarde. Parecían cansados y hasta arrepentidos de haber ido con ella en aquel viaje por culpa del cual se veían ahora privados de sus familias. Si se hubieran quedado en Aliz, quizá hubieran sufrido algunas molestias, pero luego todo habría vuelto a la normalidad. En cambio ahora, estando con ella, se habían convertido en prófugos.

Veronica probó un trago de la copa. Se sentía frustrada y culpable.

—No te tortures a ti misma, Veronica —dijo él como adivinándole el pensamiento.

—¿Qué te hace pensar eso?

—Llámalo una corazonada —respondió él, encogiéndose de hombros.

—¿Va a venir alguna otra persona? —dijo ella sintiéndose estúpida al instante, al recordar que Raj le había dicho hacía apenas un par de minutos que iban a estar ellos dos solos.

—No —replicó él con una leve sonrisa.

Le sacó la silla unos centímetros para que ella se sentase y luego él tomó asiento a su lado.

En ese momento, llegó un camarero con una bandeja llena de pequeñas fuentes de plata con salsas rojas, verdes y ámbar. Había igualmente varios platos con *raita* y panecillos indios, arroz basmati, pescados fritos, langostinos y ensaladas de cebolla morada con tomates y pepinos. Había también, en otra fuente, mermelada agridulce de frutas y vegetales con *papadum*, una especie de obleas de pan de trigo para untar.

Si ella no hubiera tenido tanta hambre ni hubiera encontrado aquellos manjares tan apetitosos, se habría levantado de la mesa y se habría ido a su habitación. Se suponía que estaba enfadado con él y que no iba a hablarle en mucho tiempo. Pero el ambiente era maravilloso, igual que la comida y la brisa de la tarde.

—El pescado al curry es una de las especialidades de Goa —dijo él después de servirle un poco de cada cosa en el plato.

—Está delicioso —dijo ella al sentir en el paladar la mezcla de sabores del pescado, las especies, los tomates y el zumo de coco.

Al principio, se produjo un silencio tenso e incómodo, pero luego iniciaron una animada conversación en la que trataron de soslayar los asuntos más personales y espinosos que pudieran crear nuevos problemas entre ellos. Hablaron incluso de Bollywood, la famosa industria de cine india. Raj dijo que apenas había visto películas de ese género.

—Nací en Gran Bretaña, pero me eduqué en Estados Unidos —aclaró él—. Y luego me alisté en el ejército. No he tenido mucho tiempo de ver cine, y menos aún cine indio.

–¿Cómo te fue en el ejército? –preguntó ella, saboreando una oblea de *papadum* untada en salsa masala.

–Bastante bien. Gracias al ejército, estoy ahora donde estoy.

–¿Dónde tienes tu casa? O dicho de otro modo, ¿qué lugar prefieres para vivir?

–Soy un ciudadano del mundo. No tengo un lugar preferido. Tengo muchos tipos de sangre corriendo por las venas. Soy como esos perros, producto de tantos cruces, que resulta muy difícil saber cuál es su raza dominante.

–Pero vives en Londres –dijo ella tratando de aportar un punto de vista diferente–. ¿Quiere eso decir qué prefieres Londres más que otros lugares?

–No tengo preferencia por ningún sitio. Voy al lugar que me gusta en cada momento.

–Pero cuando formes una familia, tendrás que tener una casa en un sitio fijo, ¿no?

–Veronica, no trates de llevar la conversación por ese camino –dijo él, y luego añadió tras un silencio en el que solo se escuchó el crepitar de las velas de los candelabros y el sonido del mar rompiendo en la playa–: Las cosas son a menudo más complicadas de lo que parece.

–Como muchas personas –dijo ella.

–Tú eres una de ellas –afirmó Raj, bebiendo un trago de su copa de vino–. La familia no es para mí. No es eso lo que deseo en la vida.

Veronica sintió una punzada en el estómago. Ella sí quería tener una familia, un marido y unos hijos, aunque no en aquel momento precisamente. No era tan ingenua como para pensar que Raj fuera el hombre ideal para ella solo porque hubiera tenido una noche de sexo con él. Pero el hecho de que dijera de forma tan tajante que la familia no estaba hecha para él...

Sí, eso le había molestado. Porque parecía como si los hombres solo pensasen en ella para cuestiones de sexo, no para formar una familia.

Dejó la servilleta en la mesa, empujó la silla hacia atrás y se levantó de la mesa.

–Gracias por esta cena tan maravillosa. Pero ya he tenido demasiadas emociones por hoy. Creo que ya es hora de retirarme a descansar.

–Veronica... –dijo él haciendo un gesto con la mano para que se quedara.

Ella le miró pero no a los ojos, sino a un punto imaginario situado un par de metros detrás.

–No te preocupes, Raj. Lo comprendo. Pero estoy un poco cansada.

–Lo que te he dicho no tiene nada que ver contigo. Es solo que soy feliz tal como estoy. No necesito más.

–¿Lo dices en serio? –exclamó ella.

Él la miró como si sintiera piedad por ella. Eso era lo que más odiaba. Se arrepentía de haberle contado lo del bebé. No quería su compasión. Ni la de él ni la de nadie.

–Cada uno necesita cosas diferentes en la vida para ser feliz. Yo tengo dinero y libertad. No necesito nada más.

–Eso suena a soledad –replicó ella–. ¿Has pensado lo que pasará dentro de veinte años cuando te despiertes una mañana y veas que no tienes a nadie a tu lado que se preocupe por ti?

–Acabarás encontrándolo, Veronica –dijo él, moviendo la cabeza a uno y otro lado.

–¿A quién?

Raj alargó la mano y le rozó la mejilla con un dedo.

–Al hombre que te ame como tú deseas.

# Capítulo 10

DEBERÍA haberla dejado sola reflexionando sobre sus sentimientos. No debería haberla invitado a cenar ni haberle dicho que se pusiera un vestido sencillo pero espectacular. Ni debería haber estado hablando con ella más de una hora sobre su vida.

Raj, de pie en la terraza, se puso cara al viento y dejó que se inflara la ropa. El ambiente era cálido y húmedo, pero la brisa resultaba agradable.

¿Por qué no la había dejado tranquila en su habitación? Ya le había hecho bastante daño. La otra noche en la cama y esa mañana traicionando la confianza que ella había puesto en él, llevándola a Goa contra su voluntad. Y, hacía unos minutos, había vuelto a hacerle daño al decirle que la familia era algo que no estaba hecho para él.

Su relación con Veronica se le había ido de las manos. Había roto su código ético que le prohibía cualquier tipo de relación sentimental con sus clientes. Y, lo que era peor, estaba dispuesto a romperlo de nuevo esa misma noche si tenía la oportunidad. La verdad era que estaba dispuesto a vender su alma al demonio para poder estar con ella otra vez.

No era como las otras mujeres con las que había estado. Era la única capaz de calmar la desazón interna que sentía desde hacía un par de días.

Aunque, tal vez, todo fuese solo resultado de las circunstancias en que se habían conocido. Él se había es-

perado a la típica niña mimada que había conseguido
engañar con sus buenos modales a toda una nación,
pero se había encontrado, en cambio, a una mujer inteligente que había tenido algunos problemas en la vida
pero que quería trabajar por su país.

Y la admiraba por eso. A pesar de haber estado solo
dos días con ella.

Ella había tenido algunas experiencias amargas en la
vida, pero no se había dejado vencer por ellas. Había
luchado y había conseguido salir adelante, aunque con
algunas heridas.

Había confiado en él y él la había defraudado.

Raj entró en la casa y se dirigió a la habitación de Veronica. Hacía poco más de media hora que ella se había
retirado. Si estaba en la cama, lo más probable era que
estuviera aún despierta. Llamó a la puerta suavemente.

Al no responder nadie, volvió a llamar un poco más
fuerte. Pero tampoco hubo respuesta. Empezó a preocuparse, a pesar de que sabía que no había allí ningún
sitio donde pudiera haberse ido. Aquello no era una isla,
pero no había nada en varios kilómetros a la redonda.
Y todo el perímetro de la finca estaba bajo un estricto
control de seguridad.

Giró el pomo y la puerta se abrió suavemente. Pasó
dentro. Las puertas de cristal de la terraza estaban abiertas de par en par. Las cortinas ondeaban al viento como
banderas. No estaba en la cama ni en el cuarto de baño.
Decidió salir a la terraza. Tampoco estaba allí.

De lo que estaba seguro era de que seguía dentro del
recinto de la finca, de otro modo habrían saltado las alarmas. Se fijó instintivamente en el camino que bajaba a
la playa y supo de inmediato que se había ido por allí.

Bajó la colina corriendo. No podría perdonarse si le
hubiera ocurrido algo. Al llegar a la arena se quedó
quieto, tratando de escuchar el menor ruido que pudiera

indicar su presencia. Creyó ver un reflejo dorado a lo lejos y se marchó en esa dirección.

A los pocos metros oyó un cántico y se paró. Sintió una gran alegría al ver su cabello rubio platino ondeando al viento.

–Veronica.

El canto cesó y ella se giró hacia él.

–No podía dormir –respondió ella con los brazos cruzados–. ¿Qué haces aquí?

Él hubiera querido demostrar la alegría que sentía estrechándola entre sus brazos.

–Aún llevas el vestido de la cena –respondió él fijándose en la raja que dejaba al descubierto buena parte del muslo conforme avanzaba por la playa.

Iba descalza. Tenía unas piernas largas y perfectas. Aún podía recordar la suavidad de su piel alrededor de su cintura y la forma en que habían temblado cuando él le había llevado al clímax del placer. Deseaba volver a repetir la experiencia.

–¿Qué importancia tiene eso?

–Lo siento –dijo él.

Parecía una frase insulsa, pero eso era lo que había querido decirle. Para eso había ido a su habitación hacía un rato.

–¿Por qué, Raj?

–Por todo. Por traerte aquí, por hacerte el amor...

–Sí, lo entiendo. Hubiera sido mejor para ti si no lo hubieras hecho, ¿verdad? De alguna manera, yo quebré tu estricta moral...

–Calla. Yo hice el amor contigo porque lo deseaba. Pero no debería haber sido tan débil.

–Naturalmente. Yo soy de esas mujeres que resultan irresistibles para los hombres, pero luego ellos se arrepienten de haber estado con ellas.

–Yo no me arrepiento de haber estado contigo.

—No trates de justificarte –dijo ella–. Te comprendo perfectamente.

—No, no comprendes nada.

—Oh, Raj... No estoy segura de que ninguno de los dos comprenda al otro.

—Entonces, dime lo que necesito saber de ti.

Él sentía la necesidad de saberlo todo de ella, aunque una voz interna le decía que eso no era una buena idea, que cuanto menos supiese de ella mejor.

—Estoy muy enfadada contigo. Pero, a pesar de todo, te deseo con toda mi alma. Es algo que no consigo entender.

Raj sintió una profunda emoción ante aquella imprevista confesión. Volvió la cabeza y le besó la palma de la mano. Ella no se apartó. Sus ojos azules como el cielo brillaron como las estrellas de la noche, aunque las lágrimas pugnaban por salir de su interior.

Él la deseaba pero no quería hacerla llorar otra vez. Tenía que encontrar las fuerzas necesarias para renunciar a ella.

—Solo quiero lo mejor para ti, Veronica. Si te hubiera dejado ir a Aliz y te hubiera pasado algo, nunca me lo habría perdonado.

—Por favor, hablas igual que mi padre. Él me tuvo prácticamente encerrada hasta que cumplí los dieciocho años y pude irme de casa para hacer lo que quisiera. Él se disculpaba diciendo que lo hacía porque me quería. Y era verdad, lo sé. Pero fue algo terrible, Raj. Fue terrible ser prisionera de los miedos de otra persona durante tanto tiempo.

Él pareció ahora comprender mejor su rebeldía, su rechazo frontal a que otra persona tomara decisiones que ella entendía le correspondía tomar a ella sola.

—No es lo mismo. Sabes de sobra que tu seguridad corre un grave peligro. Especialmente si decidieses volver a Aliz en una situación tan caótica como la que reina en estos momentos.

Ella se apartó el mechón de pelo que la brisa del mar le había puesto sobre la cara.

–Lo sé. Estaba enfadada contigo y lo sigo estando porque no contaste conmigo para tomar esa decisión. Pero soy consciente de que hiciste lo que pensabas que era tu obligación.

–Tu seguridad es mi primera prioridad, Veronica. Aunque eso suponga que te enfades conmigo o incluso que llegues a odiarme.

–Yo no te odio, Raj. Aunque todo sería más fácil para mí si lo hiciese. Tú me has mantenido a salvo cuando yo estaba dispuesta a poner en peligro mi seguridad y la de mi pueblo.

–Volvería a hacerlo de nuevo.

–Lo sé –afirmó ella bajando la mirada.

Raj la miró fijamente. Sintió deseos de acercarse un poco más a ella y besarla, pero se contuvo. Se sentía indigno de ella. La había llevado allí para que estuviera segura, pero había sido incapaz de descubrir a la persona que le había enviado el anónimo y le había puesto la muñeca en la cama. Estaba a salvo, pero ¿por cuánto tiempo? Si se restableciese el orden en su país y ella volviese a Aliz con todos los honores, ¿qué pasaría?

Ella ya no le necesitaría más. No volvería a verla más que en las fotos de las revistas.

–Me gustaría haberte conocido antes, en otras circunstancias. Quizá entonces ninguno de los dos tendría nada de lo que arrepentirse –dijo ella.

Él no pudo resistirse a tomar una trenza de su pelo rubio platino entre las manos. Adoraba sentir en los dedos la seda de su pelo. A la luz de la luna, le caía por los hombros como cintas doradas.

–La vida está llena de remordimientos.

Estaba conteniéndose para no tocarla, pero no sabía cuánto tiempo podría aguantar.

–Oh, Raj, si no aprendemos de nuestros errores, ¿qué sentido tiene todo? –dijo ella con un suspiro, pasándole una mano por el cuello y agarrándole del brazo con la otra para conservar el equilibrio mientras se ponía de puntillas delante a él y le besaba suavemente en los labios.

Él se quedó quieto sin cerrar los ojos, disfrutando de aquel momento pero deseando apretarla contra su cuerpo y responder a su beso con otro más apasionado.

–Es demasiado tarde –dijo ella unos segundos después–. Como tú mismo me has dicho varias veces, no eres el hombre adecuado para mí.

Veronica dio un paso atrás, se dio la vuelta y echó a andar por la arena de la playa en dirección a la casa. Él se quedó mirándola mientras se alejaba. Hubiera querido ser más sincero con ella. Ella sí lo había sido con él.

Veronica subió la colina, entró en su habitación, cerró la puerta y se echó a llorar.

Le había mentido. Le había mentido cuando le había dicho que él no era el hombre adecuado para ella. Porque él era el hombre que su corazón deseaba, aunque tratase de negarlo. Lo había comprendido esa tarde cuando había bajado a la playa intentando huir de la realidad.

¿Cómo podía haber sido tan estúpida como para enamorarse de él?

La había deslumbrado, sin duda alguna. Era intuitivo y tierno, a la vez que viril. Le hacía sentirse segura e incluso deseada, aunque sabía que él no la amaba.

Pero tenía también algo de salvaje e indomable. Ella lo sabía y sin embargo había decidido quedarse al alcance de las garras de aquel tigre. Cuando la devorase y luego dejase por ahí sus restos, no tendría a nadie al que echar la culpa salvo a ella.

Se quedó de pie llorando en medio de la habitación y con ganas de gritar. Había conseguido recobrar la tranquilidad y el equilibrio hasta que él había entrado en su vida y había vuelto a abrir las viejas heridas. Y los deseos.

Entró en el cuarto de baño y se lavó la cara con agua fría. Luego se quitó el vestido y se metió en la cama. Era una cama enorme de madera labrada con baldaquino y una fina gasa blanca colgando del dosel. No sabía si sería capaz de pasar la noche en esa cama gigante sabiendo que Raj estaba bajo el mismo techo pero no iría a su habitación a verla.

Se bajó de la cama y se puso una bata de seda que encontró en la maleta. Luego salió de la habitación y se fue por el pasillo en dirección a la puerta principal. Iría a la zona de las cabañas, encontraría la de Martine y dormiría allí esa noche.

Giró el pomo de la puerta de salida...

Raj se hallaba al otro lado de la puerta. Se miraron un buen rato sin decir nada. Él estaba desnudo de cintura para arriba y solo llevaba puesto el pantalón de un pijama. Era impresionante ver la musculatura de sus abdominales y pectorales. Ella se quedó como petrificada y con la boca seca, mirándole. Su cerebro parecía haberse quedado anquilosado. Intentó decir algo, pero no salió ninguna palabra de su boca.

–¿Vas a alguna parte? –preguntó él alzando una ceja de modo irónico.

–Sí –consiguió ella responder finalmente con voz mortecina como si volviese exhausta de un largo viaje por el desierto después de varios días sin agua–. Iba a ver a Martine.

–¿No es ya un poco tarde para dictar una carta?

No podía decirle que lo que quería realmente era escapar de esa casa. Escapar de él. Eso le hubiera dado demasiado poder sobre ella. Como si ya no tuviera bastante.

–Tengo algo importante que decirle –mintió ella con la cabeza muy alta.

–Las cabañas quedan algo lejos –dijo él mirando la bata que llevaba–. Hay cosas que no te gustaría encontrarte por el camino. En especial, tal como vas vestida.

–Estuve hace unas horas en la playa con un vestido de noche.

–Pero no estaba tan lejos ni había una vegetación tan espesa.

Ella sintió deseos de discutir con él, pero pensó que sería mejor no hacerlo.

Raj pasó dentro y cerró la puerta. Ella volvió a sentirle una vez cerca de ella. Olía muy bien. Olía a mar, a la brisa de la costa y a la India.

–¿Estás disgustada? –dijo él suavemente.

–No.

Raj le puso un dedo en la barbilla y le levantó un poco la cara para poder ver la expresión de su mirada. La débil luz del salón iluminaba apenas el vestíbulo de entrada.

–Me obligas a hacer cosas que no debería –dijo él con la voz apagada.

Ella sintió un calor intenso y profundo en el vientre, entre los muslos.

–¿No eres tú el dueño de tu propio destino? ¿O te dice alguien lo que debes hacer?

–Lo dices de una manera tan simple que parece como si bastara tomar una decisión y ponerla acto seguido en práctica –replicó él con una sonrisa.

–¿Y por qué no?

–Tú sabes que las cosas no son así. La vida conlleva muchas dificultades y lo mejor que puedes hacer es aprender a convivir con ellas.

–¿Y cómo consigues hacer eso, Raj? –exclamó ella–. Porque yo no sé lo que voy a hacer de un día para otro. Tal vez, debería probar tu método.

–Tratas de confundir las cosas, Veronica, y me haces dudar de mí mismo.

–Todo el mundo debería cuestionarse su forma de vida de vez en cuando.

–¿Te has cuestionado tú la tuya? –preguntó él acercándose unos centímetros a ella–. ¿Sigo sin ser el hombre adecuado para ti?

–No te deseo en absoluto –dijo ella.

–Estás mintiendo –replicó él, muy seguro de sí, con una sonrisa llena de sensualidad.

Raj inclinó la cabeza y la miró detenidamente. Ella trató de endurecer la mirada, pero estaba deseando que la tocara y la hiciera de nuevo el amor. Quería sentirse amada, aunque no la amase. Pensó que, si seguía en aquel compás de espera, acabaría volviéndose loca.

–¿Y qué piensas hacer? –dijo ella sintiendo una extraña desazón entre las piernas.

–Nada. Nos tendremos que conformar con el deseo.

–Bravo, Raj –dijo ella con ironía–. Una vez más estás dispuesto a sacrificarte por mí. No sé qué haría yo sin ti. No sé qué haría si tú no tomases por mí todas las decisiones.

–No puedes seguir jugando a dos cosas a la vez. No puedes decirme que no soy el hombre adecuado para ti y luego mirarme como si yo fuera el único hombre que tiene lo que tú necesitas. Por favor, dime lo que quieres de mí o vete de nuevo a la cama.

# Capítulo 11

DIME lo que quieres.
Era una frase aparentemente sencilla, pero a la vez tan complicada... Quería muchas cosas, pero sabía que solo conseguiría una de él. La única que él estaba dispuesto a darle.

¿O quizá no? Tal vez, solo quisiese humillarla. Quizá lo mejor que podía hacer era volver al dormitorio.

Con el corazón en un puño, se dio la vuelta y dio dos pasos. Pero luego, indignada y frustrada, se giró de nuevo y se le quedó mirando fijamente sin decir una sola palabra.

Una serie de ideas y pensamientos cruzaron por su mente. Quiso decirle: «¿Por qué estás haciendo esto? La vida es demasiado corta para jugar con ella. Sabes lo que cabe esperar de ella si no te la tomas en serio».

Veronica pareció verlo todo con claridad. Era como si alguien hubiese descorrido una pequeña cortina y hubiese inaugurado una placa donde estuviese grabada la verdad que acababa de descubrir: él estaba acostumbrado a reprimir sus deseos.

Aquel muchacho que no se había atrevido a escribir una nota a su amiga, la chica de la Barbie rosa, que nunca había ido a su fiesta de cumpleaños, ni le había pedido que fuese su novia, estaba ahora allí delante de ella, y no parecía tampoco querer darse una oportunidad. Porque todo podría ser distinto al día siguiente. Él podría irse a otra parte y la fiesta empezaría sin él. La chica encontraría otro novio. Nada permanecía estable en el mundo de Raj. Él había aprendido que era mejor no estar ligado a nada ni a nadie.

Sintió la sangre corriendo aceleradamente por las venas. Tenía la sensación de haber descubierto un gran secreto. Comprendía por qué él actuaba de ese modo. Y sabía también lo que ella tenía que hacer. Se desabrochó el cinturón y dejó que la bata cayera suavemente al suelo. Se quedó solo con un pequeño tanga negro de encaje y los pechos desnudos.

Permaneció callada frente a él, esperando su reacción.

—Veronica... —exclamó él con la voz entrecortada.

—Sé lo que deseas. Pero no creo que te atrevas a hacerlo. Estás acostumbrado a reprimir tus deseos. Pero no tienes por qué, Raj. No hay nada malo en desear las cosas. No hay nada malo en desearme a mí. Y no temas, yo no espero nada de ti.

—No es verdad —dijo él—. Tú deseas un tipo de vida que yo no puedo darte.

—No creo que ninguno de los dos esté ahora en condiciones de pensar en su futuro.

Sí, tenía que ser sincera consigo misma. No podía aspirar a más en ese momento. Él podría despreciarla si supiese la clase de persona que era realmente. Y eso no podría soportarlo.

Se acercó un poco más a él, sin llegar a tocarlo, y sintió en seguida el calor de su cuerpo. Parecía estar echando fuego. Se preguntó si se quemaría la piel cuando sus cuerpos entrasen en contacto. Le acarició los bíceps y los pectorales, y observó el deseo en su mirada. Luego le pellizcó las tetillas con los dedos mientras le decía lo que ella deseaba en ese momento. Y se lo dijo con unas palabras tan directas y gráficas que le sorprendieron a ella misma. Y a él también, a juzgar por la expresión de sus ojos dorados.

Entonces él se arrodilló a sus pies, hundió la cara en su vientre desnudo y lo besó. Luego le agarró el tanga con las dos manos y se lo bajó suavemente hasta los pies.

Acto seguido, le levantó una de las piernas y se la puso encima del hombro.

–¡Raj! ¡Aquí no! –exclamó ella.

–Sí, aquí, ¿por qué no?

Veronica se aferró a sus hombros para poder guardar el equilibrio con un solo pie. Sintió la boca de él recorriéndole el cuerpo por todos los lugares más sensibles. Lanzó un gemido y apretó las caderas contra su cuerpo para sentir un contacto más estrecho. Sintió que empezaban a flaquearle las piernas y tuvo que agarrarse a él con más fuerza para no caerse.

Raj la tenía acorralada entre su cuerpo y la pared. Ella seguía con los brazos alrededor de su cuello, apretándole con fuerza. Se besaban apasionadamente. De pronto sintió la dureza de su miembro buscando su camino de entrada hacia ella.

Veronica le envolvió la cintura con las piernas y lanzó un grito al sentirle entrar suavemente dentro de ella. Pero no era un grito de dolor. Y él lo sabía. Por eso, no dudó en hacer sus empujes cada vez más profundos y vigorosos hasta que ella apartó la boca de la suya y echó la cabeza hacia atrás gimiendo de placer.

Eso era lo que ella deseaba. Lo que ella necesitaba. A Raj, allí junto a ella. Dentro de ella. Como si fuera una parte más de ella misma. Raj, Raj, Raj...

–¡Oh, Veronica!

Y, entonces, ella comprendió que había estado pensando en voz alta. Que había estado diciéndole lo que deseaba. Que había estado pronunciando su nombre...

–Te deseo. Deseo más de ti –exclamó él con la voz apagada–. Necesito más de ti.

Entonces con los cuerpos aún unidos, él la llevó en vilo por el pasillo en dirección a algún sitio. Ella no supo adónde hasta que, de repente, él la dejó caer suavemente en algo mullido y confortable. Se puso encima de ella y la miró con sus ojos dorados que tenían ahora un brillo especial y sombrío.

–Dámelo todo, Raj –dijo ella en un susurro–. Lo quiero todo de ti, Raj.

–Veronica...

–No quiero que te reprimas. Si esto es todo lo que podemos tener, no quiero perderme nada.

Él seguía besándola y acariciándola mientras la penetraba con creciente intensidad, pero ella no dejaba de preguntarse si no habría llevado las cosas demasiado lejos, si él no se apartaría en un momento dado y la dejaría allí sola, tumbada boca arriba en la cama.

Le creía capaz de ello, aunque fuese a costa de renunciar a su propio placer.

Pero entonces él se puso a gemir y agachó la cabeza hasta tocarle la frente y ella supo que se había rendido. Siguió besándola, aún dentro de ella, pero ya sin moverse. Luego le pasó una mano por la cara muy despacio, como si fuera un ciego que quisiera aprenderse sus facciones de memoria.

Veronica dejó escapar una lágrima por la mejilla. Él la besó tiernamente y ella comprendió que un amor muy grande anidaba dentro de su corazón. Estuvo tentada de confesárselo, pero le dio miedo la idea. Estaba enamorada de él, pero no podía decírselo. Era una sensación agridulce y terrible. Le pasó la mano por la cabeza y luego por la cara, por el cuello y por todo el cuerpo. Quería reconocerlo entero. Su piel de color tan dorado como sus ojos, sus labios sensuales, su nariz recta y regia. Su poderoso miembro que aún sentía dentro de ella.

—Oh, Raj —exclamó ella, con el cuerpo ardiendo aún de deseo.

—Adoro la forma en que pronuncias mi nombre cuando estoy dentro de ti.

—Aún deseo más —dijo ella arqueando la espalda, provocándole para que siguiera moviéndose.

—¿Más de esto? —susurró él, reiniciando sus empujes.

—Sí, sí, sí...

Sus cuerpos se fundieron en uno solo, en una danza desenfrenada. No había ningún obstáculo entre ellos. Ni barreras, ni secretos, ni mentiras. Nada. Solo un deseo crudo y salvaje.

Ella hubiera querido que aquel instante se prolongase eternamente, pero sabía que tenía que tener un fin. Tenía todos los sentidos bloqueados, solo le quedaban fuerzas para pronunciar su nombre.

De repente, él se dejó caer junto a ella, agarrándola con fuerza por los glúteos y levantándola ligeramente mientras pronunciaba su nombre entre convulsiones. Ella sintió su respiración agitada como si llegase a ella después de haber estado corriendo. Se sentía feliz, increíblemente feliz. Se sentía como si estuviera volando por los aires y no quisiera mirar hacia abajo, para no ver el escorpión que estaba esperándola en tierra con el aguijón preparado. No quería que aquello terminara. Pero sabía que todo tenía un fin.

—Me has dejado exhausto —dijo él—. Me has sacrificado en aras de tu deseo.

Veronica se echó a reír y le acarició la espalda con las dos manos.

—Oh, sí, mi diabólico plan ha dado resultado. Mi objetivo, Rajesh Vala, era dejarte agotado, vacío y sin fuerzas, para que no pudieras estar con otra mujer –dijo ella con una sonrisa.

–No digas eso –replicó él suavemente, besándole las mejillas–. No trates de interponer entre nosotros algo que no existe.

–Trato de ser realista, simplemente.

Porque podría haber otra mujer en su vida cuando se separasen. Él era tan sensual, tan masculino... Era un hombre indomable, pero podía atraparle una mujer.

Raj le pellizcó los pezones con los dedos y sonrió complacido al ver su muestra de gozo.

–Eso es lo único real, Veronica.

Un instante después, la llevó a su cama y le demostró que era capaz de sacrificarse de nuevo para satisfacer su deseo.

Raj se despertó cuando la brisa del mar entraba por la ventana y hacía ondear los visillos. La ropa de la cama estaba toda revuelta y tirada por el suelo. Veronica estaba hecha un ovillo, acurrucada junto a él. Le pasó el dedo suavemente por el hombro y sintió que su cuerpo aún respondía a la llamada del deseo.

Era una mujer con fuego en la sangre. Él se había dado cuenta de ello desde el primer momento en que la había visto en aquel servicio de señoras del hotel de Londres.

La besó en la espalda y le acarició uno de los pechos con la palma de la mano. Ella se despertó con una sonrisa, moviéndose somnolienta entre sus brazos.

Se notaba a simple vista que le deseaba tanto como él a ella.

Se puso a horcajadas encima de él y corrigió la posición suavemente hasta que se sintió penetrada una vez más por su miembro duro y erecto. Raj no pudo evitar soltar un gemido de placer. Cerró los ojos y dejó que ella cabalgase sobre él, imponiendo su ritmo. El paraíso debía de ser algo parecido a eso, pensó él. Despertarse cada mañana y tener a una mujer como ella al lado para darle así los buenos días.

Le agarró por los muslos, para poder ralentizar un poco sus movimientos cuando se volvieron demasiados rápidos. Ella subía y bajaba sobre él y su pelo rubio platino se movía acompasadamente a uno y otro lado. Parecía la imagen de lady Godiva cabalgando desnuda a lomos de su caballo por las calles de Coventry.

Sus pezones eran unas pequeñas puntas duras que él deseaba acariciar con la lengua.

Pero no podía moverse. Debía quedarse quieto y dejar que ella lo hiciera todo, si no quería que aquello acabase antes de tiempo.

Veronica arqueó la espalda, echó la cabeza hacia atrás y se apartó el pelo de la cara.

–Sí, así –dijo ella con un hilo de voz que casi parecía una queja–. Así, así, aguanta...

Entonces él quiso hacerse con el control de la situación y demostrarle que ella era suya y que él era el único que podía hacerla retorcerse y gritar de placer de esa manera.

Con un movimiento rápido se puso encima de ella, en una posición que le permitió una penetración más profunda. Ella le puso en seguida las piernas alrededor de la espalda, como si temiera que pudiera escapar en un momento tan delicado y se mordió los labios por dentro para evitar chillar como una loca.

Él había perdido todo el control del que había hecho gala hasta entonces, entregándose a fondo con ella hasta que la vio gritar y alcanzar el clímax final. Pero él no se detuvo allí. Siguió como si nada hubiera pasado hasta que ella volvió a sentir otra vez el deseo y el fuego vol-.

vió a encenderse de nuevo en su cuerpo. Ambos reiniciaron su combate amoroso, desenfrenado y ardiente, hasta volver a alcanzar casi simultáneamente la cima del placer.

«Eres mía», pensó él. «Solo mía».

Más tarde, cuando él se despertó por segunda vez, Veronica estaba dormida. Su cuerpo tenía un tono pálido con las primeras luces de la mañana y su piel algunas zonas enrojecidas. Raj pensó que necesitaba afeitarse. Se bajó de la cama con un leve bostezo y estiró los brazos y las piernas. Luego se fue al cuarto de baño y abrió el grifo de la ducha. Si le quedasen fuerzas, las reservaría para hacer allí el amor con ella. Se la imaginó desnuda mientras le caían los chorros de agua tibia por el pelo y por entre los pechos. Y por el vientre y por entre los muslos. Y él la apretaba contra la pared y...

Sintió la tentación de ir a despertarla al sentir una nueva erección. Pero se vistió y se dirigió al comedor. Tendría ya el desayuno preparado y los informes del día. Se sentó a la mesa. Había un olor delicioso a *dosa*, esa especie de crepes tan típicos de la cocina india.

Le había costado mucho trabajo convencer a su ama de llaves de que no le preparase un desayuno inglés cuando estuviese en Goa, sino un tradicional desayuno indio a base de *masala dosa*, con patatas y cebollas fritas.

Echó una ojeada a los informes. No había nada nuevo.

Las puertas de la terraza estaban abiertas. La fragancia del aire del mar, junto con el de las especies que venía de la cocina, inundaba la casa.

—Buenos días.

Raj levantó la vista del informe que estaba leyendo y vio a Veronica entrando en la sala, toda radiante, con el pelo recogido en la nuca y los labios aún inflamados por sus besos. Llevaba puesta una de sus camisas. La llevaba remangada y le llegaba hasta medio muslo.

Siempre le había resultado curiosa esa costumbre de algunas mujeres de ponerse sus camisas después de haber hecho el amor. Parecía como si quisieran decir con ello que él y todo lo suyo les pertenecía por el hecho de haber pasado la noche con ellas.

Pero con Veronica todo era distinto. Era al revés. Lo único que él podía pensar era que ella le pertenecía y que su camisa podía darse por satisfecha dando cobijo a ese cuerpo tan adorable.

–No te quedes con esa cara de bobo, Raj –dijo ella con una sonrisa, tomando un trozo de *dosa* y una taza de *chai:* una especie de té con especias aromáticas.

Se dirigió con el desayuno a la puerta de la terraza y se quedó allí mirando el mar brillando bajo los rayos del sol.

Raj se acercó a ella para disfrutar de la fragancia de su pelo. Sintió deseos de tocarla de nuevo, allí mismo.

–Es todo tan encantador... No recuerdo haberme sentido más relajada en toda mi vida –dijo ella con una sonrisa de felicidad, y luego añadió volviéndose a él–: Aunque no creo que este paisaje tan maravilloso sea el único responsable de ello.

–Sí, es una vista maravillosa –dijo él, mirándole los muslos por debajo de la camisa.

Ella sonrió con malicia y se abrochó un botón del cuello de la camisa.

–Se hace raro pensar, con este clima tan espléndido, que estemos casi en Navidades.

–Me gusta el sol –dijo él.

–¿No te gustan las Navidades tradicionales, con nieve, frío, chocolate caliente y un gran árbol eternamente verde?

–No, tengo que confesar que no me gustan mucho las Navidades –dijo él con cierto desdén–. Me parecen unas fiestas demasiado comerciales.

–¿Y qué me dices de los regalos? Supongo que te gustarán los regalos, ¿no?

–No hace falta que sea Navidad para hacer un regalo a alguien.

–Eso es cierto. Pero aún recuerdo unas Navidades maravillosas cuando yo era niña, mi madre aún vivía. Mi padre nos llevó a una zona de Suiza o de Baviera. Alquiló una casa y estuvimos esquiando y haciendo todas esas cosas que se supone hay que hacer en esas fechas cuando se está en la montaña. Fueron unos días maravillosos que tengo grabados en la mente. Desde entonces, no me parece que sea Navidad si no hace frío. ¿Cuál es tu recuerdo favorito de la Navidad? –preguntó ella, tomando una rodaja de mango de una fuente.

Raj sintió como si alguien le hubiera lanzado un dardo certero que se le hubiera clavado en mitad del corazón. Trató de buscar una respuesta convencional que satisficiera su curiosidad, pero no pudo. Tenía que decirle la verdad por triste que fuese.

–No tengo ninguno. Mi madre no podía permitirse esos lujos.

Ella había hecho todo lo posible, cuando él era pequeño, para poder regalarle juguetes usados de una tienda benéfica o de segunda mano, o a través de alguno de los programas locales de ayuda para niños necesitados. Pero conforme él había ido creciendo, ella se había hundiendo progresivamente en su adicción y había renunciado a todo.

Los ojos azul cielo de Veronica parecieron cubrirse de nubes grises.

–Lo siento, Raj –dijo ella poniéndole la mano en el brazo.

–No importa. Hace mucho que dejé de ser niño.

–Debió de haber sido una época muy triste para ti.

Raj le pasó la mano por la espalda y la atrajo suavemente hacia sí, sintiendo de inmediato el efecto del calor y la suavidad de su cuerpo. Ella echó la cabeza un poco hacia atrás y le miró fijamente.

—De eso hace ya mucho tiempo —dijo él pasándole un dedo por los labios—. Pero se me ocurren algunas cosas que puedes darme si de verdad quieres hacerme un regalo.

Ella le pasó la mano por la cabeza y le acarició el pelo. Parecía apenada. Pero luego sonrió con malicia como olvidándose de todas las tristezas.

—Sí, creo que a mí también se me ocurren algunas.


Veronica no recordaba haber sido nunca tan feliz como lo era en aquel momento con Raj.

Era su segundo día en Goa y él la había llevado a ver uno de los pequeños pueblos de la costa. Estaban dando un paseo, viendo un mercadillo, agarrados de la mano. Sabía que estaban bajo la vigilancia de los escoltas. Solo que no iban con trajes oscuros como en Londres, sino que pasaban completamente desapercibidos con el resto de la gente.

Eso le hacía sentirse más libre y despreocupada. Sabía que era solo una ilusión, pero estaba dispuesta a disfrutar de cualquier cosa por nimia que fuese.

—No podemos quedarnos mucho tiempo —dijo Raj mientras deambulaban entre los puestos de frutas y verduras.

Tomates, pepinos, cebollas, calabacines, cocos, mangos, chirimoyas.

Había también puestos de especias de unos colores tan fuertes y brillantes que ella sintió la necesidad de acercarse para ver con sus propios ojos que aquella explosión de colores rojos, naranjas y ocres no era una ilusión de la vista, sino una realidad.

Las mujeres iban vestidas con unos saris muy pinto-
rescos y los hombres con *kurtas,* de colores más discre-
tos, y sandalias. Había cabras y vacas por todas partes.
Y, ocasionalmente, podía verse algún que otro elefante
pintado y a algunos turistas occidentales con sus cami-
setas sin mangas y sus mochilas a la espalda. El mercado rebosaba de gente. Había un gran bullicio. Veronica estaba encantada con el ambiente.

–Gracias por haberme traído a ver esto. Es maravilloso.

–Es algo arriesgado, pero no creo que nadie pueda
reconocerte. Tienes un aspecto muy misterioso –dijo él
con una sonrisa tocándole ligeramente con el dedo las
gafas del sol a la altura de la nariz.

–Y tú pareces un pavo real –replicó ella mientras
una mujer volvía la cabeza para mirar a Raj, al pasar
junto a ellos.

La mujer le dirigió una sonrisa y Veronica sintió un
ataque de celos al ver cómo él le devolvió la sonrisa.

–Será mejor que pases lo más desapercibida posible
y no llames la atención –dijo él, llevándola de la mano
por un recoveco del mercadillo.

Al llegar a una especie de hornacina que había en la
pared, él la estrechó entre sus brazos. Veronica llevaba
unos pantalones de lino y una blusa amplia de algodón
sujeta a la cintura por un cinturón ancho. Se había
puesto en la cabeza un sombrero de paja que había encontrado en una repisa del dormitorio. Había ido con
bailarinas, pero Raj le había comprado unas sandalias
bordadas nada más llegar a aquel pueblo.

Ahora tenía las manos sobre su pecho y le miraba a
través de la gafas de sol. Raj la contemplaba a su vez
con una expresión de deseo, como si ella fuese su ape-
ritivo favorito.

–Me alegra que estés disfrutando de todo esto –dijo

él inclinándose hacia ella y besándola con ansia como si temiera que alguien pudiera quitársela.

Ella parecía sentir lo mismo. Le rodeó el cuello con los brazos y le devolvió el beso con pasión. La hornacina era un lugar discreto, pero no tanto como para protagonizar en él una escena de amor.

Raj decidió separarse de Veronica, pero no sin que ella pudiera advertir antes su excitación.

–Se me ocurre otra cosa con la que disfrutaría aún más con esto –dijo ella.

–A mí, también –replicó él–. Pero no solo de sexo vive el hombre. Habrá que comer algo.

–Adoro la comida de esta tierra –dijo ella.

–No sabes cómo me alegra oírlo, porque pensaba llevarte a un sitio especial.

La agarró de la mano y la condujo por una calle ancha llena de edificios de madera pintados de colores brillantes. La gente volvía la cabeza a su paso. Pero ella sabía que lo hacían para mirarle a él, no a ella.

Raj entró con ella en un establecimiento que tenía una fachada de madera pintada de rojo con aspecto de haber vivido un pasado mejor. El suelo estaba polvoriento y desvaído por el sol y había dos hileras de palmeras flanqueando la entrada. Por dentro parecía muy limpio, pero Raj la llevó a una plataforma al aire libre desde la que se tenía una vista espléndida del mar. Había varias mesas separadas a una distancia prudencial, cubiertas con sombrillas de paja. Él la llevó a la que estaba más apartada y le ayudó a sentarse en una vieja silla de madera.

El dueño fue rápidamente a saludarles. Hablaba con una mezcla de inglés y konkaní. Parecía conocer bien a Raj y estuvieron conversando un buen rato hasta que el hombre le dio una palmada en el hombro y le dijo que la comida estaría en seguida. Despareció luego en la cocina y se le oyó en seguida dando órdenes.

–Supongo que te estarás preguntando qué tiene este sitio de especial –dijo Raj.

Veronica se encogió de hombros. Las voces de la cocina habían llegado a confundirse unas con otras en su oído hasta casi formar un ruido uniforme e ininteligible.

–La verdad es que no me parece un lugar muy turístico.

–Buena observación –dijo él–. Eso es parte de su encanto, el que no esté plagado de turistas. La otra parte es más nostálgica. Estuve comiendo en este lugar y en esta misma mesa el día que decidí comprarme una casa en Goa –ella le tomó la mano por encima de la mesa, emocionada al pensar que estaba compartiendo con ella un suceso importante de su vida–. Puede parecer algo intrascendente, pero no lo fue para mí. La casa de Goa fue la primera que compré con mi dinero. Hasta entonces había vivido de alquiler en un apartamento o en un hotel –añadió él, mirando con cierto misterio el azul turquesa del mar Arábigo.

Ella se sintió emocionada por su testimonio. Estaba ante un muchacho que nunca había disfrutado de unas Navidades y que había esperado pacientemente a tener un día el dinero necesario para comprar una casa y tener un hogar.

–Nunca has vivido mucho tiempo en el mismo lugar, ¿verdad?

Ella le había oído decir que su madre y él cambiaban de lugar de residencia muy a menudo. Aquello debía de haber sido muy traumático para él.

–Lo que más deseaba de pequeño era tener una habitación para mí solo. Mi propia cama, mi propio techo, mis propios juguetes. Apenas abría la maleta para sacar mis cosas ya tenía que hacerla de nuevo para irnos a otro sitio. Así que llegó un momento en que ya ni me preocupaba de deshacer la maleta. Lo poco que teníamos cabía de sobra en el asiento de atrás del viejo y destartalado coche de mi madre.

–Raj... –exclamó ella, con los ojos llenos de lágrimas, deseando compartir su dolor y poder curar sus viejas heridas.

–No te pongas triste, Veronica –dijo él, inclinándose hacia ella y besándola en la boca–. No te estoy contando esto para te compadezcas de mí.

–No, al revés –dijo ella acariciándole la mejilla con la mano–. Me hace feliz que quieras compartir conmigo esos recuerdos.

–No compartiría estos recuerdos con ninguna otra persona –dijo él besándole la mano.

Ella bajó la mirada muy emocionada. Si él supiera toda la verdad sobre ella, tal vez no la tendría en tanta estima. Tenía que contárselo todo...

–Raj.

–¿Sí?

Pero entonces llegó un camarero con una fuente de *papadum* fresco y unas salsas y ella perdió el valor.

–Nada –respondió ella.

Poco después les llevaron el resto de los platos. Conversaron animadamente y disfrutaron de la comida y de las vistas. Luego Raj pagó la cuenta, salieron del local y se dirigieron en coche a la casa.

Goa era una tierra de contrastes. Tras pasar junto a un templo con un campanario cónico, coronado de esculturas, adornado con ventanales en arco de medio punto, vieron poco después una iglesia portuguesa de estilo completamente distinto, donde había una nube de turistas disparando sus cámaras digitales.

Era un país maravilloso. Empezaba a comprender por qué Raj lo amaba tanto.

Pasaron las dos horas siguientes en la cama, abrazados el uno el otro, entre besos, susurros y espasmos de amor, olvidando el mundo y todo lo que sucedía a su alrededor, como si fueran los únicos habitantes del universo.

Pero más tarde, cuando el sol se ocultó en el horizonte del mar y ellos se quedaron dormidos uno en los brazos del otro, oyeron un golpe en la puerta.

–¿Sí? –contestó Raj medio dormido con voz somnolienta.

–Hay una llamada para la señora presidenta –dijo una persona del servicio.

Veronica miró a Raj con cara de incredulidad. No podía comprender que su intimidad pudiera verse rota de esa manera. Pero no tenía elección. Y ambos lo sabían.

–¿De quién se trata? –preguntó Raj.

–De un tal señor Brun.

VERONICA se vistió deprisa, se recogió el pelo con una cinta y salió a la terraza. El jefe de su gabinete la estaba esperando junto a su secretaria.

Raj contempló la escena. Vio como Veronica se sentó como una reina, recién salida de la cama, y habló por teléfono con el anterior presidente de Aliz en francés. Raj no entendía el francés, pero podía asegurar que ella se estaba comportando de manera seria y profesional.

El sol era una brillante bola de color naranja que se reflejaba en un mar púrpura y negro. Las estrellas comenzaban a parpadear como lentejuelas brillantes en el cielo negro de la medianoche. Pero Raj no tenía ojos más que para Veronica y para las dos personas que no apartaban la vista de ella.

Martine le miró y luego desvió la vista. Tenía los puños apretados. Sin duda, tenía miedo.

Pero Veronica dijo entonces algo por teléfono al señor Brun y el jefe de su gabinete dio un puñetazo al aire en señal de triunfo. Martine, por el contrario, se quedó pálida y como sorprendida. Luego Veronica se puso a hablar cada vez más deprisa, sonriendo y asintiendo con la cabeza. Unos minutos después colgó el teléfono, dio un salto y se abrazó a Georges y a Martine antes de caer en los brazos de Raj.

–Brun ha denunciado al jefe de la policía –dijo ella–. Va a dar una rueda de prensa en la que va a expresar su apoyo incondicional a la legalidad vigente. Dice que ama a Aliz y que desea lo mejor para su país, igual que yo. Oh, Raj, esto significa que puedo seguir trabajando por mi pueblo. Este es el día más feliz de mi vida.

Raj comprendió que él debía compartir su felicidad, sin embargo, sintió como si alguien le hubiera clavado un cuchillo en mitad del corazón y estuviera luego removiéndolo.

Había pasado unos días maravillosos con ella. Había llegado a hacerse la ilusión de que aquella mujer era suya. Ahora cada uno volvería a su trabajo y nunca más volverían a verse.

–Es una gran noticia –dijo él, sin saber qué otra cosa decir.

–Sí, ahora podemos volver a Aliz tranquilamente –dijo ella apretando la mejilla con la suya–. No es igual que esto, pero creo que te gustará. Yo te enseñaré el país. Quiero que pasemos las Navidades juntos. Va a ser maravilloso.

Pero Raj estaba como anestesiado. Insensible a sus palabras.

–Claro que sí.

No podía decirle otra cosa. Ella estaba exultante y no era el momento de decir ninguna inconveniencia que empañase su felicidad. Ya habría luego tiempo para explicaciones. Para volver a la realidad.

Veronica volvió a abrazarle de nuevo. Luego se puso a hablar muy entusiasmada con Georges y Martine.

Raj trató de imaginarse cómo sería la vida con ella en Aliz. Ella viviría, sin duda, en el palacio presidencial y él iría allí a verla cuando tuviera tiempo. La cosa podría funcionar.

Pero ella se merecía algo mejor. Se merecía un hombre que la amase y le diese la familia que ella deseaba. Sin dudas ni reservas. A él le gustaba estar con ella. Podría pasarse en la cama con ella los meses siguientes y hasta, quién sabe, los años siguientes, sin querer irse de su lado. Pero eso no sería justo. Él sabía lo que ella buscaba en la vida porque ella misma se lo había dicho. Y él no buscaba lo mismo. No sería digno de él hacerle creer lo contrario.

Era ya tarde cuando Veronica acabó la reunión de trabajo con sus colaboradores. Quedaban por hacer muchos planes y llamadas telefónicas, y quería ver la rueda de prensa que el señor Brun iba a dar en la CNN. El jefe de policía no se había rendido aún, pero lo haría pronto. Se había quedado sin apoyos y la última esperanza que le quedaba de que se restaurase el gobierno de Brun se había desvanecido.

Veronica había concedido algunas entrevistas telefónicas en directo a diversos medios de comunicación de radio y televisión. Estaba exhausta. La situación en Aliz había conseguido despertar el interés de la comunidad internacional, sobre todo a raíz de las declaraciones de Brun.

Todo el mundo quería saber dónde estaba, pero ella deseaba guardar esa información en secreto. No podría soportar la presión continua de la prensa en la puerta de la casa de Raj, después de todo lo que habían compartido juntos en aquel lugar.

Encontró a Raj en la terraza trabajando con su ordenador portátil. Él levantó la vista al verla. La miró de arriba abajo, pero ella pudo advertir que la expresión de deseo con que la miraba habitualmente había desaparecido de sus ojos. Sintió un vacío en el estómago. Se acercó a él y le pasó la mano por la barbilla como otras veces, pero él se la apartó y le besó la palma de la mano. Luego se puso de pie y se alejó unos pasos.

Ella se quedó inmóvil, dolida por el rechazo, deseando de interpretar adecuadamente la situación.

—Por lo que veo, esto es el fin, ¿no? —dijo ella con la voz quebrada.

—Creo que es lo mejor, ¿no te parece? —replicó él pasándose la mano por el pelo.

—¿Por qué tiene que ser lo mejor? ¿Tienes algún manual de instrucciones donde lo diga? Lo hemos pasado muy bien juntos y...

—Apenas nos conocemos, Veronica —dijo él muy serio—. Lo nuestro ha sido sexo, nada más.

¡Sexo, nada más! ¡Dios mío!

—Pensé que había habido algo más.

—Eso es por lo que intenté no ser tan débil y por lo que traté de reprimir mis deseos. Lo nuestro no funcionaría y los dos lo sabemos.

Ella apretó los puños. Tenía la mirada un tanto nublada. Las lágrimas pugnaban por salir de sus ojos, pero estaba resuelta a que él no la viera llorar. Debía sentirse feliz y triunfadora, y, sin embargo, se sentía desolada, perdida, como si nada le importase.

Se hallaba en una situación similar a la que había vivido unos meses antes.

—Nunca pensé que fueras un cobarde, Raj.

—Sé lo que estás tratando de hacer, pero no funcionará —dijo él acercándose ahora a ella y poniéndole las manos en los hombros—. ¿No escuchaste lo que te dije hace unas horas? No estoy hecho para formar una familia. No sabría cómo hacerlo y no me gustaría darte falsas esperanzas solo por el deseo que siento por ti.

Una parte de ella se sintió orgullosa de escuchar esas últimas palabras. Pero eso no era suficiente. Le dolía que él pensase que lo único que había habido entre ellos hubiera sido sexo. Al menos, por su parte, no era cierto. Pero, tal vez, sí lo había sido para él.

–¿No estás dispuesto a intentarlo siquiera? –dijo ella.

–No. Me conozco muy bien, Veronica. No quiero hacerte daño tratando de ser otra persona distinta de la que soy.

Ella se cruzó de brazos, miró a Raj y pareció ver un bloque de hielo en vez de al hombre ardiente y apasionado de otras veces.

–No sé si has pensado bien lo que dices o solo eres un cínico.

–Veronica...

–No –dijo ella acercándose a él con gesto desafiante y poniéndole un dedo en el pecho–. Si eres tan inteligente y sensato, ¿por qué no me dijiste que no desde el principio? Nos habríamos ahorrado todos estos sinsabores.

Raj levantó las manos como el soldado que se rinde al enemigo.

–Tienes razón. Debí haberlo hecho. No lo hice porque soy humano y quizá también un maldito egoísta. Y porque, al cabo de los años, sigo deseando las cosas que sé que no puedo tener.

–¿Me dices eso después de todo lo que te he dicho?

–Sí. Porque soy un hombre y tú una mujer condenadamente sexy que enciende mi deseo solo con verte. Tendría que haber sido un santo para decirte que no.

Veronica estaba furiosa. Pensó que explotaría si no hacía algo de inmediato. Tal vez abofetearle y echarle en cara su arrogancia. Pero no quería hacerle daño. Nunca había querido hacerle daño a nadie.

–Confié en ti, Raj. Perder a mi bebé fue el suceso más terrible de mi vida. Nunca pensé que pudiera volver a sentir algo por un hombre. Pensé que...

Se quedó callada, sin poder articular una palabra más. Sabía que, si lo hacía, se le quebraría la voz y se echaría a llorar.

–Tú no me necesitas, Veronica –dijo él impasible–. Eres lo bastante fuerte y tienes el valor suficiente para valerte por ti misma y hacer frente a los problemas que se te presenten. Algún día, encontrarás lo que andas buscando.

–No estoy yo tan segura –replicó ella–. Sabía que esto era inevitable. Aunque quizá tengas razón. Tal vez sea mejor así. Habrías cambiado la opinión que tienes de mí si hubieras sabido la verdad.

–¿La verdad? –exclamó él con gesto de sorpresa–. ¿Qué verdad?

Ella le miró con cara de resignación, como si pensase que ya todo le daba igual.

–El bebé murió por mi culpa. Ya ves, aunque deseases tener una familia, yo no sería la mujer adecuada para ello.

–Te conozco lo suficiente como para saber que eso no es verdad –replicó él mirándola fijamente–. No sé qué tipo de teorías te has podido meter en la cabeza durante estos últimos meses, pero sé que tú no fuiste la responsable de ese aborto.

–No me digas que no fue culpa mía. Tú no estabas allí para saberlo. Yo no sabía que estaba embarazada. En cuanto lo supe dejé de beber y de salir por las noches. Pero ya era demasiado tarde. El mal ya estaba hecho –dijo ella con voz angustiada.

–Veronica, una madre no pierde a su bebé solo por tomar alcohol –dijo él poniéndole de nuevo las manos en los hombros–. Hasta el bebé de una madre drogadicta, que suele nacer con problemas de salud graves, acaba viniendo al mundo. Unas copas no son suficientes para acabar con la vida de un bebé.

–Eso tú no lo sabes –dijo ella con un dolor muy hondo en el corazón.

–Sí, lo sé. Lo he vivido. Mi madre era drogadicta.

No cuando yo era niño, sino cuando ya era mayor. Vi la clase de amigas con la que se juntaba para drogarse. Créeme, si aquellas mujeres, con la vida que llevaban, no perdieron a sus hijos, tú tampoco pudiste perder al tuyo por tomar unas copas o salir de noche con tus amigos.

Ella quería creerle. Siempre había confiado en él. Los médicos le habían dicho que no había sido por culpa suya, que el aborto podría haberse producido por cualquier otra circunstancia, pero ella nunca les había creído.

Raj la estrechó entre sus brazos y estuvieron así un buen rato quietos, sin moverse ni pronunciar palabra. Ella cerró los ojos y deseó quedarse allí dormida y no despertar hasta después de muchos años.

Porque sabía, antes de que él se lo dijera, que iba a despedirse de ella.

–Te mereces ser feliz, Veronica. Por eso debo dejarte marchar.

A la mañana siguiente, a primera hora, salieron para tomar el vuelo de las diez con destino a Aliz. Raj se mantuvo apartado de Veronica a propósito. Ella no le miró ni una sola vez. Por eso, él tuvo muchas ocasiones de contemplarla. Estaba pálida. Tenía el pelo recogido con un moño y llevaba un vestido negro con una chaqueta y unos zapatos de tacón. Tenía ojeras y la nariz enrojecida, como si hubiera estado llorando.

Pero aun así, estaba espléndida, pensó él. Distante y majestuosa. Igual que la Veronica que había conocido aquella noche en un hotel de Londres. La misma que nunca se habría dignado a rebajarse tanto como para acostarse con un egoísta como él.

Él se había despertado esa noche deseando una vez

más estar con ella. No era nada nuevo, pero comprendió lo fuerte que empezaba a ser ese sentimiento. Cuando pensaba en el dolor que ella sentía por la pérdida de su bebé, le entraban ganas de dar un puñetazo a ese Andre Girard, si lo tuviera delante.

Ella había vivido muchos meses con esa angustia sin tener a nadie a su lado que la apoyase y la consolase. Una voz interior le dijo que él podría ser ahora esa persona. Pero la desechó de inmediato. Él ya había tomado la decisión que sabía era la mejor para los dos y no podía ahora volverse atrás solo por un momento de sentimentalismo.

Ahora, iba a llevarla de vuelta a Aliz y la dejaría con algunos de sus mejores hombres para que estuviera bien protegida. Pensaba también pasar unos días adiestrando a los miembros de la guardia presidencial antes de abandonar definitivamente Aliz.

No veía necesidad de volver a preocuparse por su seguridad. Había leído los informes sobre las personas con las que ella había estado en Londres. No había nada anormal. Nadie tenía ninguna razón para querer hacerle daño.

Tampoco el anterior presidente, aunque probablemente sí el jefe de policía. Él podía haber averiguado lo del aborto y usarlo como arma contra ella. Tal vez, había pensado que, si Veronica tenía miedo de volver a Aliz, eso le ayudaría a hacerse con el poder.

Cuando aterrizaron en Aliz, las cámaras de televisión la estaban esperando. La pista estaba plagada de ciudadanos que querían expresarle su solidaridad. Había pancartas en las que podía leerse su nombre, eslóganes de apoyo o el título de algunas de sus canciones de éxito.

La gente coreaba su nombre y cantaba sus canciones mientras ella bajaba las escaleras del avión con la majestuosidad de una reina, saludando y sonriendo a todos.

Él se sintió orgulloso de ella, aunque no tenía ningún derecho. Ya no era suya.

Veronica tomó un micrófono al pie del avión y pronunció un breve discurso sobre los valores de la libertad, la democracia y la ley. El señor Brun se había colocado discretamente a un lado en reconocimiento a la legitimidad de su sucesora. Los periodistas hicieron algunas preguntas a Veronica y ella respondió a todas con brillantez y luego dio las gracias a todos por la bienvenida que le habían dispensado.

–¿Es cierto, señora presidenta, que usted y el presidente de la compañía Vala Security Internacional mantienen una relación? –preguntó de forma imprevista un reportero de una revista sensacionalista.

Raj vio como se puso tensa y se ruborizó ligeramente. Pero estaba tan encantadora que nadie pensaría que eso podría ser debido a otra cosa que no fuese a su belleza natural.

–Todo fue solo parte del plan de seguridad –dijo ella muy serena–. Así el señor Vala y su equipo podían estar más cerca de mí para protegerme sin levantar sospechas ni alertar a mis presuntos enemigos.

–Pero ha pasado tres días en Goa, en su casa. ¿Por qué allí?

–Porque pensamos que yo podía estar en peligro y consideramos que sería lo más prudente para no divulgar nuestro paradero.

–¿Se ha acostado con él? –preguntó el intrépido periodista.

Se escuchó de inmediato un clamor de indignación entre la multitud y luego unos comentarios de repulsa entre las filas de los seguidores que habían acudido a recibirla.

–Miren a ese hombre –dijo ella con una de sus mejores sonrisas, señalando a Raj–. ¿No les parece muy atractivo? Alto, exótico y con la belleza de un tigre –se detuvo unos segundos y miró a Raj con el gesto airado y acusador de una mujer herida–. Pero puedo asegurarles que no hay nada entre él y yo. El señor Vala es todo un profesional. Desconoce el significado de la palabra «diversión».

Hubo una oleada de sonrisas mientras saludaba a todos con la mano. Raj pensó que ella dominaba perfectamente el medio. Con aquellas breves palabras había conseguido dejarle al margen. Había sido una maniobra brillante.

Se montaron en la limusina y llegaron en pocos minutos al palacio presidencial.

Raj invirtió toda la mañana con su equipo de seguridad y los escoltas de Veronica trazando un plan de actuación y otro de posibles contingencias para sus desplazamientos y sus apariciones en público a lo largo del día.

Después de eso, la encontró sentada junto a una mesa de época de estilo francés en un despacho muy amplio y luminoso. A través de las ventanas se filtraba la luz del sol del Mediterráneo. No tan primitiva y salvaje como la de Goa, pero igual de espectacular.

Ella levantó la cabeza dejando la pluma sobre el documento que estaba examinando y que George sujetaba por una esquina, listo para llevárselo en cuanto ella lo firmara.

Veronica echó un garabato al pie del documento y sonrió a George. El hombre tomó el papel, miró a Raj con cara de pocos amigos y salió del despacho.

Veronica se echó hacia atrás en la silla y se cruzó de brazos.

Raj trató de no pensar en sus pechos ni en lo duros

y tiesos que se ponían sus pezones cuando él la contemplaba desnuda y luego los acariciaba con la lengua y con las manos.

–Me voy. Mi gente se quedará contigo todo el tiempo que necesites. En cuanto a mí, no tienes más que llamarme si quieres algo...

–Gracias por... –ella se aclaró la garganta y desvió la mirada mientras el sol la iluminaba por detrás como si fuera un ángel de un cuadro renacentista–. Gracias por velar por mi seguridad.

Él no se había sentido tan mal en su vida.

–Ha sido un placer –dijo él, arrepintiéndose al instante de haber pronunciado aquellas palabras tan frías y convencionales.

–Y gracias por el sexo. No sé cómo habría sobrevivido sin ti.

–Veronica, no tienes por qué hacer esto.

–¿Hacer qué? ¿Hacerte sentir como un malnacido? Es lo que eres. Y me siento algo mejor diciéndotelo. Aunque sé que el efecto me va a durar muy poco y que tendré deseos de morirme en cuanto hayas salido por esa puerta.

–Eso no resulta nada agradable para mí. Yo nunca he querido hacerte daño.

–Tal vez no me hayas hecho daño –dijo ella encogiéndose de hombros–. Tal vez solo esté un poco herida en mi orgullo por no haber sido yo la que te haya dejado a ti.

–Me lo agradecerás más adelante.

–Creo recordar que ya me has dicho eso antes y que te respondí que yo decidiría lo que considerase mejor para mí.

–Eres una mujer realmente increíble, Veronica.

–Sí, pero supongo que no lo suficiente.

–No te hagas la víctima.

–¡Mira quién habla de víctimas! El hombre que sa-
crificaría cualquier perspectiva de felicidad por una idea
trasnochada de la vida que se resiste a olvidar.

Aquellas palabras le calaron en lo más profundo de su
ser. No podía dejar que ella dijera la última palabra. Pero
no por orgullo, sino porque quería liberarla de aquella
culpa que le angustiaba desde hacía tanto tiempo.

–¿Has decidido tú acaso dejar de echarte la culpa por
aquel aborto desgraciado que tuviste?

–Tienes razón –respondió ella suavemente–. No
puedo pedirte que olvides tu pasado desgraciado cuando
yo tampoco soy capaz de olvidar el mío. He estado pensando mucho en ello desde ayer, Raj. Y, aunque no creo
que me sienta nunca libre de toda culpa, creo que puedo
aprender a aceptar la idea de que las cosas suceden
siempre por alguna razón.

–Me agrada oírte decir eso.

De pronto sonó el teléfono de ella. Se miraron entre
sí mientras la luz del aparato lucía y se apagaba inter-
mitentemente al compás del sonido de la llamada. Ella
esperó a que él le dijera algo. Y al final lo dijo.

–Adiós, Veronica.

Cuando Veronica acabó de hablar con el embajador
de Marruecos, Raj ya se había ido. Seguramente, estaría
en el aeropuerto en dirección a algún lugar del mundo.
Sintió ganas de gritar. Raj la había dejado y ella se sentía vacía y desnuda por dentro.

La habitación estaba en silencio. Vacía. Podía oír, a
través de la ventana, el ruido que venía de afuera. Las
gaviotas y los barcos. Los comerciantes ultimando algún negocio. Los coches y las bocinas...

Estaba desolada. Se había ido. El hombre que amaba

era incapaz de corresponder a su amor. Se sentía tan vacía por dentro que pensó que podría morirse de desesperación.

Pensó en el hombre solitario que le había hablado de su vida a bordo de un coche, en el muchacho que ya no se preocupaba en deshacer la maleta porque sabía que se iría en cualquier momento con su madre a otro sitio, en el hombre que había ahorrado con tesón para poder comprarse su primera casa en propiedad. Y sintió un dolor muy profundo pensando en todo lo que él debía de haber sufrido. Sí, los dos habían sufrido mucho.

Se levantó de la mesa y se puso a dar vueltas por el despacho. Martine la miró con cara de preocupación. Estaba empezando a cansarse de las miradas de su secretaria. Lo último que necesitaba era una persona a su lado que la hiciese sentirse peor de lo que estaba.

–Me voy a mi apartamento –dijo Veronica–. Necesito cambiar de aires.

Martine asintió con la cabeza. Veronica salió del despacho y se dirigió por el pasillo hacia el ala privada del edificio donde tenía su residencia el presidente de la nación. La señora Brun había decorado a su propio gusto las habitaciones de aquel viejo palacio del barroco francés. Un gusto que ella detestaba. Era un estilo María Antonieta, con todo tipo de adornos llenos de volantes, espejos recargados y muebles en los que a uno le daba miedo sentarse por temor a que se quebrasen aquellas patas tan estrechas y retorcidas.

Uno de aquellos días, se pondría a redecorarlo todo. Pero ahora tenía cosas más importantes que hacer. Tenía que velar por los intereses de Aliz. No podía defraudar a la gente que había depositado su confianza en ella. En cuanto tuviera un poco de tiempo libre llamaría al *signor* Zarella y le arrancaría un compromiso en firme sobre la construcción del complejo hotelero. Y no aceptaría un no por respuesta. Tenía que conseguir cuanto antes algo positivo o se volvería loca.

Entró en su habitación, se desvistió y se dio una ducha. Cuando acabó, se secó con fuerza con la toalla y se la puso luego por encima. Salió del cuarto de baño y se cambió de ropa.

Sintió un sobresalto al sentir que había alguien en la habitación. Se puso una mano en el pecho como para apaciguar los latidos del corazón cuando vio quién era.

–Martine, me ha asustado.

–Lo siento, señorita St. Germaine –dijo Martine con lágrimas en los ojos.

–¿Qué ocurre, Martine? –dijo Veronica acercándose a su secretaria.

–Lo siento –volvió a repetir Martine.

Tenía un brazo levantado hasta un poco más arriba de la horizontal.

Veronica tardó unos segundos en darse cuenta de que llevaba una pistola en la mano.

RAJ ACABABA de entrar en el coche que le iba a llevar al aeropuerto cuando sonó su teléfono móvil. Tuvo un terrible presentimiento al escuchar la voz del hombre que llegaba del otro lado de la línea.

Le dijo al conductor que parase y se bajó del coche en el acto.

Si le sucedía algo a Veronica, nunca se lo perdonaría.

Entró corriendo a toda prisa en su despacho, pero lo encontró vacío. Y lo que era peor aún, tampoco había nadie en el despacho de su secretaria.

Se lanzó a la carrera por el pasillo en dirección a su habitación privada. Había ya dos de sus hombres llamando a la puerta. Raj pasó dentro sin contemplaciones. En el cuarto de estar no había nadie. Parecía todo tranquilo. Pero de pronto se escuchó un golpe sordo y luego un grito proveniente del dormitorio. Raj se dirigió hacia allí a toda velocidad, con su arma en la mano, y abrió la puerta.

Veronica estaba desnuda en el centro de la habitación. Tenía una pistola en la mano y los ojos desorbitados. Había una mujer acurrucada, tendida en el suelo, sollozando. Veronica le miró con la mirada extraviada. Raj se acercó a ella y la estrechó en sus brazos. Estaba temblando. Le quitó la pistola, la descargó con una sola mano y la arrojó a la cama. Solo entonces se dio cuenta de que ella estaba desnuda. Recogió la toalla del suelo y se la puso por encima. Estaba aún húmeda y fría pero era lo único que encontró a mano.

Sus hombres levantaron a Martine del suelo y se la llevaron.

–No la hagan daño –dijo Veronica mientras se la llevaban entre gritos y sollozos.

–No te preocupes por eso.

La habitación quedó en silencio. Veronica levantó la cabeza. Tenía los ojos enrojecidos. Se acercó a él como si quisiera acariciarle la mejilla con la mano como hacía otras veces, pero se lo pensó mejor y dejó las manos muertas a lo largo del cuerpo.

Raj se sintió un hombre despreciable. Había conseguido quitarle su espontaneidad. Nunca se lo perdonaría.

–Lo siento, Veronica.

Sabía que debía apartarse de ella, que no era digno de estar a su lado. Pero no podía hacerlo. La sensación de tenerla en sus brazos era superior a sus fuerzas.

La estrechó entre sus brazos. Había estado a punto de perderla.

–La madre de Martine... –comenzó diciendo ella.

–Lo sé. Acabo de averiguarlo.

–La señora Brun estaba detrás de todo esto. Ella habló probablemente con el jefe de policía y le convenció para que hiciera lo que finalmente hizo.

–Algunas personas no saben aceptar la pérdida del poder.

En ese caso había sido la esposa y no el marido. El señor Brun, aunque contrariado por la derrota electoral, era un verdadero demócrata y había aceptado la alternancia en el poder.

–Amenazó a Martine con quitarle la pensión a su madre si no hacía lo que ella quería. Martine se vio obligada a espiarme. Le contó a la señora Brun todo lo del bebé y me mandó el anónimo y me puso la muñeca en la cama.

–Lo sé. Tengo el informe completo. Su madre estuvo trabajando durante muchos años para los Brun y vivía en una pequeña casa que pagaba con la pensión que le había quedado. Si se la quitaban, se quedaría en la calle.

–Yo no lo habría permitido –dijo Veronica muy segura de sí–. Si ella hubiera venido a pedirme ayuda, le habría conseguido una pensión a su madre para que siguiera viviendo en su casa. Martine llevaba dos años trabajando de secretaria conmigo. Pensé que me conocía mejor.

–Supongo que estaba asustada. Y, además, supongo que lo último que podía imaginar era que la señora Brun le pidiera que... –Raj prefirió no seguir hablando y miró el arma que estaba en la cama–. ¿Cómo conseguiste quitarle la pistola?

–Solo llevaba encima una toalla. Reaccioné de forma impulsiva al verla apuntándome con la pistola y se la arrojé encima.

Era una mujer admirable. Había tenido el valor de lanzar una toalla a una mujer armada.

–Tuviste suerte.

Ella asintió con la cabeza y se abrazó con fuerza a su cintura.

–No podía dejar que las cosas acabasen de ese modo, después de todo lo que había pasado.

Raj la miró sorprendido. Con un curso de adiestramiento, sería sin duda una agente de seguridad formidable. No podía creerlo. Parecía como si fuese una mujer de otro mundo. Sintió deseos de tocarla y besarla para cerciorarse de que era una mujer real de carne y hueso y no solo producto de su imaginación.

La besó y ella abrió la boca respondiendo a su beso con ardiente pasión y luego apretó su cuerpo contra el suyo al sentir la evidencia de su excitación y su deseo por ella.

Pero segundos después se apartó y le miró fijamente sujetándose la toalla con una mano.

—Esto no está bien, Raj. Podríamos irnos ahora juntos a la cama, pero tú acabarías marchándote igual. No quiero volver a pasar otra vez por lo mismo.

—Te deseo, Veronica —susurró él con tono de desesperación—. Deseo estar contigo.

Raj agitó la mano en el aire como si tuviera necesidad de hacer algo para aliviar la tensión que sentía. Tal vez, con un poco de suerte, las cosas pudiesen funcionar entre ellos. Podía intentarlo. Por ella, estaba dispuesto a hacer cualquier cosa.

—Vendré a Aliz siempre que pueda —continuó diciendo él—. Tú también tendrás que viajar mucho. Podremos coincidir en los sitios más inesperados de vez en cuando.

Ella negó con la cabeza con un gesto de tristeza. Casi se le había secado el pelo y le caía suelto ahora por los hombros y la espalda. Tenía un aspecto tan salvaje e indomable como Goa y tan hermosa como el mar, pensó él al mirarla. Deseaba poseerla, hacerla suya...

—Eso no es suficiente, Raj. Necesito más. No me puedo conformar con tenerte solo a medias.

—Es todo lo que puedo ofrecerte.

Él deseaba poder darle todo lo que ella quería, pero tenía miedo de defraudarla. Prefería ir más despacio.

—Lo sé —replicó ella con cara de resignación—. Pero no es suficiente para mí. Algunas mujeres son capaces de aceptar cualquier forma de vida con tal de estar con el hombre que aman, pero yo no. No puedo. Perdí algo muy importante en mi vida y he conseguido sobrevivir

a esa amarga experiencia. Pero no sé si podría sobrepo-
nerme de nuevo si te perdiera también a ti.

Él se quedó mudo sin saber qué decir. Ella le estaba
hablando de amor. Le amaba.

–Adiós, Raj.


Pasó una semana. Y luego dos y después tres. Y el
dolor que ella sentía por la pérdida de Raj seguía siendo
tan hondo como el primer día.

Apoyó las manos en el escritorio de su despacho y
dejó descansar la cabeza sobre ellas. Había estado muy
ocupada las últimas semanas. Había trabajado duro para
tratar de conseguir mejorar la situación de su país. Reuniones maratonianas, llamadas telefónicas, montones de
entrevistas y un discurso oficial a la nación.

No podía decirse que Aliz hubiera salido de su delicada situación, pero había mejorado en muchos aspectos. Estaban saliendo de la crisis económica y comenzaban a recibir inversiones extranjeras. La gente empezaba
a ver la luz al final del túnel. No podía pedir más.

Contempló la guirnalda verde, adornada con cintas
doradas y rojas, que habían colocado en la chimenea de
su despacho. La Navidad ya estaba cerca, pero ella no
había tenido tiempo de preparar nada. Después de todo,
no tenía nadie a quien regalarle algo, hacerle una tarta
o sentarse con él frente al árbol de Navidad a encender
las luces. De hecho, ni siquiera tendría un árbol de no
ser porque el ama de llaves de la residencia tenía la costumbre de ponerlo todas las Navidades para la familia
Brun.

El árbol, instalado en su residencia privada, estaba
decorado con bolas doradas y plateadas. Ella siempre
lo encontraba con las luces encendidas cuando entraba
allí al finalizar el día. No había regalos colgados. Sintió

una punzada en el alma al pensar en su bebé. Tendría ahora ocho meses. No habría comprendido lo que aquellos adornos y aquellos regalos significaban, pero habría disfrutado arrancando las bolas y tirando de las hojas.

Veronica no podía reprimir las lágrimas que acudían a sus ojos cada vez que pensaba en su malogrado hijo, pero al menos había conseguido desechar ese sentimiento de culpabilidad que le había angustiado en otro tiempo. Eso era algo que tenía que agradecerle a Raj.

Escuchó una llamada en el teléfono móvil y miró enseguida la pantalla. No era Raj. Siempre esperaba que fuera él. Era algo absurdo y sabía además que, abrigando esa esperanza, solo conseguiría avivar el dolor de su soledad.

—Hola, Brady —dijo ella, contestando la llamada.

—¿Cómo estás, ángel mío? Hace ya varios días que no sé nada de ti.

—Estoy bien, gracias. ¿Y tú? ¿Tienes algún cotilleo que contarme?

—He oído algo acerca de un nuevo rompecorazones y una estrella de Hollywood —replicó él con una sonrisa.

Luego estuvo cerca de quince minutos dándole todo tipo de detalles escabrosos sobre el romance que hacía las delicias de los ciudadanos de la zona más exclusiva de Beverly Hills.

—¿Qué piensas hacer estas Navidades? —le preguntó Brady cuando hubo acabado de contarle la historia.

—Nada importante. Tengo un país que gobernar, por si no lo sabías.

—Pero supongo que tendrás un par de horas libres para pasar un rato con los amigos, ¿no? Voy a dar una fiesta en el hotel Lefevre mañana por la noche. Te espero allí.

–¿El hotel Lefevre? –exclamó ella con tono de incredulidad.

Era el mejor hotel de la isla, aunque había sufrido, como todos los negocios, el efecto de la crisis. Estaba algo anticuado, pero conservaba su elegancia. Era un verdadero milagro que siguiese abierto. Los propietarios se habían visto obligados a vender buena parte de los tesoros pictóricos que habían adornado sus paredes en otro tiempo, incluyendo uno que Van Gogh había pintado exclusivamente para los primeros propietarios del hotel cuando había pasado por la isla camino de Francia.

–Sí. Para una vez que doy una fiesta, quiero hacerlo en un sitio agradable y quiero disfrutarlo con mis amigos. Aliz es una isla encantadora. Y, según he oído, va a volver a ponerse de moda.

–Brady, yo... –dijo ella, llena de gratitud a su fiel amigo–. ¿Estás ahora aquí?

–Acabamos de llegar esta mañana.

–¿Acabamos?

–Sí, Susan y yo. Estoy deseando que la conozcas.

–¿Susan?

Veronica empezaba a parecer un loro, repitiendo todo lo que él decía.

–Sí, la mujer con la que tengo pensado pasar el resto de mi vida.

–Brady, cuando te vi en Londres, no había nadie en tu vida. ¿Qué ha pasado en estas semanas? Me estás hablando de algo muy importante en tu vida. ¿Por qué no me lo has dicho hasta ahora?

–Reconozco que puede parecer todo un poco precipitado –dijo él con una sonrisa–. Lo sé. Pero hay veces en que sabes a primera vista cuándo has encontrado a una persona especial.

Con cierta angustia en el corazón, Veronica escuchó

con satisfacción lo que Brady decía de Susan. No era una actriz ni una celebridad, ni una cazafortunas que trabajase de camarera en un local nocturno esperando su oportunidad. No. Era una veterinaria que había conocido cuando ambos se habían parado en el arcén de una autopista para auxiliar a un perro herido.

—¿Vendrás entonces? —dijo él a modo de despedida.

—Dalo por hecho. No me perdería una cosa así por nada del mundo.

Veronica colgó el teléfono. Se sentía algo más feliz que antes. Su vida sentimental seguía siendo un desastre, pero su amigo estaba feliz y había ido a Aliz a mostrar su apoyo.

Sus ojos se llenaron de lágrimas de nuevo. Pero ahora eran lágrimas de felicidad.

El día siguiente era la víspera de Navidad. A pesar de ello, Veronica fue a su despacho a hacer unas llamadas y terminar algunos trabajos pendientes. Había dado el día libre a todo el personal de su gabinete.

Luego se fue a su habitación y estuvo viendo un par de películas de ambiente navideño en la televisión, antes de prepararse para ir a la fiesta de Brady. Le había mandado una invitación formal y sabía que estarían las cámaras de televisión cuando ella llegase.

Era algo que formaba parte del espectáculo. Algo que gustaba a la gente. Se vistió con mucho esmero para la ocasión. Se puso un vestido largo de color rojo pasión sin tirantes. Era de una tela iridiscente que se recogía en la cintura y caía luego suelta hasta los pies, con unos pliegues muy elegantes gracias a una combinación de tul que llevaba por dentro. Se echó un chal por los hombros y eligió un pequeño bolso de mano a juego. Llevaba unas sandalias de tacón alto con correas adornadas con incrustaciones de plata muy bien conjuntadas con el resto de su atuendo.

Un escolta vestido de esmoquin le abrió la puerta de la limusina cuando ella salió por la puerta de uso exclusivo para la presidencia.

Llegó en pocos minutos. Los medios de comunicación estaban acampados en la entrada del hotel Lefevre. Veronica hizo lo posible por ofrecer un aspecto feliz y glamuroso. Saludó muy sonriente cuando las cámaras comenzaron a disparar sus flashes. Luego, siguiendo una vieja costumbre, se volvió hacia los reporteros, tras subir la escalinata, y posó unos segundos para ellos, antes de entrar al hotel. Brady estaba esperándola. Había una mujer menuda y sonriente a su lado. Veronica les saludó a los dos con un abrazo muy afectuoso mientras él le presentaba a Susan. Era una mujer encantadora y sensata, daba gusto hablar con ella. Podía decirse que era una mujer guapa, aunque no en el estilo escandaloso y voluptuoso con que se empleaba esa palabra en el ambiente de Hollywood.

Entraron en el salón. Estaba decorado con mucho gusto. Candelabros y velas. Plantas exuberantes. Focos y arañas de cristales tallados que se reflejaban en los espejos de las paredes. La escayola de los techos y las paredes estaban algo desconchadas por algunas partes y la pintura bastante desvaída, pero no estaría así por mucho tiempo si, a partir de ahora, se celebrasen con frecuencia fiestas como la que Brady estaba celebrando esa noche.

La sala estaba repleta de gente y había mesas llenas de fuentes con comida y bebida.

–Gracias, Brady –dijo ella cuando su viejo amigo le llevó una copa de champán–. Esto significa mucho para Aliz y para mí.

–Tal vez me lo agradezcas más cuando veas a la persona que ha venido conmigo –dijo él, sonriendo misteriosamente.

Veronica miró durante unos segundos a su amigo y luego creyó percibir en el aire una corriente eléctrica. El corazón comenzó a latirle alocadamente en el pecho. Era él.

—Maldito Brady —exclamó ella—. Siempre entrometiéndote en la vida de los demás.

—Yo soy así —replicó él encogiéndose de hombros y besándole luego en la mejilla—. Para que luego me digas que nunca te traigo nada.

Veronica quiso decirle algún que otro insulto afectuoso a su amigo, pero cuando se dio cuenta ya no estaba con ella. Solo estaba la figura imponente de Raj sonriéndole.

—Hola, Veronica.

—¿Qué haces tú aquí?

Raj soltó una carcajada. Veronica le miró fijamente. Le había echado mucho de menos. Era algo que no quería admitir porque sabía que volvería a echarle de menos cuando aquella fiesta acabase.

—Echaba ya de menos esa franqueza tuya —dijo él con una sonrisa.

—Si vas a decirme que después de haberme conocido ninguna mujer significa ya nada en tu vida, ahórratelo. No quiero oírlo.

—No tenía pensado decirte nada parecido —dijo él mirándola algo desconcertado.

—Raj, lo siento pero no me apetece estar aquí hablando contigo como si no hubiera pasado nada entre nosotros.

Tenía que huir de allí en ese mismo instante. Antes de que se pusiese en evidencia delante de todo el mundo. Antes de que perdiese los estribos y se pusiese a decirle que era un miserable malnacido por no corresponder a su amor. Antes de que le confesase que, como mujer enamorada, estaba dispuesta a recoger las migajas y pasar una noche más con él, para poder hablar y reír juntos, y hacer el amor como si fueran de verdad dos enamorados.

Sin pensárselo dos veces, se dio la vuelta y se dirigió al hall. Entró en el servicio de señoras para tratar de tranquilizarse. Se apoyó en el lavabo y se miró en el espejo. Tenía un aspecto aparentemente normal, pero por dentro...

Oyó que alguien abría la puerta y luego echaba el cerrojo por dentro.

Luego vio a Raj a través del espejo acercándose a ella.

—Vete de aquí —exclamó ella.

—Esta historia ya la hemos vivido antes —dijo él con una sonrisa sensual—. Tú, yo y el servicio de señoras.

El servicio era mucho más reducido que aquel del hotel de Londres. Solo tenía un lavabo, cuatro paredes con la pintura descascarillada y un retrete con una puerta de madera.

—Esto parece una pesadilla —dijo ella—. No sabía que me odiases hasta este extremo.

—¿Odiarte yo? Estoy aquí porque no puedo olvidarte. Porque te deseo y te necesito.

Ella sintió que empezaba a perder su entereza y que se volvía más vulnerable. Tal vez fuese porque era la víspera de Navidad o porque echaba de menos a su bebé en esas fechas. O tal vez porque sentía una gran soledad y tenía lástima de sí misma.

—El deseo no es suficiente. Yo necesito comer para vivir, pero no necesito comerme una tarta de chocolate. Tú necesitas sexo, pero no tiene por qué ser conmigo.

—¿Sexo? ¿Quién ha hablado de sexo? ¿Crees que he venido aquí por eso?

—¿Para qué otra cosa si no? —replicó ella—. Me has

dicho varias veces que lo que ha habido entre nosotros solo ha sido sexo.

—Estaba equivocado —dijo él con aire de humildad—. Te necesito. Me siento solo sin ti.

Había intentado seguir con su vida normal para olvidar aquellos días felices que había pasado con ella. Había vuelto a Londres y luego se había ido a Nueva York. Pero en ninguna de esas ciudades había encontrado la paz que buscaba. Por eso lo había intentado en Los Ángeles.

Hasta entonces, cuando quería relajarse se iba a Goa a pasar unos días. Pero ahora ya no podía ir allí. Sería un tormento para él estar en aquella casa sin tenerla a ella a su lado.

Era una mujer tan fuerte, tan maravillosa... Después de aquellas semanas de angustia, había llegado a comprender que no podía vivir sin ella y que ese empeño suyo en reprimir sus sentimientos, pensando que era lo mejor para los dos, había sido una estupidez.

Veronica suspiró profundamente y se mordió ligeramente el labio inferior.

—Soy la presidenta de Aliz. Tengo un mandato por dos años. Esta es mi casa. No me puedo ir contigo a Goa o a Londres solo para que no te sientas solo.

—¿Me amas aún? —dijo él con el corazón en un puño.

Raj no podía creer que ella hubiera dejado de amarle en solo tres semanas, pero tampoco estaba completamente seguro de ello.

—¿Tiene eso alguna importancia? —replicó ella.

—Para mí, sí.

—¿Por qué? ¿Quieres vanagloriarte de tu fuerza de voluntad y de lo duro que eres?

—No, he venido aquí por todo lo contrario. Ya no puedo seguir negando lo que siento por ti.

–Yo necesito algo más que eso, Raj. Decirme que me deseas no es suficiente.

Raj pensó que había llegado el momento. Tenía que decidirse. Tenía que arriesgarse. Lo más que podía pasar era que le rechazara. Pero tenía que intentarlo.

–Veronica, te amo. No puedo vivir sin ti.

–Raj...

Él se acercó a ella, le puso las manos en los hombros y le levantó la barbilla suavemente con un dedo para obligarle a mirarle a los ojos. Estaban húmedos. Parecían dos lagos maravillosos de aguas azules y cristalinas donde él deseaba ahogarse.

–He pasado toda mi vida huyendo –prosiguió él–. Mi madre era una drogadicta y éramos casi unos nómadas, unos parias. Mi padre nos abandonó y no quiso volver a saber más de nosotros. Huir de un sitio a otro fue todo lo que aprendí. Me daba miedo deshacer una maleta. Sabía que probablemente tendría que volver a hacerla al día siguiente. Pero tú estás aquí en Aliz y mi corazón está contigo. Eres la mujer más fuerte y valiente que he conocido. No puedo imaginarme la vida sin ti. Tú eres mi hogar.

Veronica le agarró de la camisa y le atrajo hacia sí.

–Maldito, Raj. ¿Por qué has tardado tanto en decírmelo? No sabes lo que me has hecho sufrir. Deberías pagármelas ahora todas juntas.

–Veronica, yo...

Ella sonrió llena de felicidad y entonces él la besó con toda la pasión y el amor que había estado reprimiendo a lo largo de esas semanas. Ella le pasó los brazos por el cuello y le devolvió el beso, apretando el cuerpo contra el suyo.

–Te amo, Raj. Pero que conste que sigo enfadada contigo.

Él se echó a reír y le llenó la cara y el cuello de besos.

–Espero paciente tu venganza. Te dejaré incluso que me ates si eso te satisface.

–Mmm, no me tientes...

Veronica se despertó a las cuatro de la madrugada al escuchar las campanas de la catedral de Aliz. Era el día de Navidad. Se estiró en la cama y notó una agradable molestia entre los muslos. Raj no estaba a su lado. Se incorporó y sonrió al ver el cinturón de su bata anudado a uno de los barrotes del dosel de la cama. Al final había cumplido su venganza. Le había atado y le había torturado sin piedad, besándole por todo el cuerpo, hasta que él le había pedido clemencia. Entonces ella le había acariciado muy despacio el miembro con la boca hasta llevarle a las puertas del paraíso.

Sí, había sido una venganza dulce y placentera.

Se bajó de la cama y se puso la bata. Tardó casi un minuto en deshacer los nudos del cinturón. Luego fue a buscar a Raj. Estaba en el cuarto de estar, sentado en el sofá, contemplando absorto las luces del árbol de Navidad. De pequeño nunca había tenido la oportunidad de disfrutar de esos momentos. Levantó la vista al oírla llegar y le dirigió una de sus sonrisas llenas de sensualidad. Ella se sentó junto a él y se acurrucó sobre su pecho. Él le pasó un brazo por el hombro atrayéndola hacia sí.

–Lo siento, pero no te he comprado ningún regalo para Navidad. No sabía que ibas a venir.

–Me has hecho el mejor regalo que podías hacerme –replicó él con una sonrisa maliciosa, besándola en el pelo y sacando un pequeña caja de un bolsillo del pantalón.

–¿Qué es esto?

–Es una pequeña sorpresa que te he traído.

Ella miró la caja con mucha atención. Le quitó la cinta dorada que la envolvía y apareció otra caja de terciopelo rojo.

–¿Me has comprado unos pendientes? –dijo ella muy entusiasmada–. ¡No sabes cómo aprecio este detalle!

Raj la miró con una expresión llena de ternura y luego se echó a reír.

–Vamos, déjate de conjeturas. Ábrela de una vez y así sabrás lo que es.

Ella la abrió con mucho cuidado y vio que no eran unos pendientes. Era un enorme brillante de color esmeralda engastado en un aro de plata y rodeado de múltiples brillantes diminutos a lo largo de toda la circunferencia del anillo.

–Puedes decir que no, si quieres. Lo comprendería –dijo él–. Pero si dices que sí, debes saber que eso te compromete a una relación duradera.

–¿Lo de la relación duradera es una condición sine qua non?

–No, ha sido una idea mía para dejarte una escapatoria –dijo él sonriendo con ironía.

–Sabía que eras demasiado atractivo para ser inteligente –dijo ella con una sonrisa aún más irónica que la de Raj–. Los hombres no pueden ser atractivos e inteligentes al mismo tiempo.

–¿Eso es un sí?

–¿Es eso realmente lo que quieres? –dijo ella no pudiendo evitar que una lágrima furtiva resbalase por su mejilla.

–Naturalmente.

–Pues entonces pídemelo. Aún no te oído pedírmelo como Dios manda.

Raj sonrió. Se levantó del sofá y se puso de rodillas delante de ella.

–Voy a declararme a ti con toda la formalidad del mundo para que no pienses que no quería hacerlo –dijo él con los brazos abiertos–. Veronica, ¿quieres casarte conmigo?

–Sí –dijo ella simplemente, pero sintiendo que el corazón le estallaba dentro del pecho.

Raj le puso el anillo en el dedo y luego hicieron el amor sobre la alfombra persa delante del árbol de Navidad.

A excepción del tercer hijo que tuvieron un veinticinco de diciembre, tres años después, nunca tuvieron un regalo mejor que el que compartieron aquella noche de Navidad tan especial.

# BIANCA

# LYNN RAYE HARRIS

## EXTRAÑOS EN LAS DUNAS

Todos creían que Isabella, la esposa del jeque Adan, había muerto. Pero reapareció cuando él estaba a punto de contraer matrimonio con otra mujer y de convertirse en rey de su país.

Isabella tendría que ser su reina y compartir su trono del desierto y su cama real. Pero ya no era la joven pura y consciente de sus deberes de antaño, sino una mujer desafiante y seductora que excitaba a Adan; una mujer que no recordaba haber sido su esposa.

## CAUTIVA Y PROHIBIDA

La noticia de que Veronica St. Germaine, la popular y frívola diva del mundo del corazón, se había regenerado y estaba dispuesta a convertirse en soberana de un principado del Mediterráneo había revolucionado a todos los medios de comunicación.

N.º 491

El cargo exigía que el guardaespaldas Rajesh Vala la protegiese a toda costa. Pero Veronica no había sido nunca muy amiga de aceptar órdenes de nadie.

Él había decidido llevarla a su casa de la playa para que estuviera más segura, pero ella se sentía prisionera allí. Ambos habían comprendido desde el primer momento que la atracción mutua que había surgido entre ellos podría ser un problema...

## ¡YA EN TU PUNTO DE VENTA!

# DESEO

### KATE HARDY
### PASIÓN EN ROMA

Rico Rossi era un rico propietario de una cadena de hoteles.
Cuando Ella Chandler, una preciosa turista inglesa, lo confundió con un guía turístico, no pudo resistirse a la tentación de seguir de incógnito y de enseñarle todas las maravillas de Roma.
Entre ellos surgió un intenso deseo, pero Ella descubrió que Rico le había mentido... y ahora él tenía que demostrarle que la quería de verdad.

### KIRA SINCLAIR
### SECRETOS EN LAS VEGAS

Dominic Mercado cultivaba su falsa
imagen de rico mujeriego desaprensivo adrede, le servía de tapadera
para ayudar a mujeres en situaciones
desesperadas sin que nadie se enterase. Pero el artículo que Meredith
Forrester estaba a punto de escribir le
delataría. Hacía años que Meredith,
amiga íntima de su hermana, le gustaba. Pero ahora, ¿iba Dominic a atreverse a revelar la verdad a Meredith y
arriesgarlo todo?

N.º 555

### JENNIFER LEWIS
### APOSTAR POR LA SEDUCCIÓN

Constance Allen era seria, formal e inocente. La intachable
auditora debía asegurarse de que las finanzas del casino New
Dawn estuvieran fuera de toda sospecha y, de paso, conseguir
un ascenso. Hasta que John Fairweather, el millonario propietario del casino, la sedujo. Aquel conflicto de intereses hacía
peligrar su trabajo, pero Constance era incapaz de controlarse.

# DESEO
# BARBARA DUNLOP

## DESEOS A MEDIANOCHE

Nathaniel Stone, piloto de avionetas y ejecutivo de telecomunicaciones de Alaska, no estaba preparado para confiar en la impresionante desconocida que decía ser la hija biológica de su jefe. ¿De verdad la habrían cambiado al nacer? ¿O Sophie Crush estaba ejecutando una estafa brillante para introducirse en aquella adinerada familia? Nathaniel se acercó a ella para descubrirlo… Se acercó demasiado. Porque cuando bajó la guardia y se rindió a la pasión, las revelaciones amenazaron con destapar su propio engaño… y un secreto familiar sobrecogedor.

N.º 556

## ESPOSO SOLO DE NOMBRE

Lo último que la ambiciosa arquitecta Adeline Cambridge deseaba en aquellos momentos era convertirse en una mujer casada. Sin embargo, tras una noche de pasión con el apuesto congresista Joe Breckenridge en la que se quedó embarazada inesperadamente, su familia insistió en que se unieran en matrimonio. Con los posibles escándalos que los amenazaban, un acuerdo secreto con Joe era la mejor salida para ambos. ¿Terminaría en lágrimas aquella unión entre dos poderosas familias o habría encontrado Adeline un apasionado compañero de vida?

# JULIET LANDON
## *La princesa esclava*

Para el exoficial de caballería Quinto Tiberio Marcial el deber siempre era lo primero. Su próximo cometido, escoltar a una cautiva del emperador romano, debía ser fácil. Pero una sola mirada a la feroz esclava bastó para que Quinto deseara anteponer sus deseos a todo lo demás. Poderoso y curtido en la batalla, el romano hizo entrar en conflicto los sentimientos y la razón de la princesa esclava, que presa de emociones recién descubiertas, no tardó en preguntarse si quería salir de aquel peligroso viaje a Aquae Sulis con su virtud intacta…

No. 84

# MARGO MAGUIRE
## *La dama sajona*

El barón Mathieu Fitz Autier esperaba encontrar alguna resistencia al reclamar la tierra sajona que había ganado en la batalla. Pero nunca habría imaginado que la antigua señora de la mansión tuviera el valor para enfrentarse a él… lanzándole una flecha. Lady Aelia vio cómo se venía abajo cuando los normandos se hicieron con el control de su querido hogar. Pero lo más grave fue que se sintió irremisiblemente atraída por Fitz Autier, su peor enemigo. Y cuando la pasión surgió entre ambos supo que no podía abandonarse a ella porque él debía entregarla a un rey normando…

## ¡YA EN TU PUNTO DE VENTA!

# JAZMÍN

## SHIRLEY JUMP
### RIVALES

Claire Richards quería ganar aquel concurso porque la enorme casa sobre ruedas que obtendría como premio era la garantía para salir de Mercy, Indiana. Pero primero tendría que derrotar a los otros participantes, entre los que estaba Mark Dole, su guapísimo enemigo de la infancia. ¿Sería capaz de vivir en tan reducido espacio junto a aquel irresistible *playboy*?

## CARLA CASSIDY
### EL MATRIMONIO MÁS ADECUADO

Era el plan perfecto. Melanie Watters deseaba tener un hijo con todas sus fuerzas, así que decidió pedirle al soltero más empedernido de la ciudad, que casualmente era su mejor amigo, que se casara con ella. A cambio de dejarla embarazada, Bailey Jenkins conseguiría escapar de las insinuaciones de las participantes del concurso de belleza del que era juez. Y luego solo tendrían que divorciarse… o no.

N.º 581

## JUDITH McWILLIAMS
### UNA VIDA NUEVA

En cuanto el doctor Nick Balfour la vio, quiso rescatar a aquella hermosa e inocente mujer y mantenerla a salvo. Gina Tesserek se encontraba en apuros económicos, por lo que aceptó la oferta de Nick para ser su asistenta temporal. En poco tiempo, Nick se dio cuenta de que su acuerdo solo había sido una excusa para estar cerca de ella… y ahora no había vuelta atrás.

# JULIA

## KIMBERLY LANG
### A FAVOR DEL VIENTO

Ally Smith había roto con su novio por
egoísta e infiel, pero no estaba dispuesta a desperdiciar la luna de miel
en el Caribe que había pagado por
adelantado.

Mientras intentaba salvar sus vacaciones, conoció al apuesto y seductor
Chris Wells y se arrojó de cabeza a
una tórrida aventura veraniega sin
sospechar que aquel magnate de los
barcos la había dejado embarazada.

## JILL SORENSON
### EMOCIONES TURBULENTAS

N.º 476

Una reserva de fauna exótica era un sueño hecho realidad para
la bióloga Daniela Flores, hasta que descubrió que su exmarido
era el jefe del equipo de investigación.

Sean Carmichael había ido a las remotas Islas Farallón a estudiar tiburones asesinos, pero un verdadero asesino andaba
suelto amenazando a la mujer a la que nunca había dejado de
querer. Y ahora sabía que debía protegerla.

## JUSTINE DAVIS
### LA MEJOR VENGANZA

Había algo en los intensos ojos azules de St. John que a Jessa
Hill le recordaba a su amigo de la infancia. Pero Adam Alden
había muerto veinte años atrás…

¿Podrían ser St. John y Adam la misma persona? ¿Y si lo eran,
se marcharía, llevándose su corazón por segunda vez?